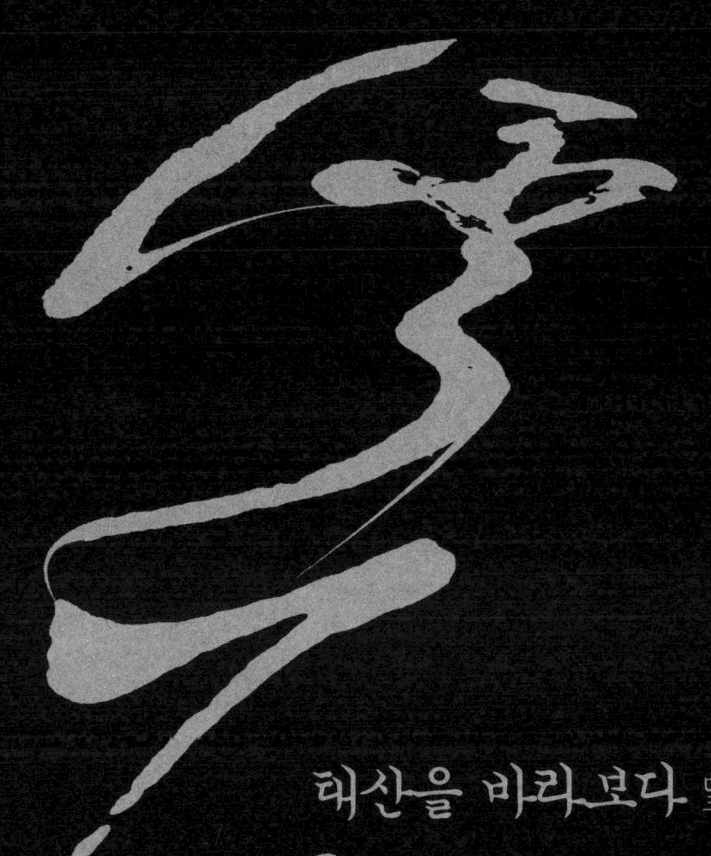

태산을 바라보다 望嶽

태산은 무릇 어떠한가
제나라와 노나라는 푸르름 끝없고
조물주는 신묘한 위풍을 모았고
산의 북쪽과 남쪽은 아침저녁을 갈랐다
층층이 일어나는 구름이 가슴 설레게 하니
눈을 부릅뜨고 돌아드는 새를 바라다본다
반드시 정상에 올라
뭇산이 작은 것을 한번 보리라

岱宗夫如何, 齊魯靑未了. 造化鍾神秀, 陰陽割昏曉.
蕩胸生層雲, 決眦入歸鳥. 會當凌絶頂, 一覽衆山小.

진조여휘 7
장담 新무협 판타지 소설

초판 1쇄 찍은 날 § 2006년 3월 20일
초판 1쇄 펴낸 날 § 2006년 3월 30일

지은이 § 장담
펴낸이 § 서경석

편집장 § 문혜영
편집책임 § 서지현
편집 § 이재권

펴낸곳 § 도서출판 청어람
등록번호 § 제1081-1-89호
등록일자 § 1999. 5. 31
어람번호 § 제2-0869호

주소 § 경기도 부천시 원미구 심곡1동 350-1 남성B/D 3F (우) 420-011
전화 § 032-656-4452 팩스 § 032-656-4453
http://www.chungeoram.com
E-mail § eoram99@chollian.net

ⓒ 장담, 2005

ISBN 89-251-0045-2 04810
ISBN 89-5831-770-1 (세트)

※ 파본은 본사나 구입하신 서점에서 교환하여 드립니다.
※ 저자와 협의하여 인지를 붙이지 않습니다.

陳靑 묵향

진조여휘
Fantastic Oriental Heroes
장담 신무협 판타지 소설

7

혈풍강호 血風江湖

도서출판
청어람

목차

제1장	기다리는 사람들	7
제2장	잠강은 피로 물들고	33
제3장	죽림삼우(竹林三友)	75
제4장	천도맹	99
제5장	반란	145
제6장	또 다른 십팔마마공	159
제7장	사랑을 위하여	209
제8장	강가에서 꾼 꿈	235
제9장	청천보의 비사	301

1장
기다리는 사람들

1

 단 며칠 사이에 바람이 다르게 느껴졌다.
 봄이 가까이 다가왔나 보다. 가슴에 스미는 훈풍이 따시롭기만 하다.
 왠지 기분 좋은 일이 있을 것 같은 날. 하늘은 파랗고 땅에는 어느덧 연두빛 물결이 출렁이기 시작하고 있었다. 만물이 생동하는 계절이 성큼 디디는 발 언저리에 입맞춤을 하고 있었다.
 휘가 성도에서부터 악착같이 따라온 무연송과 함께 봄을 몰고 성수곡을 들어섰을 때다.
 우뚝! 내딛던 발걸음을 멈춘 휘가 격동을 감추지 못하고 눈을 부릅떴다.
 뛰어놀고 있다. 저 앞에서 하얀 강아지 한 마리와 아름다운 아가씨가 깔깔거리며 뛰어다니고 있다.
 아! 연연이다. 연연이가 강아지와 어울려 놀고 있는 것이다.
 "연연아……."

강아지가 먼저 휘를 발견했다.
왈! 왈왈!!
곧바로 연연이가 휘를 향해 고개를 돌렸다.
"오빠!"
연연이가 달려오고 강아지가 달려온다.
"하하하하! 연연아!"
그리고 휘도 달려갔다. 그러자 휘의 뒤에서 어정쩡하니 서 있던 무연송이 멋도 모르고 따라 달려간다.
강아지가 달리고, 소녀도 달리고, 두 남자도 달린다.
봄날은 성수곡을 제일 먼저 찾아 왔다.

성수곡주의 방에 들어가자 황방이 흐뭇한 웃음을 지으며 맞이했다.
"어떻게 감사를 드려야 할지……."
"허허허! 무슨 말씀을, 공자 덕분에 우리는 초혼몽이라는 희대의 약재에 대해 연구할 수 있게 되었소. 그러니 서로 간에 큰 기쁨을 얻었다 생각하면 서로가 행복한 것이 아니겠소."
"그리 말씀하시니 더 말씀드리기가 어렵군요. 감사하는 마음으로 곡주께서 부탁하신 것에 대해서는 무슨 일이 있어도 행하도록 하겠습니다."
"고맙소, 공자."

연연이가 황령과 한바탕 눈물의 이별을 하고 나서야 성수곡을 떠날 수 있었다. 올 때와 달라진 점이라면, 연연이의 눈이 완전치는 않지만 사물을 분간하는데 큰 불편은 없다는 점과 업혀서가 아닌 걸어서 간다는 점이었다.

그런데 연연은 그것이 서운한가 보다. 처음에는 무연송의 눈치 때문에 말을 못하더니 다음날 무연송이 지나가는 말로 흘린,

"동생 분이 다리가 아픈 모양입니다."

그 한마디에 징징거리며 업어달라 졸라댔다.

어쩔 수 없이 휘는 연연이를 업고 가는 수밖에 없었다.

'까짓것 연연이가 즐겁다면야.'

그렇게 길을 가던 중이었다. 휘는 낭떠러지를 만나자 얼마 전의 추억이 떠올랐다.

"연연아! 오빠가 날아볼까?"

휘가 난다는 말에 연연이도 즐거웠던 그때가 생각났다.

"어! 날아봐! 오빠!"

"자! 난다!!"

그리고…….

"꺄아아아아아악!!"

낭떠러지 아래에 도착할 때까지 비명이 멈출 줄을 몰랐다. 물론 무연송은 넋을 잃고 있다가 죽어라 뛰어서 내려와야 했고.

무연송이 내려와서 본 것은 반쯤 기절해 있는 연연이었다. 입에 거품은 보이지 않았지만, 가늘게 떨리는 눈꺼풀이 그녀의 마음을 대변해 주고 있었다.

휘는 그 후로 다시는 연연이를 업고 날지 않았다, 한중에 도착할 때까지.

한중에 도착하자 연연이가 잘게 떨리는 눈으로 말했다.

"앞이 안 보일 때는 그렇게 재미있었는데…… 앞이 보이니까 왜 그렇게 무서웠는지……. 오빠, 미안해……."

2

한중에 들어가자마자 휘에 대한 소식이 물상만가로 전해졌다. 그리고 물상만가에 도착했을 즈음에는 만시량을 비롯해서 만상문의 간부들이 모두 물상만가의 안채에 모여 있었다.

연연이를 아담한 별채에 머물게 하고서 안채로 들어가자 안채에 모여 있던 이십 명의 간부가 모두 일어섰다.

"문주를 뵈오이다!"

"모두 반갑습니다."

한두 번 본 사람들도 있고 처음 본 사람들도 있다. 만시량이 끌어들인 이후, 모처에서 나름대로의 임무에 종사하던 사람들이 모두 모였기 때문이었다.

특히나 만시량 못지않게 나이 먹은 사람들 몇 명이 눈에 띄었다. 그들은 말로만 들은 휘가 자신들의 생각보다 훨씬 젊고 잘생긴 것에 놀라움을 감추지 못하고 있었다.

진정 저 젊은 문주가 혈령마신을 누르고 무음살마제를 쫓아버렸단 말인가?

도저히 믿을 수 없다는 눈빛들이다. 하기야 만시량이 침을 튀기며 아무리 잘 설명했다 해도 만상문의 다른 형제들이 증언을 하지 않았다면 아마 절대로 믿지 않았을 것이다.

그런 간부들의 눈빛을 바라보며 휘가 말했다.

"신마천궁에 대해서 대충은 들어 알고 있을 것입니다."

간부들의 얼굴이 굳어졌다. 이들의 반수 이상이 이십 년 이상을 강호의 풍파 속에서 살아온 사람들이다. 한 성(城)에서는 그 적수가 몇 되지 않을 정도로 실력을 인정받는 고수들이기도 했다.

하지만 조사를 하면 할수록 그 끝을 알 수 없는 힘. 신마천궁(神魔天宮)! 하늘 아래 그런 거대한 힘이 존재하고 있다는 것을 알고 얼마나 놀랐던가. 이제는 그 이름을 듣는 것만으로도 손에 땀이 쥐어질 정도로 긴장이 몰려온다.

표정이 굳은 간부들을 바라보며 휘가 무거운 표정으로 입을 열었다.

"곧 신마천궁과의 싸움이 시작될 것 같습니다. 이미 놈들은 천검보와 하남 무림의 정파를 부추겨 천도맹을 곤혹스런 지경으로 몰아넣었습니다. 포화 상태로 커진 힘을 쏟아낼 구멍을 만들어준 것이지요."

어느 정도는 알고 있는 이야기지만 막상 모두가 모인 자리에서 휘가 이야기하자 표정에 힘이 들어간다.

"그 와중에 저와 우리 만상문의 방해로 놈들의 계획이 많은 차질을 빚었지요. 지금 머리끝까지 화가 치솟은 놈들은 우리 만상문에 대해 알기 위해서 혈안이 되어 있을 것입니다. 아니, 어쩌면 벌써 우리에 대해 알고 있을지도 모르지요."

분위기가 차갑게 가라앉았다. 그럴 수밖에. 신마천궁의 제일적은 바로 자신들의 앞에 서 있는 진조여휘다. 그리 생각한다면 만상문 역시 그들의 제일적이라 할 수 있다.

암흑 속에 웅크린 거대한 마의 세력, 신마천궁의 제일 적이 칠패도 아니고, 구대문파나 오대세가가 아닌, 바로 자신들이 되어버린 것이다.

만시량이 헛기침을 하며 말문을 열었다.

"험! 문주의 말대로 한중에 신마천궁의 정보원으로 보이는 자들이 부쩍 늘었소이다. 사실 우리의 힘이 비록 칠패에는 미치지 못한다 해도 강호의 어떤 문파와 비교해도 뒤지지는 않소이다. 하나 그럼에도 신마천궁의 힘에는 턱없이 부족한 것이 현실이외다. 혹 문주께선 놈들에 대항할 어떤 복안이라도 갖고 계신지?"

그때 한쪽에서 조용히 앉아 있던 백염의 노인이 말했다.

"그전에… 문주, 문주께선 계속 철혈성에 계실 것인지 묻고 싶소이다."

그는 만시량의 친구이자 강호에서 상문옹이라 불리는 상문의 전대 문주 경백후였다. 경백후의 말에 휘가 나직이 입을 열었다.

"무엇을 말씀하시는지 잘 알고 있습니다. 한 가지만 말씀드린다면, 제가 철혈성에 머물러 있던 것은 사부님 가족의 안전 때문이기도 했지만, 철혈성의 힘이 필요하기 때문이기도 했지요. 왜 입술이 없으면 잇몸이 시리다[순망치한:脣亡齒寒] 하지 않습니까? 철혈성은 그동안 우리에게 알게 모르게 입술의 역할을 했던 곳입니다. 신마천궁의 눈을 가려주면서 말이지요."

말을 하던 휘가 좌중을 둘러보았다.

"하나 이제 싸움은 중원으로 옮겨가 불붙기 직전입니다. 그렇다면 한 가지는 이유가 없어지지요. 그리고 나머지 역시 근시일 내에 그 이유를 옮기면 저 역시 그곳에 머무를 이유가 없어지는 것이지요."

끄덕이는 사람도 있고, 묵묵히 휘만 바라보고 있는 사람도 있다. 묵묵히 바라보던 사람 중 화사한 얼굴의 중년 여인, 교령선자 화사랑이 말했다.

"오늘 처음 뵙는군요. 이제야 문주님을 뵙다니, 너무 억울하군요."

뜬금없는 말에 장내의 식었던 분위기가 슬쩍 달아올랐다. 앉아 있던 간부들 중 단 세 명뿐인 여인들이 눈빛에 열기를 뿜으며 휘를 주시한 탓이다.

"세상에, 말은 들었지만 제가 모시기로 한 문주님이 천하제일의 미남이시라니……."

다른 간부들도 슬며시 웃음을 짓는다.

어떻게 보면 정파에 속했다기보다 대부분이 정사 중간의 사람들이었다. 그런 무인들의 특징 중 하나가 주관이 강하다는 것. 그러다 보니 심각한 상황에 터져 나온 화사랑의 말에도 그러려니 한다. '너는 너대로, 나는 나대로' 라는 식이다.

오히려 재미있다는 눈으로 휘를 바라보는 사람이 많을 지경이다.

"정말 송옥이 울고 가게 생겼다니까?"

"뭔 소리? 송옥을 안 봐서 모르지만, 어림없지 우리 문주한테는."

웅성웅성, 금방 진중하던 장내가 시끌벅적해졌다. 그러자 공이연이 벌떡 일어섰다.

"지금 회의를 하다 말고 뭐 하는 짓이오?!"

공이연이 큰 소리로 외치자 머쓱한 표정을 지으며 장내가 조용해졌다. 순간, 공이연이 또박또박 머릿속에 잘 새기라는 듯 손가락으로 허공을 콕콕 찍으며 말했다.

"잘 들으시오! 문주를 욕심내는 사람은 나, 공이연의 적이오! 적!!"

"……."

"뭐, 뭐야? 공가 왜 저래? 어디 아픈 것 아냐?"

"딸내미 때문이지 뭐."

"흥, 문주님 보는 것도 허락받고 봐야 하나?"

웅성웅성, 쑥덕쑥덕…….

결국 공이연의 한마디로 회의는 엉망이 되어버렸다. 다시 분위기를 잡는데 근 일각이 지나야 했으니…….

"공가야, 너 또 입 열면 도와주기로 한 것 취소다, 취소!"

"뭐 나야… 알았어. 조용히 있지."

뭘 도와주기로 했는지는 몰라도, 만시량이 으름장을 놓은 이후로 공이연은 입을 열지 않았다.

장내가 다시 조용해지자 휘가 입을 열었다.

"만 총호법님, 총단에 대한 건은 얼마나 진행되었습니까?"

"계획대로 진행되고 있소. 내부 수리가 거의 끝나가고 있으니 곧 옮길 수 있을 것이오."

"흠, 그렇다면 최대한 서둘러서 옮기도록 하지요. 그리고 형제들의 수련 과정은?"

날카로운 인상의 노인, 초령비검 유충산이 카랑카랑한 목소리로 말했다.

"곧 제삼차 수련생들의 수련이 끝날 것이오."

신중하게 고개를 끄덕이던 휘가 만시량을 바라보았다.

"철혈성에 들어가 있는 형제들을 불러들이십시오."

만시량이 놀란 눈으로 휘를 바라봤다.

"그들을 불러들여도 되겠소?"

휘가 천천히 고개를 끄덕였다.

"몇 명의 절정고수가 그분들을 지키게 될 것이니만큼, 본 문의 형제들은 정보 수집을 위한 최소한의 수만 남기십시오."

휘의 말에 모두가 놀란 눈을 크게 떴다. 말이 절정의 고수들이지 현재 앉아 있는 사람들 중에도 절정에 이른 고수는 기껏 칠팔 명 정도에 불과하다. 물론 그 정도도 적은 숫자는 아니지만.

언뜻 한 가지 생각이 스친 만시량이 휘에게 물었다.

"혹시, 그 사람들이 철혈무령이었던……?"

휘가 고개를 끄덕였다.

"구 노인께 부탁할 생각입니다."

만시량의 눈이 반짝 빛났다. 구 노인이라면 천귀검신 구장모를 말하는 것일 터.

"그럼, 그분들도 본 문에 드는 것이오?"

휘가 잠시 생각을 하더니 천천히 고개를 끄덕였다.
"몇 분은 장차 그리 되지 않을까 합니다만."
사람들의 얼굴이 환히 펴졌다. 절정고수 몇 명이 들어온다면 만상문의 힘은 그만큼 강해질 것이다.
게다가 그렇게 계속 고수들이 유입된다면, 머지않아 칠패는 몰라도 구대문파나 오대세가와는 어깨를 겨룰 수 있을 터, 그야말로 희소식이라 하지 않을 수 없는 이야기였다.
자신이 속한 문파가 강해진다는 데 누가 마다할까.
휘가 얼굴이 펴진 간부들을 둘러보고 강하게 말했다.
"전쟁이 코앞에 닥쳤습니다! 총단이 완성되는 대로 만상문은 전쟁터의 한가운데서 움직이게 될 것입니다. 모든 형제들에게 천하의 주역이 될 수 있다는 자신감을 심어주십시오. 저는 그리 만들기 위해서 뛸 것입니다!"
도검이 난무하는 강호에서 평생을 살아온 사람들, 어지간한 일에는 꿈쩍도 않던 사람들의 가슴이 거세게 뛰었다. 다름이 아니었다. 강호의 주역이 된다는 것은 무(武)를 익힌 모든 자들의 꿈인 것이다. 한데 그 꿈이 눈앞에 있으니 어찌 가슴이 뛰지 않을까.
그런 그들의 가슴 속으로 또다시 휘의 떨어 울리는 목소리가 파고들었다.
"모두가 한 번 더 뛰면 형제들의 목숨을 한 사람이라도 더 구할 수 있습니다. 명심하십시오! 능력이 모자라서 한 실수는 용서받을 수 있지만, 나태와 두려움으로 인해 형제의 피를 흘리게 하는 사람은 용서하지 않을 것입니다!"
벌떡!
누가 먼저라 할 것 없이 모든 간부들이 일어섰다.
"성심으로 따르겠소! 문주!!"

두 시진에 걸쳐 세부적인 사항이 논의되었다.

현재 감숙과 사천을 비롯해서 신마천궁의 움직임에 촉각을 곤두세우고 있는 형제들은 그대로 둔 채 나머지 인원을 쪼개 하남과 강서로 급파하기로 했다.

그리고 공이연에겐 특별 명령이 떨어졌다. 신영문의 자랑 중 하나인 전서구를 대계를 위해 내놓으라는 것이었다.

"전부 다?!"

"나중에 돌려준다니까? 신영문의 위치가 우리 총단이 세워지고 있는 곳하고 가깝잖아. 그러니 조금만 훈련시키면 사용할 수 있을 것 같거든? 일 회 사용에 은자 한 냥씩 쳐 주지."

만시량의 제의와 협박성 명령에 어쩔 수 없이 공이연의 고개가 끄덕여졌다,

"반 냥 더 써!"

반 냥을 더 받기로 하고.

그러다 이상한 생각에 고개가 모로 돌아간 공이연이 만시량에게 얼굴을 들이대고 물었다.

"가만! 그 돈은 누구 돈으로 내는 거지?"

"돈? 당연히 만상문의 돈으로 내지."

"그 돈 중 절반은 내가 내는 거잖아?"

"그러니까 열심히 벌어서 열심히 내라고."

얼굴이 와락 구겨진 공이연을 보고 만시량이 넌지시 한마디 건네지 않았다면, 아마 회의 도중에 싸움이 일어났을 것이다.

"네 딸……! 도와준다니까! 쯧!"

그 후로도 회의는 계속되었다. 휘가 이상한 기분에 만시량을 노려보자

만시량이 서둘러 간부들을 닦달하기 시작한 것이다.

"뭐해? 빨리 머리들 짜봐! 왜? 돌 굴러가는 소리밖에 안 나? 그래도 굴려!"

물론 공이연도 거들고.

"아, 강호 경험을 폼만 뜯으면서 했나? 왜 이리들 얌전한 거야? 거기, 조공산! 호리무정(狐狸無情)이라는 별호가 아깝다. 그동안 놀아서 머리에 녹이 슬었나? 이마에 광나도록 쌩쌩 좀 굴려봐!!"

두 사람의 선수에 당한 휘는 지끈거리는 머리를 식히려고 다 식어버린 차를 단숨에 들이켰다.

'끙! 공유유 낭자에 대해서 뭔가 꿍꿍이가 있는 것 같은데……'

어쨌든 그 바람에 회의는 일사천리로 진행되었다.

개방과 무당에는 상시 연락을 취하고, 자파의 일로 인하여 움직이지 않는 용혈궁과 오룡회의 움직임을 감시하기 위해 별도의 인원을 배치했다.

본래 그 두 곳의 일은 개인적인 일인지라 인원을 줄이려 했지만 용혈궁을 감시하던 만상문도가 보내온 서신을 보고 그대로 놔두기로 했다.

팽가가 힘을 보태자 북두검회도 본격적으로 나선 데다, 정체를 알 수 없는 고수들까지 가세해 용혈궁의 분위기가 폭풍 전야라는 내용이었다. 게다가 오룡회를 감시하던 곳에선 아무래도 유정룡이 억류된 것 같다는 서신이었던 것이다.

휘는 만사 제쳐놓고 달려가고 싶었지만, 개인의 일을 처리하기에는 현재 상황이 너무 복잡하다는 것을 누구보다도 휘 자신이 잘 알고 있었다.

'시간이 문젠가?'

회의가 끝나자 휘는 무연송을 만시량에게 맡겨 버렸다. 무슨 말을 들었는지 무연송은 두말도 하지 않고 물상만가에 남겠다고 했다.
 떠나려는 휘에게 만시량이 슬쩍 그 이유를 말해줬다.
 "무연송은 산서 낭인대의 대장이네. 아마 저놈을 따르던 놈들이 백 명도 넘을걸? 낭인 중에서는 제법 신의가 있다고 알려진 놈이지. 쓸 만한 놈이야."
 "한데 왜 혼자서……?"
 "그건 확실히 모르겠네만, 들리는 소문으로는 동료에게 나눠줄 청부금을 잃어버려서 몸 팔러 다닌다고 하더군. 그래서 내가 그 금액을 주겠다고 했더니 눈물이 안 나와서 그렇지 거의 우는 표정이더군. 저렇게 여린 마음으로 낭인들을 이끌고 있었다니……. 거참."
 어쩐지 절대 돈을 안 쓴다 했었다. 하지만 설마 그런 사연이 있는 줄은 몰랐었다. 한데 왜 여기까지 따라왔을까, 사천까지 몸 팔러 간 사람이.
 좌우간 무연송이 물상만가에 남자, 휘는 마음 편히 연연이를 데리고 철혈성으로 향할 수 있었다.

3

 "사부님, 다녀왔습니다."
 "…그래, 수고했다."
 굳이 많은 말이 필요 없었다. 하고 싶어도 목이 떨려서 말이 나오지를 않았다.
 "다친 곳은 없느냐?"
 "예, 다행히도 놈들이 저의 얼굴은 봐준 것 같습니다."
 "음… 조금 긁혀야 남자다운 멋이 풍길 텐데, 그놈들이 뭘 모르는 모양이구나."

기껏 한다는 말이 엉뚱한 말들이다. 그래 놓고는 스스로 생각해도 어이가 없는지 서로가 마주 보며 빙그레 웃었다.

"고맙다, 휘아야."

"제 동생인데요."

멋대가리없는 두 사제의 눈가에 언뜻 안개가 서린 듯 보였다. 문득 휘가 뿌옇게 보이자 고봉천이 얼른 말을 바꿨다.

"참! 네가 떠나고 나서야 알았다만 충아가 없어졌다. 들었느냐?"

충아라면 철군명의 아이였다. 휘는 고봉천의 말에 한 가지 생각이 스쳐 지나갔다.

"철군명이 데려갔나 보군요."

"음, 사형도 그리 생각하는 것 같더라. 허… 어찌 그리 무정하신지……."

비정한 세상의 단면을 보는 것만 같았다. 그래선지 사부님의 가족이 더욱 따뜻하게 느껴지는 휘였다.

"저… 사부님."

"응?"

휘는 차마 꺼내기 어려운 말을 어렵게 꺼냈다.

"내일 날이 밝으면 바로 가봐야 할 것 같습니다."

"내일?"

고봉천이 눈을 크게 뜨고 놀란 표정으로 물었다.

"…예. 돌아가는 상황이 너무 급박해서 바로 출발해야 할 것 같습니다."

"그래? 좀 더 지냈으면 했는데."

조금은 아쉬운 듯한 표정.

"사부님……."

휘의 눈에 서린 안개가 점점 더 짙어질 때였다.

삐걱, 문이 열리더니 정청화가 들어왔다.

"갈 때 가더라도 이거나 마시고 가거라."

정청화가 부드럽게 웃으며 건네는 찻잔에선 맑은 향기가 흘러나오고 있었다. 참으로 오랜만에 맡아보는 다향, 사부님이 아까 마시던 녹정차의 향이었다.

"휘아야, 항상 우리가 있다는 것을 잊지 말아라. 너는 혼자가 아니란다."

"예, 사모님. 저는… 혼자가 아닙니다. 사모님, 사부님이 계신데요……."

행여나 한줄기의 향이라도 놓칠까 봐 천천히 차를 마신 휘는 빈 찻잔을 내려놓고 고봉천과 정청화에게 큰절을 올렸다.

"다녀오겠습니다."

"그래, 몸조심하고."

"올 때 그 아가씨도 데려왔으면 좋겠구나."

느닷없는 정청화의 말에 휘의 어깨가 가늘게 떨렸다. 마치 자식에게 며느릿감 얼굴 좀 보자는 듯한 말투가 아닌가.

"꼭, 데려오겠습니다."

막상 대답을 하고 나니 휘는 모용서하의 생각이 궁금해졌다.

모용서하는 이런 대답을 하는 자신을 어떻게 생각할까? 공손척의 말대로라면 그녀 역시 자신에 대해 마음이 있는 것은 분명한데…….

* * *

무저동에 들어가자 무덤들은 여전히 그대로였다. 전에 옮기려 했다가 혹시나 신마천궁의 침입이 있으면 훼손될까 봐 그냥 놔뒀었다.

휘는 약간 흐트러진 돌무더기를 정돈하고는 가져온 향을 피우고 술을 따랐다. 아버지들의 즐거워하는 얼굴이 보이는 듯하다. 어머니는 여전히 울고 계시는 것만 같다.

"조금만 기다리세요. 제가 나쁜 놈들 혼내주고 와서 좋은 데로 모실게요. 기다리실 수 있죠?"

일각여를 무덤 앞에 앉아 도란도란 이야기를 하던 휘가 조용히 몸을 일으켰다.

"다녀올게요. 아, 참! 사모님이 며느리 보고 싶다고 하시네요. 다음에 올 땐 꼭 데려올게요."

아버지들이 벌떡 일어날 것만 같다.

어머니가 환하게 웃는 듯하다.

휘는 무덤 하나하나에 일일이 절을 올리고는 아쉬움을 남겨 두고 무저동에서 빠져나왔다.

* * *

"사질이 생각하기에 그들이 어떻게 나올 것 같은가?"

"놈들은 분명 감숙을 치고 섬서로 동진할 것입니다. 하니 성주께서 섬서 방어막의 한 축을 맡아주십시오."

철운성은 굳은 눈으로 휘를 바라보았다. 고연연을 구해오더니 느닷없이 섬서의 한 축을 맡아달라 한다. 한데 한 축?

"한 축이라 하면 다른 축은 누가 맡는 것이지?"

"종남과 화산이 맡게 될 것입니다."

"종남? 화산? 그들이 움직일 거라고?"

"움직일 수밖에 없을 것입니다. 곧 그들이 믿을 수밖에 없는 곳에서 신마천궁에 대한 소식이 전해질 테니까요."

"믿을 수밖에 없는 곳이라면?"

"무당과 사천연합에서도 그들에게 소식이 전해질 것입니다."

철운성이 눈을 부릅뜨고 휘를 바라보았다.

"사질이 그 일을 어찌 아는가?"

"이번에 연연이를 구해오는 길에 연연이의 다친 눈을 고치러 사천을 갔었습니다. 그곳에서 당가의 가주인 당한문 가주를 만나 많은 이야기를 나누었습니다."

"으음……."

"철혈성으로선 손해 볼 일이 아무것도 없지 않습니까? 신마천궁은 어차피 철혈성의 적이니까요."

"흠, 좋다. 그 일은 네 말대로 어차피 우리가 해야 할 일. 한데 사질은 어찌할 텐가? 정녕 강남과 강북 간의 전쟁에 끼어들 생각인가?"

의혹이 깃든 철운성의 눈을 바라보며 휘가 말했다.

"물론입니다."

"혼자서는 아니겠지?"

철운성의 말에 휘가 조용히 웃음을 지었다.

"당연하지요. 제가 무슨 천하제일인도 아니고, 무적도 아닌데 혼자서 뭘 하겠습니까? 일단 철혈검단에서 열 명을 뽑아 데려가겠습니다. 아무래도 연락과 잡다한 일을 위해서 사람이 필요하니까요. 그리고 나중에 본격적인 싸움이 시작되면 다시 연락을 드리겠습니다."

의외로 적은 숫자에 철운성이 의아한 표정을 지었다.

"열 명? 흠……. 그건 그렇고 한 가지 궁금한 것이 있네만."

"말씀하시지요."

"철혈성의 이름으로 그 일에 참석해서 얻을 수 있는 이익은 무엇인가?"

"첫째는 대의, 둘째는 종남과 화산이 나중에라도 철혈성을 어찌할 수 없는 명분, 셋째는 복수!"

빠르게 말을 맺은 휘는 철운성의 눈을 직시했다. 철운성이 모를 리가 없다. 그럼에도 묻는 것은 자신의 생각을 확인하겠다는 뜻.

"그 일이 잘 마무리된다면, 성주님이 원하시는 대로 철혈성을 함부로 할 만한 세력은 없게 될 것입니다. 그럼 철무명 소성주가 성주가 되어도 누구도 반대하지 못하게 될 것입니다."

"음……."

철운성의 입에서 묵직한 비음이 흘러나왔다. 진조여휘의 무공은 그가 지켜봐서 안다. 가히 천하에 적수가 몇이나 될지 의문일 정도의 고수다. 그런 진조여휘가 강남북 간의 전쟁에 뛰어든다면 분명 대단한 위명을 날릴 것이다. 그리 되면 철혈성의 이름 또한 크게 빛을 발할 터, 누가 감히 철혈성을 건드리려 하겠는가.

"좋네! 사질의 요구대로 철혈검단의 무사 열을 내 주지. 부디 좋은 결과가 있기를 바라겠네."

*   *   *

휘는 떠나기 전에 구장모를 만났다.

"어째 전보다 더 건강해지신 것 같습니다."

"응? 그래서, 부려 먹으려고?"

"그럴 리가요? 제가 어찌……. 하하하!"

가볍게 웃음을 터뜨린 휘는 구장모의 표정이 예상보다 훨씬 편해 보이자 마음속에 있던 생각을 넌지시 꺼내봤다.
"철혈무령에 속했던 분들은 어찌하실 생각입니까?"
"그들은 자유의 몸이다. 그들이 지금 이곳에 있는 것도 사실 너 때문이지. 네 덕분에 살아남았다는 생각으로 말이다. 그러니 나는 모든 것을 그들의 자유에 맡길 생각이다. 여기에 남든, 너에게 가든."
휘는 고개를 끄덕였다. 그들을 끌어들일 생각은 하고 있었지만 판단은 그들이 하는 것, 서두를 필요는 없었다. 그리고 구장모의 말대로라면 상황은 낙관적이라 할 수 있었다.
"그럼 한 가지 부탁 좀 하겠습니다."
"뭐냐? 혹시 네 사부 때문에?"
휘가 가볍게 웃었다.
"하하! 과연 구 할아버지십니다. 당분간만 그분들께 사부님 가족의 안전을 부탁드리고자 합니다. 설마 천귀검신 구장모님께서 말씀하시는데 안 듣겠습니까?"
"녀석, 입술에 침이나 발라라!"
그러면서도 고개를 끄덕인 구장모가 물었다.
"차라리 다른 곳으로 옮기는 것은 어떠하냐?"
"저도 그 생각을 안 해본 것은 아닙니다만, 사부님께서 철혈성에 대한 애착이 대단하신 터라 나중에 말씀드려 볼 생각입니다."
"음, 하긴. 네 사부가 생각보다 고집이 좀 세지. 쯧!"
"뭐, 제가 아는 어느 분도 성격이 대단하신 것 같더군요."
"응? 너… 혹시……? 거기 안 서?!"
"하하하! 삼십 년간 맹서를 지킬 정도면 대단하지 않습니까?"
"이놈아! 그게 고집이냐? 남자의 의리지!!"

하지만 구장모가 소리쳤을 때는 멀리서 들려온 소리가 귓전을 울리고 있을 뿐이었다.

"다녀오겠습니다!"

"그래, 부디 잘 다녀와라. 녀석, 이제 천하의 기둥이 되었구나. 흘흘 흘……."

　　　　　*　　　*　　　*

휘는 철혈검단에 들어가 영호련과 웅경을 불렀다. 그리고 반가워하는 그들에게 가볍게 한 번 웃어주고는 여덟 명의 이름이 적힌 명단을 건네 줬다. 휘가 그동안 나름대로 눈여겨봐 왔던 자들의 이름이 적혀 있는 명단이었다.

"이 사람들을 데려오시오."

제대로 인사도 나누지 못한 채 쫓기듯이 철혈관으로 향하던 영호련이 불만을 참지 못하고 퉁퉁거렸다.

"쳇! 인사 좀 나누면 어디가 덧나나? 얼굴이 달아져? 입이 달아?"

그러면서도 왠지 얼굴에는 희색이 만연하다. 그걸 보고 웅경이 한마디 했다.

"그렇게 보고 싶냐?"

"누가? 누굴? 미쳤냐?"

'얼굴에 다 써 있다. 니 붉어진 얼굴에!'

그러나 차마 그 말은 하지 못했다. 종일 시달리기는 싫었으니까.

반 시진 후, 웅경과 영호련이 여덟 명의 무사를 데리고 왔다. 그중에는 본래부터 철혈검단의 무사였던 사람도 있고, 다른 곳에 속해 있다 나중에야 철혈검단에 합류한 사람도 있었다. 그들은 단주의 느닷없는 호출에 바짝 긴장한 채 눈만 빛내고 서 있었다.

한 차례 그들을 둘러본 휘가 입을 열었다.

"나는 그대들과 함께 폭풍이 몰아치는 전장 속으로 들어갈 생각이오."

웅경과 영호련을 비롯해서 열 명의 눈이 뜨거운 열기로 서서히 커져 갔다.

마침내 출동인가?

가슴이 벅차지 않으면 무사가 아니다. 더구나 절대고수인 휘와 함께 움직이다니!

주먹을 움켜쥔 영호련이 휘에게 물었다.

"전장이라 하면 혹시 강북과 천도맹 간의 전쟁을 말하시는 겁니까?"

"그렇소. 하지만 정확히 말해서, 우리의 적은 신마천궁이오."

움찔, 자신도 모르게 영호련이 몸을 떨었다.

"저희들이…… 신마천궁과요?"

영호련과 웅경은 이미 신마천궁의 힘이 어느 정도인지 목숨을 걸고 경험한 사람들이다. 그러니 휘의 말이 얼마나 어이없는 것인지 잘 알고 있었다.

조금은 어이없어 하며 되묻는 영호련을 향해 휘가 말했다.

"후……. 영호 대주, 대주가 보기에는 내가 수하를 자살하라 할 사람으로 보이오?"

"예?"

잠시 멍하니 서 있던 영호련의 얼굴이 와락 일그러졌다. 한마디로 자신들이 그들에게 덤벼드는 것은 자살 행위다, 그 말 아닌가?

자존심 구겨지는 소리가 천둥처럼 들려오자 영호련이 휘를 꼬나 봤다. 그때 휘가 말했다.

"뭐, 풍 형에게 눈총받기 싫어서라도 그렇게 하지 않을 것이니 걱정 마시오."

그러자 영호련의 얼굴이 칠면조처럼 순식간에 변해 버렸다.

"왜, 거기서……."

그럼 그렇지, 하는 웅경의 눈빛도 아랑곳하지 않고.

휘는 터져 나오려는 웃음을 참고 말했다.

"그대들의 주임무는 연락과 정보 수집이 될 것이오."

영호련이 의아한 표정으로 물었다.

"그거라면 만상문이 더 나을 텐데요?"

이미 만상문의 존재를 알고 있는 영호련이었다. 그러니 그런 의문이 생기는 것은 당연한 일.

휘는 열 명의 무사를 둘러보고는 나직한 목소리로 입을 열었다.

"그대들이 맡은 임무의 성사 여부에 따라 싸움의 판도가 달라질 수도 있음을 상기해야 할 것이오. 그리고 그대들이 얻은 정보는 오직 나에게만 전해져야 하오. 최악의 경우가 아닌 한은."

"그 말은……?"

뭔가를 짐작한 듯한 영호련의 태도에 휘는 천천히 고개를 끄덕였다.

"내가 연연이의 눈을 고치러 성수곡에 간 것을 아는 사람은 몇 되지 않소. 한데 그들은 며칠 만에 곧바로 뒤따라왔소. 철혈성에 간자가 있는 것은 전부터 알고 있는 일, 알면서 당할 수는 없지 않겠소?"

"그럼 저희들은 믿을 수 있단 말입니까?"

휘가 빙그레 웃었다.

"일이 터지면 가려내기는 훨씬 쉽지 않겠소? 딱 열 명뿐이니."

맙소사! 그걸 이유라고…….

"…너무 하시는군요."

"내가 그대들을 믿을 수 있는 방법이 있긴 한데……."

심각한 표정으로 말을 끄는 휘를 보며 영호련이 조심스럽게 물었다.

"뭐… 죠?"

"간단하오. 만상문의 형제가 되는 것이오. 나는 형제들의 말이라면 무조건 믿거든."

4

"옴 마나하 사바 수 아바탐 다라시……."

괴이한 주문 영창이 여섯 시진째 흘러나오고 있었다.

괴승의 전신을 감싸고 돌던 녹무(綠霧)가 점점 짙어지더니, 마침내 시퍼런 청무로 바뀌어가고, 그의 앞에 늘어선 석관에서는 양각되어 새겨진 무늬들이 청무에 휩싸인 채 춤을 추기 시작했다.

어느 순간, 괴승의 주문 영창이 멈추는가 싶더니, 괴승의 입에서 시뻘건 혈무가 뿜어져 나왔다.

푸아악!!

뿜어진 혈무는 청무와 섞여 석관 위를 맴돌았다. 그렇게 얼마나 지났을까, 석관 위를 맴돌던 혈무와 청무가 석관 위에 내려앉았다.

그리고…….

"사령의 혼을 지닌 령(靈)들이여! 나 사령불의 진혈을 받아들여 이백 년 잠에서 깨어나라!"

고오오…….

사령불의 사이한 목소리가 지하 공동을 울리자 사십팔 개의 석관이 일제히 요동을 쳤다.

갈수록 짙어진 사기가 지하 공동 안을 가득 메운다. 사람이라면 누구든 보는 것만으로도 미쳐 버릴 것 같은 엄청난 사기였다. 그럼에도 사령불은 진녹의 눈을 빛내며 한 점 흔들림없이 거세게 요동치는 석관을 응시했다.

반 시진이 지나고, 석관의 뚜껑이 금방이라도 열릴 듯이 들썩거릴 때였다. 사령불은 무릎 위에 놓인 동패를 허공으로 치켜들고 소리쳤다.

"일어나 사령의 새로운 주인을 맞이하라! 사령수라여!"

콰아아아!!

덜컹! 덜커덩! 콰과광!!

석관의 뚜껑이 허공으로 튕겨 나간다. 허공에 튕겨진 석관의 뚜껑들이 부서지며 가루로 화해 허공에 흩날린다.

동시에 석관 위에 머물러 있던 청무와 혈무가 석관 안으로 스며들었다. 순간!

"끄아아아!"

귀청을 찢을 듯한 괴성을 토해내며 붉은 기시를 걸친 승려들이 벌떡 일어섰다.

기사(奇事)였다.

서장의 한구석, 이제는 잊혀져 아무도 기억하지 않는 한 폐찰의 백 장 지하에서 기사가 벌어지고 있었다.

육십육 일간, 단 하루도 빠지지 않고 하루 중 여섯 시진에 걸친 사령불의 노력으로 마침내 서장 무림을 뒤흔들 가공할 힘이 이백 년 잠에서 깨어나고 있었다.

사십팔 구의 사령수라강시(邪靈修羅殭屍)!

일어선 사령수라강시를 바라보던 사령불의 입가에 사이한 미소가 서서히 짙어져만 간다.

"크흐흐흐! 이들이 완성되었다면 어찌 사령수라교가 천화사의 겁쟁이

기다리는 사람들 31

들에게 당했을 것인가! 포여랍이여! 네가 진정 대법왕이라면, 어디 다시 한 번 사령불의 겁화를 막아보거라. 막지 못한다면, 서장은 사령의 주인이자 만사의 하늘인 나 사령불을 섬겨야 할 것이다!"

*　　　*　　　*

사령불이 사령수라강시를 보며 광소를 터뜨리던 그 시각, 납살 포달랍궁의 십팔층 지하 뇌옥.

스스로를 가둔 채 수십 년을 지내온 한 명의 노승이 나직이 입을 열었다. 서장의 대법왕, 포여랍이었다.

"그가… 마침내 사령의 문을 열었구나. 진정 두 개의 달이 뜨는 것인가……?"

뇌옥의 철창 앞에 엎드려 있던 중년 승이 깊이 고개를 숙였다.

"어찌해야 할지 제자에게 가르침을 내려주소서……."

"가르침이라… 나후타, 그대가 해야 할 일은 한 가지, 중원으로 가서 아후달을 찾아라. 아후달은 낙양의 서쪽 황하 아래에 등불을 밝히고 있을 것이니, 그에게 물어 천화의 맥이 이어진 이를 찾아라. 그만이 이 땅의 중생들을 구할 수 있을지니……."

"삼가 대법왕의 가르침을 받들어 천화의 맥을 찾겠나이다."

"서둘러야 할 게야……."

포여랍은 중년 승이 나가자 잔잔하게 떨리는 눈으로 허공을 응시했다.

"천화의 후예여, 삼령의 힘을 지닌 자여… 어서 오라. 어서 와 나 포여랍의 염(炎)을 가져가 사령을 불태우라……."

2장
장강은 피로 물들고

1

철혈성을 출발한 지 칠 일 만에 낙양에 들어섰다.
한고점의 현판은 예나 지금이나 변함없이 칠이 벗겨진 그대로였다. 주인이 없음을 아는지 세월이 이곳만은 비켜간 듯했다.
휘는 고개를 들어 낡은 현판을 바라보다 안으로 걸음을 옮겼다. 떠난 지 일 년이 채 안된 시간이었는데도, 마치 십 년 만에 돌아온 것 같은 기분이었다.
책을 정리하고 있던 방윤은 안으로 들어서는 휘를 보고 눈을 휘둥그렇게 떴다. 그는 휘가 한고점에서 생활할 당시 휘의 본 얼굴을 볼 기회가 있었다. 나중에 면구를 벗고 오면 못 알아볼지 모른다며 휘가 보여주었던 것이다.
뜻밖에 반가운 얼굴을 본 방윤의 얼굴에 밝은 웃음이 떠올랐다.
"공자님!"
"잘 있었습니까?"

"물론입죠! 어이쿠, 어서 안으로 드시지요."

전에 쓰던 후원의 방으로 들어가자 깨끗한 내실이 휘를 반겨주었다. 그동안에도 항상 청소를 한 듯 반질거리는 가구들을 보며 휘는 새삼 방윤에게 고마운 마음이 들었다.

휘가 방을 둘러보고 있을 때 방윤이 차를 내왔다.

"다른 분들은 안 오셨나 보군요."

"그 사람들은 다른 곳에서 만나기로 했습니다."

초평우와 풍인강, 그리고 영등을 생각하니 문득 보고 싶은 생각이 들었다. 말썽이나 안 피우고 잘 있는지 걱정이 되기도 했고.

"개방에서 별다른 소식은 없었습니까?"

"예, 주인 나리는 대체 언제 오시려는지……."

아무래도 방윤에게는 유정룡이 구금된 것 같다는 소식이 전해지지 않은 듯싶다. 하기야 확실치도 않는 일을 굳이 방윤에게 알려줄 필요는 없었을 것이다.

휘는 걱정스런 표정을 짓고 있는 방윤을 보며 입을 열었다.

"오늘 하루는 이곳에서 쉬고 떠날 생각입니다. 숙부님에 대한 것은 나중에 개방으로 가서 알아볼 테니 너무 걱정 마십시오."

"저야 뭐……."

"아! 한 가지 부탁이 있습니다."

"어이구, 부탁이라니요. 편히 말씀하십시오."

"혹시 이곳에 옛날이야기가 전해지는 어떤 특별한 지명이나 지역 같은 것을 찾을 수 있는 책자가 있습니까?"

"특별한 지명이나 지역이요? 옛날이야기라… 그런 것이라면 산해경(山海經)이 있지요. 다른 것도 몇 가지 있지만 옛날이야기까지 섞여 있는 것이라면 산해경이 제격입니다요. 특히 다섯 권으로 된 오장산경(五藏山經)에는 별 해괴한 이야기들과 천하 유명한 지역의 특색에 대해서도 잘 나와 있습죠."

"흠, 산해경이요?"

"오장산경 말고도 남산경이나 해외, 해내사경, 그리고 대황사경 등 총 스물세 권이나 됩지요. 가져다 드릴까요?"

휘가 흥미로운 표정으로 고개를 끄덕였다.

"그래 주시겠습니까?"

잠시 후, 방윤이 한 아름의 책을 들고 방에 들어왔다. 그가 들고 온 책은 산해경과 다른 지리서들까지 무려 서른두 권이나 됐다. 그는 책을 내려놓더니 머뭇거리는 표정으로 휘에게 말했다.

"저, 혹시 궁금한 것이 있으면 부르십시오."

휘는 건성으로 고개를 끄덕였다. 그는 방윤의 말을 단순히 필요한 것이 있으면 부르라는 것으로 알아들은 것이다. 하지만 오장산경을 펴든지 얼마 되지 않았을 때였다.

"후, 진짜 걱정된다. 이거 공부를 더 열심히 해야지 원, 남들이 알면 놀리지나 않을지 모르겠군."

언뜻 심오하기 그지없는 기문진을 아무렇지도 않게 펼치던 모용서하의 얼굴이 떠올랐다.

"잘못하면 얼굴도 못 들겠는 걸. 쩝……."

결국 책을 한 번 더 훑어본 휘는 붉어진 얼굴로 방윤을 불러야만 했다. 부끄러운 것은 부끄러운 것이고, 알 것은 알아야 하니까.

"저, 방 노대."

휘가 부르자 마치 부를 줄 알았다는 듯 방윤이 곧바로 안으로 들어왔다. 그런 그의 얼굴에는 가벼운 웃음마저 떠올라 있었다.

"산해경은 본시 오래된 책이라서 일반 사람들은 알아보기 어려운 글자들이 많습죠. 그 점을 미리 말씀드렸어야 하는데."

말해준다고 아나? 휘는 마음을 써주는 방윤이 고맙기는 했지만 그렇다고 자신의 무지를 감추고 싶지도 않았다.

"이거, 배운 게 많지 않아서 도통 알아볼 수가 없습니다. 방 노대가 좀 알려줘 봐요."

휘의 말에 방윤이 빙그레 웃었다. 쉽지 않은 말을 꺼내는 휘가 더욱 정겹게 느껴진다는 듯.

그는 오장산경 중 하나를 집어 들고 천천히 읽어나갔다. 단순히 지명과 그 지역에서 나는 산물(産物), 그리고 그 지명에 얽힌 옛이야기는 빠르게 읽고 지나갔지만 글 속에 또 다른 뜻이 담겨져 있는 곳은 방윤이 따로 해석을 해서 들려줘야 했다. 그러한 부분은 그저 읽을 줄 안다고 해서 이해할 수 있는 것이 아니었던 것이다.

근 반 시진에 걸쳐 한 권을 다 읽고 나자 방윤이 또 다른 책 한 권을 집어 들었다. 방윤이 두 번째 책을 반쯤 읽었을 때였다.

"…하늘의 양기가 모아져 하나의 샘을 이루니 사람들은 그곳을 심양천(深陽泉)이라 했다."

책을 읽어가던 방윤을 보며 휘의 눈이 번뜩였다. 처음으로 천양과 비슷한 이야기가 나온 것이다.

"잠깐! 혹시 심양천이라는 곳이 어디에 있는지 압니까?"

"에… 지금으로 따지면 사천성 성도에서 북쪽으로 오백 리 정도 떨어져 있는 황룡을 말합니다."

"황룡?"

휘는 곰곰이 그 위치를 생각해 봤다. 성도에서 오백 리 북쪽이라면 한

중에서는 서쪽이라 할 수 있다.
 지양 선인께서 마백의 무리를 확인한 곳이 청해라 생각하고, 그곳에서부터 놈들의 추적을 피하기 움직인 예상 행로를 따라 선을 그어봤다.
 황룡과 한중, 그리고 무당이 비슷한 선상에 놓인다. 문제는 한중이 가운데 놓였다는 것이다.
 "흠……. 계속 읽어보세요."
 방윤은 힐끔 휘를 바라보고는 다시 책을 읽어갔다. 그 후로 몇 권의 책을 더 훑어봤지만 그 어느 곳에서도 비슷한 지명이나 이야기를 찾을 수가 없었다.
 해질 무렵, 휘는 방윤을 내보내고는 깊은 생각에 잠겨들었다.
 '삼령문은 수천 년을 이어온 문파다. 산해경 또한 고대로부터 전해온 이야기를 집대성한 책이고, 그렇다면 지양 선인께서 그곳에 나온 지명을 알고 있었을 수도 있지 않을까?'
 안타까운 일이다. 친양신주나 지음신주가 있을 만한 곳만 예상할 수 있어도 뭔가 짐작할 법도 하거늘, 지금으로써는 아무것도 확신할 수가 없다. 황룡이라는 곳도 다만 이야기상으로 비슷하다는 것일 뿐.
 "인연이 닿지 않는다면 하는 수 없지. 일단은 날이 밝는 대로 홍비개 어른을 만나봐야겠군."
 어느새 창밖에는 진한 어둠이 천지를 뒤덮으며 몰려오고 있었다.

                                2

 홍비개는 조금씩 따뜻해지는 아침 햇살 아래에서 이를 잡고 있다가 헐레벌떡 뛰어들어 와 햇살을 가리는 마두개를 보며 이맛살을 찌푸렸다.
 "그냥 비킬래, 맞고 비킬래?"

"조 공자가 찾아왔수!"

"안 비킬……."

강룡지로 마두개의 이마에 혹을 하나 선물하려던 홍비개의 손이 우뚝 멈췄다.

"누구?"

마두개가 흥분된 목소리로 빽 소리쳤다.

"귀가 먹었수? 조 공자! 아니지, 진조여휘 공자가 찾아왔단 말이우!"

벌떡 몸을 일으킨 홍비개의 손가락이 끝내 마두개의 이마를 향해 날아갔다.

딱!

"이놈아! 그걸 왜 이제 말해?!"

이마를 움켜쥔 마두개가 벌겋게 달아오른 얼굴로 튀어나가는 홍비개의 뒷모습을 바라보았다. 만일 평상시였다면 홍비개가 충분히 느낄 만큼 살벌한 기운을 담고.

'씨불, 노친네!'

그러다 한쪽에 놓인 홍비개의 밥그릇이 보이자 씩 웃고는 목에 힘을 주었다.

"카악! 퉤!"

휘는 홍비개가 날듯이 튀어나오자 웃음을 지으며 포권을 취했다.

"안녕하셨습니까?"

홍비개가 정신없이 고개를 끄덕이다 말고 휘를 주시했다.

"소문은 들었다만, 진짜 잘생겼네."

홍비개의 엉뚱한 말에 휘가 고소를 지었다.

"그냥 면구로 가리고 다녀야 할 것 같습니다."

"엥? 뭔 소리. 그냥 다녀. 얼굴도 무기라구."

쓴웃음을 배어 문 휘를 보고 홍비개가 빠르게 말을 이었다.

"말은 들었지?"

아마 유정룡에 대한 것을 말하는 것일 게다.

"외숙부께서 구금되었다 들었습니다만."

"격리되었다는 말도 있고, 구금되었다는 말도 있고, 아직 확실하지는 않네만 들리는 소문으로는 장인성도 함께 갇혔다고 하는 것 같더군."

"장인성 대협까지요?"

"뭐, 유정룡에 대한 변호를 섰다가 미움을 받았다는 말도 있네."

휘의 눈에서 햇살조차 얼려 버릴 한기가 싸늘하게 흘러나왔다.

"그럼 사실일 가능성이 크군요. 장인성 대협은 저와 약속한 것이 있으니 결코 외숙부의 구금을 찬성하지 않았을 것입니다."

"가끔 찍어서 먹어봐야 맛을 아는 놈들이 있지. 그건 그렇고 어떡할 텐가?"

몸서리쳐지는 한기에 부르르 한차례 몸을 떤 홍비개가 굳은 눈으로 휘를 바라보며 물었다. 그는 안다. 비록 짧은 기간이었지만 그동안에 휘가 어떤 길을 걸어왔는지.

또한 그러하기에 휘의 움직임에 촉각이 곤두설 수밖에 없었다. 만일 휘가 산동으로 가겠다고 한다면 산동에 피바람이 불 것은 불을 보듯 뻔하니까. 그러나 그리 되면 홍비개로선 둘 중 하나를 선택해야만 한다. 정파의 기둥인 개방제로서의 홍비개냐, 아니면 유정룡의 친구로서의 홍비개냐.

갈등에 싸인 홍비개를 바라보며 휘가 차갑게 입을 열었다.

"산동으로 가긴 하겠지만 지금 바로 가지는 않겠습니다."

당장에라도 달려가고 싶다. 하지만 자신을 믿고 기다리고 있는 사람들을 외면할 수도 없다.
"아직은 해야 할 일이 있으니까요. 어르신께선 그들에게 전해주십시오. 후회는 아무리 빨라도 늦은 법, 후회할 짓은 아예 처음부터 하지 말라고 말입니다."
"으음……. 나 역시도 그 일이 사실이라면 참지 못할 것이네. 그러나 확실한 것을 알지 못한 채 섣불리 움직여서는 안 될 것이야."
"물론입니다. 단, 확실한 것을 알게 되면 나 역시 확실하게 매듭을 지을 것입니다."
"그래야겠지."
홍비개는 쓸쓸한 표정으로 고개를 끄덕이고는 다른 이야기로 말꼬리를 돌렸다.
"한데 자네 그 이야기 들었나?"
"예? 뭘 말입니까?"
"천도맹과 천검보가 삼양신문의 거점인 합비에서 회동을 했네. 구대문파 중 다섯 곳의 대표들과 오대세가 세 곳의 대표들도 참석을 했다고 하더군."
"예, 오던 길에 말은 들었습니다."
"결론이 조금 묘하게 났다던데……."
만상문으로 온 연락이 자신에게 전해진 것이 이틀 전이다. 조사를 하리라 생각은 했지만 그게 자신에게 맡겨질 줄은 몰랐다. 어쨌든 남창으로 가려던 자신에게는 잘된 일이다. 직접 조사할 수 있는 확실한 명분이 생겼으니까.
휘는 고개를 끄덕이며 입을 열었다.
"십팔마마경에 대한 조사를 저에게 맡기기로 했다 하더군요. 해서 그곳으로 가는 중입니다."

"위험하지 않겠나? 삼양신문의 분타인 천계산의 대현산장이 정체 모를 자들에게 습격을 당하는 바람에 분위기가 험악하게 흐르고 있다던데."

"이미 수레바퀴는 구르기 시작했습니다. 막기에는 너무 늦었지요. 아마 앞으로도 많은 일들이 일어날 것입니다. 지금보다 더한 피를 뿌리면서 말입니다."

휘의 말 마디마디마다 진한 혈향이 풍겨지자 홍비개는 자신도 모르게 어깨를 떨었다. 그는 묻지 않을 수 없었다.

"진정 그들이 그 정도로 두려운 자들인가? 천하의 대문파들이 모두 긴장해야 할 정도로?"

"개방도 어느 정도는 정보를 수집했을 텐데요? 하긴 듣는 것과 보는 것은 또 다르니……. 아마 직접 대해보면, 제 말이 그들을 반도 제대로 설명하지 않았다는 것을 알게 될 것입니다."

"음……."

침음성을 흘리며 말을 잊은 홍비개의 표정이 어두워졌다. 다른 사람은 몰라도 그는 휘의 말에 결코 과장이 없음을 아는 것이다.

"용혈궁의 움직임이 심상치 않다고 들었습니다만……."

휘가 말을 돌리자 그제야 생각이 났다는 듯 홍비개가 손바닥으로 이마를 쳤다.

"어이쿠! 이런 멍청한!"

그리고 빠르게 입을 열었다.

"모용진광이 팽가를 끌어들였는데도 상황이 이상하게 흐르고 있네. 팽가가 나서자 북두검회도 본격적으로 나서기 시작했거든."

그 이야기는 이미 물상만가에서 들었던 이야기다. 휘가 바라는 것은 그 이후의 일.

"현재 상황은 어떻습니까?"

"그게… 조금 수상한 자들이 몇 끼어들긴 했는데, 설마 천하의 용혈궁이 그 몇 명에 좌우지되겠는가?"

누구라도 그리 생각할 것이다. 그러나 휘의 생각만은 달랐다. 절대고수 한 명의 영향이 어디까지 미치는가를 그만은 절실히 알고 있으니까.

"그들이 누군지 정확히 밝혀진 것은 없습니까?"

"용혈궁의 상황이 워낙 살벌한지라 정보를 얻기가 만만치 않네. 하지만 최선을 다하고 있으니 곧 밝혀지겠지."

홍비개의 말을 들은 휘는 왠지 모르게 불안한 마음이 들었다. 드러난 창은 무섭지 않지만 암중의 화살은 무서운 법. 잠시 생각을 정리한 휘가 조용히 입을 열었다.

"저희 만상문의 형제들이 용혈궁에 들어가 있습니다. 그들에게 알아낸 사실을 개방에 알리라 하겠습니다. 혹시라도 무슨 일이 있거든 즉시 저에게 알려주십시오."

"그야 당연하지!"

"그리고 모용 낭자의 병세에 대해서도 정확히 알아봐 주십시오."

"엉? 모용서하가 아프단 말인가?"

"예."

"그럼 의원을 불러서 치료해야지, 왜……?"

"잘은 모르겠지만 공손 선배님의 말에 의하면 제가 가야 치료를 할 수 있다고 하더군요."

"자네가 가야만 한다고? 거참, 자넨 의원도 아닌데 무슨…… 가만? 혹시…… 그 늙은이가 저번에 나를 찾아와서 줘팬 것이 그 일 때문……?"

홍비개가 묘한 눈빛으로 바라보자 휘는 머쓱한 표정을 짓고는 도망치듯이 홍비개의 방을 나섰다.

"운 장주가 기다릴 텐데 너무 늦지나 않았나 모르겠네."

3

개방의 분타를 떠난 휘는 운가장을 찾아갔다. 불필요한 오해를 사지 않기 위해 면구를 쓰고서.

"이익분의 일 할!"
휘가 간결하게 말을 맺자 운주열이 고민에 찬 표정으로 휘를 바라보았다. 휘가 정보를 팔겠다고 할 때부터 긴장의 끈을 늦추지 않고 있었다. 팔 정보가 결코 단순한 것이 아닐 거라 생각했기 때문이었다. 그리고 예상대로 휘가 맛보기로 내놓은 정보는 운주열의 구미를 당기고 있었다.

"소문을 들으셨겠지만 강호에 커다란 싸움이 일어날 것입니다. 그에 대한 자세한 정보는 장주님과의 계약이 성사되는 대로 전해 드리도록 하겠습니다."

하지만 다짜고짜 일 할의 정보료를 요구하는 휘를 보니 운주열로선 고민이 안 될 수가 없었다.
"일 할이면 너무 많지 않은가?"
휘가 되물었다.
"정말 많다고 생각하십니까?"
시간이 지나면 어차피 알게 될 일이지만, 상계의 전쟁은 누가 다른 상인보다 더 자세한 정보를 한걸음 먼저 알아내느냐에 승패가 달려 있었다. 그렇기에 휘의 정보가 어떤 것이냐에 따라서, 그 정보는 운주열에게 천금 같은 정보라 할 수 있었다. 각종 무기와 물자를 남보다 싸게 매집할 수 있을 테니까.

그리 생각하면 일 할은 결코 많은 것이 아니었다. 더구나 이익분의 일 할이라면…….

운주열은 한참 동안 휘를 바라보더니 천천히 고개를 끄덕였다.

"대신 정보를 우리에게 먼저 전해줘야 하네."

한 가지 조건을 달고. 그러자 휘가 말했다.

"다음에는 더 비싸질지도 모르겠습니다."

"끙, 한번 튕겼다고 너무 하는구먼."

"일 할 오 푼으로 올리고 싶은 것을 간신히 참았습니다. 사실 다른 곳이라면 이 할도 받을 수 있는 정보니까요."

"허허허! 설마 조 공자가 그리 의리가 없으려고?"

"먹여 살려야 할 식구들이 워낙 많다 보니 어쩌겠습니까?"

손에 칼만 안 들었지 검기 도기가 난무한다.

"흠……."

운주열은 표정 하나 변하지 않고 말하는 휘를 보고는 결국 고개를 휘휘 내저었다.

"이거 원, 낙양 제일의 장사꾼이라는 내가 조 문주에겐 꼼짝을 못하겠구먼."

휘도 그제야 슬며시 웃음을 지으며 말했다.

"장사꾼이 그런 말을 할 때 제일 조심해야 한다 하더군요. 그러니 저는 운 장주님의 그 말씀을 절대 믿지 않을 것입니다."

"허! 허허!"

기분 좋은 헛웃음을 터뜨리는 운주열을 보며 휘는 천천히 입을 열었다. 강북과 강남 간에 벌어지려 하는 전쟁의 내막에 대해서. 그리고 그 싸움을 뒤에서 부추기고 있는 신마천궁에 대해서도. 물론 전세에 영향을 미칠 내용은 뺀 채로.

"…그런 만큼 이번 싸움이 어느 쪽의 승리로 마무리되느냐에 따라서 강호의 세력 구도가 재편될 것입니다."

운주열은 조용히 귀를 기울이다가 휘의 이야기가 끝나자 눈을 빛냈다.

휘의 말대로라면 중원 대부분이 싸움터나 마찬가지였다. 강호의 일만 아니면 황궁에서 관여할지 모를 큰 싸움이 벌어지려는 것이다. 전체를 합쳐 놓고 보면 나라 간의 전쟁에 맞먹을 정도였다.

무거운 한숨을 몰아쉰 운주열이 휘에게 물었다.

"흐음! 문주가 봤을 때, 싸움이 끝나려면 어느 정도의 기간이 걸릴 것 같은가?"

"빠르면 일 년, 늦어도 삼 년 정도면 끝날 것입니다."

4

어느덧 봄은 하남에까지 거슬러 올라오고 있었다.

운주열과의 거래를 마치고 조한명을 만나려던 휘는 조한명이 약재 구매를 위해 개봉에 갔다는 말을 듣고 곧장 발길을 남쪽으로 돌렸다.

그 시각, 남쪽에서는 장강을 붉게 물들이며 붉은 태풍이 휘돌기 시작했다.

석양이 서쪽 하늘을 붉게 물들이며 불길한 산 그림자를 길게 드리운 시각, 천도맹의 십파 중 하나이며, 파양호(鄱陽湖)와 장강이 만나는 구강 일대를 장악하고 있는 조양검문(朝陽劍門)에 난데없는 굉음이 울려 퍼졌다.

콰콰광!!

"크악!"

"으아아악!"

뒤이은 처절한 비명 소리!

"웬 놈들이냐?!"

연무장을 지나치던 조양검문의 무사들이 대경해 소리치며 정문 쪽으로 뛰어갔다. 동시에 정문을 통해 수십 명의 청의무사들이 쏟아져 들어왔다. 그중 선두에 섰던 중년인이 차갑게 소리쳤다.

"죽으면 저승에 가서 물어보거라!"

"막아! 놈들이 진입을 하지 못하도록 죽음으로써 막아라!"

"적이다! 적이 침입했다!"

느닷없는 침입에 여기저기서 들어오는 외침이 장원을 뒤흔든다.

챙! 채챙!! 쩌정! 쾅!!

순식간이었다. 정문을 향해 안으로 들어오는 자들, 안에서 검을 들고 달려나오며 마주서 검을 휘두르는 무사들!

수십, 수백 자루의 날이 시퍼런 무기들이 부딪치며 창천 하늘에 살기가 비등했다.

"죽어!"

"죽여라! 쓸어버려라!"

"물러서지 말고 침입자를 물리쳐라!"

죽이지 못하면 죽는다! 죽지 않기 위해선 죽여야 한다!

석양과 함께 들이닥친 혈풍에 장원의 앞마당이 시뻘겋게 물들었다. 상대를 파악할 겨를도 없었다.

달려드는 상대의 심장을 후벼 파자 시뻘건 선혈이 분수처럼 솟구쳤다. 조양검문의 수검당주 곽오는 피분수가 솟구치는 상대의 가슴에서 검을 뽑아내고는 좌우를 빠르게 훑어보았다.

문을 부수고 들어온 적들이 장원의 무사들과 드잡이질을 벌이고 있었다. 상대는 작정을 하고 침입한 자들, 이쪽은 미처 준비도 안 된 상태에서 그런 상대를 맞이하고 있다.

숨 몇 번 쉴 시간도 되지 않아 십여 명의 무사가 사지가 달아난 채 쓰러져 나뒹굴었다.

곽오는 창백해진 얼굴로 석양 속에서 빠르게 밀려드는 적들을 살펴보았다.

적들은 대부분이 푸른 청삼을 입고 있었다. 손에는 검, 도, 창 등 온갖 무기가 들려 있었다. 문득 적들을 훑어보던 곽오의 눈에 뭔가가 보였다. 상대의 소매에 새겨진 하얀 용 무늬.

"용천문(龍天門)?"

곽오는 자신도 모르고 삼양신문 중 하나이자 안휘의 남단을 장악하고 있는 한 문파의 이름을 되뇌었다. 소매의 용 무늬는 '나는 용천문의 무사다'라는 말이나 다름이 없었다.

"용천문의 무사들이 왜 본 문을 친단 말이냐?!"

곽오는 놀란 표정으로 커다랗게 소리쳤다.

"흥! 그걸 네놈들이 모른다면 누가 안단 말이냐?"

용천문의 무사들 틈에서 누군가가 큰 소리로 답했다. 그사이에도 여기저기서 비명이 끊이지 않고 있었다.

쩌정! 창! 콰아아!

"으악! 컥!"

그러다 장원의 안채에서 달려 나온 십여 명의 원로고수가 용천문의 무사들 앞을 가로막자 조금씩 비명 소리가 잦아들기 시작했다.

"이놈들! 감히 이곳이 어디라고?!"

하지만 그것도 잠시 뿐.

"드디어 노물들이 나오는 것인가?!"

정문 쪽에서 대갈일성이 터지더니 한 명의 초로인과 다섯 명의 중년인이 장원 안으로 들어섰다. 그들을 바라본 조양검문의 장로들이 놀란 눈을 크게 뜨고 입을 열었다.

"정녕 용천문이란 말이냐?!"

들어선 자들은 용천문의 부문주인 도룡신검 오유광과 용천문의 척살객이라는 용천오절이었던 것이다.

백염의 초로인 오유광이 차가운 코웃음을 날리며 입을 열었다.

"흥! 오늘부로 조양검문은 문을 닫게 될 것이다!"

"뭐라고?! 오유광! 네놈들이 지금 전쟁을 하자는 것이냐?"

"전쟁은 천도맹이 먼저 시작했지 않느냐?"

오유광의 말에 조양검문의 문주 조양객 백유당이 어이없다는 표정을 지었다.

"그게 무슨 말이냐? 그대는 지금 대현산장의 일을 말하나 본데, 그 일은 결코 우리 천도맹에서 저지른 일이 아니다! 우리가 무엇 때문에 전쟁을 원하겠느냐?"

"흥! 웃기는 소리! 조양검문의 상선이 옹계에 머물며 무사들을 하선시켰다는 목격자가 나타났다. 더 이상 무슨 설명이 필요하겠느냐?"

츠릉!

미처 백유당이 입을 열기도 전, 오유광이 자신의 애병인 도룡검을 뽑아 들었다.

"무사로서 변명은 수치! 더 이상의 변명은 듣지 않겠다! 쳐라!"

오유광의 명령에 용천오절이 득달같이 신형을 날렸다. 백유당과 조양검문의 원로들이 모여 있는 곳을 향해!

"이런! 어리석은!"

백유당은 노화가 치밀었다. 사실 이미 상황은 대화를 한다는 것 자체가 무의미했다. 벌써 죽거나 다친 사람이 수십 명인 것이다.

"좋다! 네놈들이 전쟁을 바란다면 마다하지 않겠다! 모두 침입자들을 죽여라!"

명령이 떨어지자 원로들이 검을 뽑아 들고 용천오절을 향했다. 그리고 또다시 피가 튀기 시작했다.

사방에서 내지르는 고함 소리!

그와 함께 비명 소리도 커져만 간다.

칼날에 스치면 팔다리가 날아가고, 검이 박힌 자리에선 선혈이 분수처럼 뿜어졌다.

그렇게 석양이 저물어가는 만큼 사람들의 목숨도 스러져 갔다.

5

"무엇이!"

위지혁성은 아침 회의를 하던 도중 긴급전서구를 통해 들어온 소식을 전해 받고 대경해 소리쳤다.

"조양검문이 멸문지경으로 당했다니, 대체 그게 무슨 소리란 말이냐?!"

엎드려 있던 전령이 고개를 더욱 수그리며 떨리는 목소리로 입을 열었다.

"용천문의 오유광이 용천오절을 대동하고 느닷없이 쳐들어왔다 합니다. 목숨을 걸고 분전을 했으나 결국 이백여 명의 사상자를 내고……."

쾅!!

위지혁성의 노기 서린 일장에 한 자 두께의 자단목 탁자가 부서져 버렸다.

"그놈들이 감히!!"

위지혁성의 눈이 불을 뿜을 듯하자 여만정이 급히 입을 열었다.

"대현산장의 혈겁을 우리가 저질렀다 생각한 듯합니다, 맹주!"

"그 일은 우리와 관계가 없지 않은가?"

"하지만 저들은 그리 생각하지 않는 듯합니다. 게다가 들리는 소문으로는 옹계에 무사들을 내려놓은 상선이 조양검문에서 운영하는 상단의 상선이라는 소문이 있습니다."

"으음 어찌 그런……."

그러한 소문이 사실이라면 자신이라 하더라도 의심할 수밖에 없는 상황이다. 하지만 자신들은 결코 대현산장을 치지 않았다. 그것만은 분명한 사실.

"대체 어떤 놈들이……!!"

털썩, 위지혁성이 이마를 찌푸리며 의자에 다시 앉았을 때였다. 조용히 앉아서 두 사람의 이야기를 듣고만 있던 조령위가 말문을 열었다.

"이 일로 가장 많은 이득을 볼 자들이겠지요."

위지혁성의 불길이 솟는 눈이 조령위를 향했다.

"이득을 볼 자?"

합비에서의 회동으로 위지혁성은 조령위의 능력을 다시 본 터였다. 그러던 차에 조령위가 입을 열자 뭔가 묘한 느낌이 전해온다.

"조 문주가 하고 싶은 말은 뭔가?"

조령위가 말했다.

"강남과 강북이 전쟁을 해야 만이 이득을 볼 수 있는 자들이 있다면, 그들은 평화 협상이 진행되기를 바라지 않을 거라는 말입니다, 맹주님!"

"그러니까 누군가가 전쟁을 원하고 있다, 이 말인가?"

"그렇습니다, 그것도 대단히 큰 전쟁을."

싸움을 걸어온다면 얼마든지 대적해 줄 용의가 있다. 그러나 누군가의 손아귀에서 놀아나는 것이라면…

"끄응! 골치 아프군."

위지혁성이 이마를 짚고 인상을 찌푸리자 여만정이 조령위에게 물었다.

"그런 자들이 누구인지 혹 조 문주는 짐작 가는 자들이라도 있는가?"

조령위가 조심스럽게 대답했다.

"한중에 갔을 때 그곳에서 놀라운 이야기를 들었습니다. 혹시 맹주님이나 여 문주님께선 신마천궁이란 이름을 들어보신 적이 있으십니까?"

"신마천궁?"

두 사람이 의아한 표정을 지었다.

"그렇습니다. 신마천궁. 칠패보다 강하고, 심지어는 칠패 중 두 곳의 힘과 비등하다고 말하더군요."

"말도 안 되는 소리! 감히 어느 곳이 칠패 중 두 곳의 힘과 비등하단 말인가?"

"저도 그리 말했지요. 한데 그들이 그러더군요. 곧 그들의 힘을 알게 될 것이라고 말입니다."

여만정이 눈살을 찌푸리며 물었다.

"중원의 그 어느 문파도 잘 알지 못하는 것을 자신들이 안다니, 웃기는군. 그건 그렇고 그래, 조 문주가 말하고자 하는 것이 뭔가? 대현산장을 친 자들이 신마천궁이다, 그 말인가?"

"아직 그들인지 확신을 할 수는 없습니다만, 어쨌든 제삼자가 있다는 것만은 분명합니다."

탕탕!!

위지혁성이 의자의 팔걸이를 두어 번 치더니 두 사람에게 말했다.

"사정이야 어떻든, 문제는 삼양신문이 조양검문을 쳤다는 거요! 이백이 넘는 사람들이 죽었소! 어떻게 할까? 우리도 놈들을 칠까? 아니면 쥐 죽은 듯이 웅크리고 있을까? 말들을 해보시오!"

여문정이 말했다.

"강북의 대문파들이 벼르고 있는 상황입니다. 우리가 삼양신문을 친다면 얼씨구나 하고 벌 떼처럼 달려들 겁니다."

"그럼, 잘했다고 박수라도 치란 말이오?"

"일단은 호령묵의 사과를 받고 용천문에 대가를 지불하라 요구하는 것이……."

"천도맹의 주세력 중 하나인 조양검문이 멸문할 지경에 처해 있소. 그런데 호령묵의 사과 정도로 넘어가자는 말이오?"

조령위가 이마를 찌푸리는 위지혁성을 향해 말했다.

"지금은 여 문주님의 말씀대로 싸울 때가 아닌 듯싶습니다. 일을 꾸민 자들이 바라는 대로 해줄 수는 없지 않겠습니까?"

"그럼 어찌하자는 것인가?"

"어찌 보면 이번에 벌어진 일 역시 십팔마마공의 사건과 비슷한 면이 있어 보입니다. 하니 아예 이번 건도 진조여휘에게 맡기고 지켜보면서 대책을 세우는 것이 어떨까 합니다."

"응?"

위지혁성의 눈이 번뜩였다.

십팔마마공의 사건도 어이없는 일이었다. 천도맹이 잃어버린 책과는 전혀 다른 책자로 인해 지금까지 얼마나 당해왔던가.

한데 한편으로 그리 생각해 보니, 조령위의 말마따나 이번 사건도 뭔가 이상해 보인다. 그렇다면……?

"호령묵이 응할까?"

"불만은 있겠지요. 하나 삼양신문이 우리를 단독으로 칠 수 없는 이상, 강호의 제문파들을 끌어들이기 위해서라도 응할 것입니다. 일단 서신을 보내보시지요."

"흠, 좋아! 서신을 보내는 거야 어려울 것이 없지! 단, 조사는 대현산장부터다!"

뜻밖의 말에 조령위는 천천히 고개를 끄덕였다, 입가에 희미한 웃음이 건 채로.

"좋은 생각이십니다, 맹주."

위지혁성도 만족의 웃음을 지었다.

"훗! 어쨌거나 진조여휘란 자가 내 생각보다 능력이 있었으면 좋겠군!"

6

휘가 조양검문의 소식을 들은 것은 천검보에 들러 사공천을 만났을 때였다.

"조양검문이 용천문에 당했다고 하네."

담담히 말하는 사공천을 바라보며 휘가 물었다.

"위지맹주는 어찌하기로 했다 합니까?"

"그게 조금 우습네."

언뜻 사공천의 입가로 웃음이 스친다 느껴졌다. 한데 우습다?

"위지혁성이 조양검문의 일은 제쳐 두고 대현산장의 일에 대해 먼저 조사하자고 했다 하네."

"자신들이 대현산장을 치지 않았으니 자신이 있다는 말이겠지요."

"아무래도 그렇겠지. 한데… 그 일에 대해서도 자네에게 맡기자고 했다는군."
아마도 그것이 우습다는 말 같다. 휘가 조용히 웃으며 말했다.
"삼양신문이 곤란하게 되겠군요."
"글쎄, 한 번쯤 당해보는 것도 괜찮겠지."
"한데 위지맹주의 성격이 듣던 거와 조금 다른 것 같군요. 듣던 대로라면 지금쯤 삼양신문의 분타 두어 군데는 공격을 해야 맞을 텐데 말입니다."
"글쎄 말이네. 나도 그게 좀 의문이야. 하하하하! 아마 이번 일을 벌인 자들도 꽤나 곤혹스러울 거야."
시원하게 웃음을 터뜨린 사공천이 휘를 향해 물었다.
"그래, 승낙할 텐가?"
"어차피 같이 조사해야 할 일 같으니 할까 합니다. 물론 돈은 두 배로 받고 말이지요."
"하하하!! 결국 자네만 이득이군."
"결과가 좋으면 그들 역시 손해날 것이 없는 일 아니겠습니까?"
"하기는……."
웃으면서 고개를 끄덕이던 사공천이 천천히 웃음을 지우고 입을 열었다.
"놈들이 꼬리를 드러낸 것인가?"
휘가 고개를 끄덕였다.
"그런 것 같습니다. 하니 이제 몸통을 끄집어낼 생각입니다."
"그럼 나도 준비를 해야겠군."
휘와 사공천의 눈이 마주쳤다.
"큰 아이가 삼 년 폐관을 마치고 출관했네. 일단은 그 아이를 중심으로 소수의 정예단을 편성할 생각이네. 아마 쓸 만할 거야. 비록 서른세 명에 불과하지만 하나하나가 절정에 다다랐거나 그에 가깝게 자신들을 갈고닦은 사람들이니까."

사공천이 저리 말할 정도면 대단할 것이다. 그러나 휘가 생각하고 있던 것에는 못 미치는 전력이다.

'그들로 혈영마신이나 혼원쌍도와 같은 고수들 몇을 상대할 수 있을까?'

휘가 의문을 품고 바라보자 사공천이 슬며시 웃음을 지었다.

"자네 설마 내가 아까워서 내놓지 않는다고 생각하는 것은 아니겠지?"

휘는 자신의 마음이 엿보인 것 같아 눈빛이 찰나간 흔들렸다.

"그만큼 적이 강하기 때문입니다."

"흠, 나는 자네가 그리 말하는 것만으로도 살이 떨린다네."

"아닌 것 같은데요?"

휘가 짓궂스레 사공천의 위아래를 훑어보자 사공천이 여전히 웃는 얼굴로 말했다.

"하하하! 너무 걱정 말게. 그들은 강하네. 아마 자네라 해도 그들 모두를 상대한다면 이기기 힘들 것이네."

웃는 사공천을 보며 휘는 얼굴을 굳혔다. 그리고 말했다.

"그 정도로 강합니까?"

"내 장담하지!"

"그럼 그들은 한 사람을 만나면 살 것이지만, 두 사람을 만나면 모두 죽습니다."

극단적인 휘의 말에 사공천의 얼굴에서 웃음이 사라졌다. 그러자 휘가 다시 말했다.

"그들로는 일반 고수들을 상대할 수 있을 뿐입니다. 정작 진짜 고수들은 상대할 수 없습니다."

사공천의 얼굴이 찌푸려졌다. 자존심이 상한 듯한 표정이다. 그러나 휘는 아랑곳하지 않고 말했다. 같은 길을 가기 위해서는 보다 더 정확한 것을 알고 정보를 공유해야 하니까.

"절정고수들을 모아야 합니다. 적어도 혼원쌍도나 혈영마신, 무음살마제 같은 고수들을 상대하기 위해서는."

휘의 마지막 말에 찌푸려졌던 사공천의 얼굴이 경악으로 일그러졌다.

"혈영마신? 혼원쌍도? 무음살마제?"

"그런 자들이 몇이나 되는지 모릅니다. 현재 알고 있는 숫자만 아홉입니다만."

최대한 충격을 줘야만 한다. 그래야 방심이라는 함정에 빠지지 않을 것이다. 아니나 다를까, 사공천이 눈을 부릅뜨고 물었다.

"그자들은 죽은 것으로 알려진 자들이 아닌가? 그들이 살아 있었단 말인가? 그런 고수가 아홉이 넘는다고?"

경악한 사공천의 물음에 휘가 무겁게 고개를 끄덕였다.

"제가 직접 만났고, 싸우기까지 한 사람들입니다."

"으음……."

끝내 사공천의 입에서 침음성이 흘러나왔다. 적어도 그가 아는 한, 휘는 결코 거짓을 말할 사람이 아니다. 그런 거짓말을 해서 이득을 볼 일이 없으니까. 명성을 얻기 위해서라면 굳이 그런 말을 하지 않아도 될 정도로 실력도 충분하고.

결국 의자 깊숙이 몸을 파묻은 사공천은 휘의 말을 사실로 받아들였다.

"자세히 알고 싶군."

휘는 사공천을 똑바로 바라보며 자신이 청해에서 사천까지 다녀온 이야기를 해줬다. 동생을 구하러 갔다가 잔마혈전의 고수들과 싸운 것, 그러다 나중에는 전대의 고수들이 신마천궁의 하수인으로 나타났다는 것과 실혼인에 대한 것도.

하지만 그들과 싸웠다는 말을 했을 뿐, 자신이 이겼다는 말은 하지 않았다. 자칫 자신이 그들을 이겼다는 말을 듣고 사공천이 그들의 능력을 잘못 생각할지 몰라서였다. 사공천이 휘의 실력에 대해 아는 것은 삼자대결을 했을 때 본 것이 전부일 테니까.

그렇게 반쯤 숨겨진 상태였음에도, 이야기가 진행될수록 사공천의 얼굴이 굳어지더니 당가와의 협조 부분에 가서는 눈을 크게 떴다.

"당가를 중심으로 아미와 청성이 손을 잡았다고?"

"그렇습니다. 그들은 신마천궁의 전신인 수라마궁에 당한 적이 있기에 어느 누구보다도 그들의 힘에 적극적으로 대응하려 하고 있습니다."

그러나 사공천의 놀람은 시작에 불과했다.

"그들은 신마천궁이 움직이면 뒤를 치기로 약조했습니다."

단순한 말이다. 그러나 사공천은 그 말이 무슨 뜻을 지녔는지 금방 알 수 있었다. 당가와 아미 청성이 힘을 합해야 기껏 상대의 후방 세력을 감당할 수 있을 뿐이라는 말이 아닌가. 물론 전체의 힘을 동원한 것은 아닐 테지만 그것만으로도 놀라지 않을 수 없는 일이었다.

사공천은 휘를 뚫어져라 쳐다보고 직설적으로 물었다.

"그럼 나에게 바라는 힘은 어느 정도인가?"

휘가 답했다. 빙그레 웃으며.

"이미 생각하시고 계신 것 같은 데요?"

사공천이 한숨을 몰아쉬었다.

"끄응, 밑천 거덜 나겠군."

"설마요, 보주님께서도 엄살이 심하시군요."

결국은 절정의 고수들과 천검보의 최정예로 이루어진 편제를 비상시에 맞춰서 새로 짜기로 했다. 별다른 일이 없다면야 현 체제를 유지하면 되는 것이고, 비상시가 닥치면 새로운 편제로 그에 대응하면 되는 것이었다. 천검보로선 하등 손해 볼 것이 없었으니 사공천도 만족한 표정으로 휘의 의견에 고개를 끄덕이며 웃음을 지었다.

그런 한편으로 사공천은 넌지시 한 가지를 부탁했다. 본론과는 상관없는 엉뚱한 것을, 당가의 누구와 같은 표정으로.

"우리 희령이가 강남에서 놀고 있다는데, 강남 가는 길에 좀 데려다줄 수 있겠지? 자네 책임도 있으니까. 뭐 그 아이가 준 물건은 돌려주지 않아도 좋네만."

휘가 말했다.

"그냥 물건을 돌려주면 안 될까요?"

"안 돼!"

*   *   *

천검보는 전에 머물렀던 영빈당의 별원을 휘에게 내주었다. 한 사람을 위해서 별원 전체를 내놓는 일은 극히 드문 일이었지만, 휘로 인해 일었던 파문이 아직도 가라앉지 않은 천검보에선 누구도 이상하게 생각하지 않았다.

휘가 사공천과의 이야기를 마치고 별원에 들어갔을 때였다. 한 사람이 그를 기다리고 있었다.

하늘색 깨끗한 비단 장삼에 잘생긴 외모, 굵은 눈썹이 유난히 돋보이는 이십대 후반의 청년이었다. 그는 휘가 들어서자 포권을 취하며 굵은 목소리로 말을 건넸다.

"나는 사공후라 하네."

사공후, 사공천의 장자이며 천검보의 대공자. 이십대 중반인 삼 년 전에 절정의 경지에 올라 천검보의 십대고수 중 한자리를 차지했다는 절세기재가 바로 그였다.

그런 이유로 강호의 호사가들은 사공후를 후기지수 중 가장 뛰어나다는 칠성(七星) 중 한 명으로 꼽기를 주저하지 않았다.

그래선지 말투에서조차 무게감이 실려 있다. 자연스럽게 위엄이 흘러나온다. 과연 천검보의 후계자다운 모습.

하지만 휘의 표정은 별다른 변화가 없다. 그저 속으로 '이자가 사공후?' 하는 정도일 뿐이다. 한데 다짜고짜 반말이라…….

'뭐, 나이 차도 있는데다 천검보의 대공자라는 지위가 있으니 그럴 수도 있겠지.'

휘는 그러려니 하고 사공후를 향해 가볍게 포권을 취했다.

"말씀은 들었습니다. 만나서 반갑습니다. 진조여휘라 합니다."

휘의 인사에 사공후의 눈매가 씰룩거렸다. 지금껏 자신과 맞대면하면서 휘처럼 아무런 내색도 하지 않는 사람은 처음 보는 사공후였던 것이다.

"과연 듣던 대로 오만하군."

조금은 도전적인 말에 휘는 여전히 무표정한 얼굴로 사공후를 마주보았다.

"그대가 부양청 숙부를 이겼다는 소리를 들었네. 하나 나는 믿을 수가 없어."

휘는 왠지 피곤해질 것 같은 기분이 들었다.

말로만 들었던 사공후였다. 사공천을 보고 대충 짐작하기만 했었다. '아버지가 저렇다면 그 아들도…' 그리 생각하고 가볍게 지나쳤었는데……. 한데 역시 사람은 직접 대하고 볼 일인 것 같다.

휘가 천천히 돌아서며 말했다.
"그럼 믿지 마시지요. 믿으라 강요하지는 않을 테니까요."
삐딱한 휘의 말에 사공후의 눈이 가늘어졌다.
"아버님께선 나더러 그대를 도우라 하던데……. 그런데 어째 도움을 받고 싶어하는 표정이 아니군."
멈칫, 휘가 돌아서던 몸을 멈추고 입을 열었다.
"보주님께서 그리 말씀하셨다구요?"
"그렇다네."
"그 말씀만 하시던가요?"
사공후가 눈살을 찌푸렸다. 그는 한참 만에야 조금 기운이 빠진 목소리로 입을 열었다.
"그대가 원하는 것을 도우라 했지. 하지만 나는……."
"원하는 것을 도우라? 정말 보주님께서 그리 말씀하셨단 말이죠? 다른 식으로 말한 것이 아니고 말이죠?"
사공후는 얼굴을 일그러뜨리고 나직이 말했다.
"그게… 음, 자네 말에 따르라 하셨네. 그렇다고 상하 관계를 말하는 것은 아니지 싶네만."
"한데 보주님의 말씀에 따르기 싫다, 그 말인가요?"
탁탁, 사공후는 옆구리의 검을 두드렸다.
"싫다기보다 강호의 법칙을 따르고 싶다는 것이지."
"강호의 법칙이라……."
휘의 입가로 서서히 하얀 웃음이 번졌다. 다행히 속이 그리 좁은 것 같지는 않다. 속 좁은 자라면 자신이 먼저 거절하고 싶었는데.
"강호의 법칙은 강자존의 법칙, 그걸 말하는 것이겠군요."
"맞네. 나는 나보다 약한 자에게 지시를 받고 싶지는 않거든."

점차 목소리에 힘이 들어가는 사공후를 보며 휘는 크게 고개를 끄덕였다. 아주 마음에 든다는 듯이.

'남자라면 당연히 가져야 할 생각이지.'

"거 좋은 말씀입니다. 강호의 법칙은 내가 아주 좋아하는 법이지요."

거꾸로 사공후의 눈빛이 기이하게 빛났다. 묘한 놈을 본다는 눈빛이다.

휘는 그런 사공후를 향해 말했다.

"그럼 시간을 끌 필요는 없겠지요. 시작할까요?"

"……?"

사공후가 휘의 말을 미처 이해하기도 전이었다. 휘의 전신에서 강한 기운이 뿜어져 나왔다. 지금까지 풍기던 바람 같은 기운이 아니라 화산이 터질 것만 같은 거센 기운이.

사공후의 표정이 순식간에 굳어졌다. 그제야 휘의 말을 이해한 것이다. 하지만 그도 마다하지 않았다.

"좋아! 생각보다 화끈한 친구 같군!"

"아마 손을 마주쳐 보면 더 화끈할 겁니다."

거리는 일 장. 휘가 제자리에 서서 우권을 들어올렸다. 그러자 사공후의 신형이 뒤로 죽 미끄러졌다. 거리가 이 장으로 벌어졌다.

그런데도 휘의 동작은 여전히 변함이 없다. 제자리에 서서 들어올린 우권을 전면을 향해 밀어내고 있을 뿐이다.

후우우웅!!

대기가 밀려나며 권세에 휘말려 들었다.

느닷없는 휘의 공격, 사공후는 안색을 굳히고 일장을 내쳤다.

"차앗!"

천검보는 검의 명가다. 그렇다고 장법이 없는 것은 아니다. 오히려 강호 어디에 내놔도 뒤지지 않을 뛰어난 장법이 있다. 그 장법의 이름은 제검삼첩장.

휘의 천붕과 사공후의 제검삼첩장이 한가운데에서 부딪쳤다.

콰르릉!!

"흡!"

사공후는 숨을 들이키며 두 걸음 물러섰다. 가공할 권력이 그대로 장력을 뚫고 들어오는 바람에 사공후는 연속 삼장을 내치고서야 겨우 몸을 제대로 세울 수 있었다.

하지만 그게 끝이 아니었다. 아니, 이제 시작일 뿐이었다.

휘는 사공후가 삼장을 내치고 몸을 세우자 앞으로 한 걸음을 내딛었다. 한 걸음에 일 장의 간격이 줄어들었다. 그사이 흔들리는 휘의 신형이 다섯으로 늘어났다.

"다시!"

일갈이 터지고, 휘의 주먹이 한 자 크기로 커지더니 그대로 사공후를 향해 쏘아졌다.

다섯의 환영, 다섯 개의 거대한 주먹. 휘의 주먹이 다가오자 이를 악다문 사공후는 마주 장력을 뿌려댔다.

쾅!

굉음이 울린 순간, 주르륵 물러서는 사공후를 향해 휘의 신형이 쇄도했다. 일순간에 코앞까지 쇄도한 휘를 보며 사공후는 오른손을 검병에 가져다 댔다. 찰나,

스팟!

검광이 허리 어름에서 뻗치더니 전면을 열십자로 갈랐다.

휘의 모습도 열십자로 갈라졌다.

하지만 사공후의 표정은 더욱 굳어질 뿐이다.

자신의 검이 결코 휘를 가르지 못했다는 것을 아는 까닭이었다.

'허공을 벴다!'

그는 오히려 눈앞에서 사라져 버린 휘를 찾느라 온 신경을 곤두세워야만 했다.

그렇게 곤두선 신경에 휘의 기운이 잡힌 순간, 사공후는 이를 지그시 깨물고 허공을 향해 검을 처들었다.

일시지간 그의 애검 천광이 새파란 검강을 토해냈다. 휘가 떠 있는 하늘을 향해!

쩌저적!!

자신이 자랑하는 척천뇌검 중의 추월뇌종!

줄기줄기 뻗친 새파란 뇌전이 하늘을 갈랐다.

휘는 자신을 향해 뻗어 오는 뇌전을 보며 허공에서 한 걸음을 내딛었다. 동시에 내려쳐진 일권! 천중무에 천붕신권!

콰아앙!

하늘에서 불꽃놀이가 펼쳐졌다, 파란색 불꽃놀이가.

"크으읍……."

주르륵 물러서는 사공후의 두 눈이 믿을 수 없는 광경을 본 듯이 일그러졌다. 자신은 가슴을 쥐어짜며 뒤로 물러서고 있는데, 상대는 여전히 허공에 떠서 자신을 응시하고 있는 것이다.

그뿐이 아니다. 또다시 손을 들고 있다. 그 손끝에 맺힌 선홍빛 붉은 구슬!

사공후는 왠지 불길한 느낌이 들었다.

하얀 웃음을 지으며 사공후를 바라본 휘는 검지 끝에 맺힌 천홍을 가볍게 튕겨냈다.

굳이 여러 말이 필요없다. 시작을 했으니 끝은 봐야 한다.

아무리 생각해 봐도 사공천이 사공후를 격동시켜 자신에게 보낸 이유는 단 하나, 한마디로 세상이 생각보다 넓다는 것을 알려주라는 것. 그걸 모르면 강호에서 살아가는 데 애로 사항이 많을 테니까.

비록 자신의 아들이 검강을 자유자재로 쓸 정도의 절정고수지만, 세상은 그리 만만치가 않은 곳이라는 것을 사공후가 깨닫기를 바라는 것이다.

그렇다면 해달라는 대로 해주겠다는 게 휘의 생각이었다.

휘는 슬쩍 영빈당의 한쪽 구석을 바라보고는 튕겨진 천홍에 힘을 배가시켰다.

'귀하가 원한다면.'

피이이이잉!!

무당에서 얻은 영감으로 완성한 구전홍이 사공후를 향해 날아갔다. 그러자 사공후도 검을 들어 구전홍에 마주쳐 간다.

"타아앗!"

새파란 검강이 구전홍을 반쪽으로 가를 듯이 쏘아지고! 일순,

땅!

맑은 검명이 울려 퍼짐과 동시, 사공후는 파르르 떨리는 검을 부여잡고 뒤로 한 걸음 물러섰다. 손목이 욱신거릴 정도의 강한 충격, 하마터면 검을 놓칠 뻔했다.

사공후는 이를 악물고 앞을 바라보았다.

순간, 그의 두 눈이 부릅떠졌다. 자신의 검에 튕겨났을 거라 생각한 선홍빛 구슬이 허공을 선회하더니 더욱 빠른 속도로 날아오는 것이 아닌가!

"이익!"

따당!

이를 악물고 다시 쳐냈다. 또 날아온다.

따다당!

또 쳐냈다.

"제기랄!"

자신을 비웃듯이 다시 날아오는 붉은 구슬을 보고 사공후의 입에서 끝내 상소리가 튀어나왔다.

날아오는 구슬을 다시 쳐내고 싶지만 이제는 그럴 수가 없다. 연속된 강한 충격으로 팔목은 부러지지 않은 것이 다행일 정도다. 다시 쳐냈다가는 검을 놓칠 것만 같다.

사공후는 날아오는 천홍을 피해 허공으로 몸을 솟구쳤다. 하지만 허공도 안전한 곳은 아니었다.

피리리링!

천홍이 급격히 꺾이더니 허공에 떠오른 사공후의 가슴을 향해 날아간 것이다.

안색이 창백하게 변한 사공후는 마지막이라는 심정으로 애검 천광을 내려쳤다. 검을 놓치고 말고는 차후의 문제였다. 거대한 힘이 담긴 선홍빛 구슬이 가슴을 뚫고 난 뒤에는 아무것도 소용이 없으니까.

일순간, 천홍과 천광의 새파란 검강이 하늘에서 부딪쳤다.

콰아앙!!

"크억!"

굉음과 함께 사공후의 입에서 터져 나온 괴로운 신음 소리, 그의 몸뚱이가 삼 장 밖으로 훌훌 날아갔다. 그때였다. 누군가가 사공후가 날아간 곳에서 나타나더니 사공후의 몸을 낚아채고는 담장 앞에 내려섰다.

휘는 허공에서 그 모습을 지켜보며 천천히 땅으로 내려왔다.

"흠! 허공답보인가? 어째 전보다 더 강해진 것 같군. 팔목상대라는 말을 실감하겠어."

사공후를 낚아챈 사람의 입에서 놀람의 탄성이 터져 나왔다.

휘는 그를 보고 빙그레 웃었다.

"글쎄요. 허공답보에 대해선 잘 모르지만 다른 사람도 그리 말하더군요. 한데 제가 좀 지나치지 않았나 모르겠군요, 보주님."

사공후를 낚아챈 사람은 사공천이었다. 휘는 사공천이 근처에 있다는 것을 미리 감지했기에 사공후를 그가 있는 쪽으로 밀어붙인 것이다.

"글쎄, 심하긴 심했는데, 뭐 어쩌겠나. 강호란 곳은 봐주는 곳이 아닌데."

사공천의 씁쓸한 표정에는 나름대로 기대했던 사공후에 대한 실망감이 조금은 섞여 있었다. 그는 아무리 휘가 강하다 해도, 사공후라면 차이가 그리 많이 나지 않으리라 생각했던 것이다.

휘는 그 표정을 읽고 고졸한 미소를 지었다.

"대공자의 무공이 대단하더군요."

"허허허, 나도 그리 생각했었네. 조금 전까지만 해도."

이제는 그리 생각하지 않는다는 것인가? 휘에게 패했기 때문에?

쓴웃음을 짓는 사공천을 향해 휘가 말했다.

"지금도 충분히 강합니다. 당금 강호의 젊은 고수 중에서 대공자만 한 성취를 이룬 사람은 아마 한 손에 꼽아야 할 것입니다."

"그래 봐야 자네의 손에 십 초도 버티지 못했잖은가? 위로는 그만 하면 됐네."

사공천은 멍하니 바닥에 꿇어앉아 있는 사공후를 바라보았다.

"아직 젊으니 더 커나가겠지."

휘는 자꾸 말을 할수록 자화자찬인 것 같아 말을 하지 않으려 했지만 사공천의 표정이 마음에 걸려 한마디를 더 했다.

"삼자 대결에서 맞선 분들이 제 손에 몇 초를 견뎠나 생각해 보십시오. 게다가 지금의 저는 그때보다 조금 더 강해졌습니다."

그 말에 사공천의 눈빛이 달라졌다.

그렇다. 자신은 사공후가 휘에게 진 것만 생각했지 휘가 얼마나 강한지는 잠시 잊었다. 휘에게 진 사람 중에는 부양청조차 있지를 않던가. 그 생각을 하니 사공후에 대한 실망감이 별것 아닌 것처럼 느껴진다.

"하긴… 그래 자네 생각은 어떤가? 이 녀석, 조금 더 다듬으면 쓸 만하겠나?"

휘가 빙그레 웃었다.

"천검보는 앞날이 밝아서 좋겠습니다."

"하하하! 자네는 가끔가다 나이답지 않은 말투로 사람의 마음을 움직이는 재주가 있어. 그러다 보니 자네가 혹시 반로환동한 노인이 아닐까 하는 생각이 들 때도 있단 말이야."

휘의 얼굴이 와락 일그러졌다.

"저, 아직 팔팔한 이십댑니다! 보주님!"

"아! 그렇지. 우리 희령이하고 비슷하지 아마?"

이런, 거기서 우리 희령이는 왜 나오나?

'끈질기군, 빨리 모용서하를 데리고 다니든지 해야지 원.'

아무래도 더 있다가는 무슨 말이 나올지 몰라, 휘는 묘한 눈빛으로 자신을 바라보고 있는 사공천을 피해 몸을 돌렸다.

"저 좀 들어가서 쉬겠습니다. 그럼."

그런 휘를 보며 사공천은 입맛을 다셨다.

'아무리 생각해도 아깝단 말이야.'

*　　　*　　　*

"어떻더냐?"

"강했습니다. 소자가 꼼짝 못할 정도로. 그 나이에 그 정도의 고수가 있다는 것이 지금도 믿어지지가 않습니다."

"왜 아비가 그의 말을 믿고 그와 손발을 맞추려는지 아느냐?"

사공천의 낮게 가라앉은 말에 창백한 얼굴의 사공후가 눈을 빛냈다.

그가 아는 아버지 사공천은 결코 쉽게 남을 믿고 움직이는 사람이 아니다. 제아무리 남들이 옳다 하는 것도 두 번 세 번 심사숙고한 뒤에 움직인다. 그런데 이번에는 너무 쉽게 움직인다 생각이 들었다.

대체 무슨 이유일까?

"그는 강하다. 어쩌면 나보다도 더."

사공천의 말에 사공후가 부르르 몸을 떨었다. 믿을 수 없는 말이지만 믿지 않을 수도 없다. 아버지 사공천은 결코 그런 말을 거짓으로 말할 사람이 아니니까.

"약육강식의 강호에서는 둘 중 하나를 택해야만 한다. 친구 아니면 적!"

사공천이 불처럼 타오르는 눈으로 말했다.

"친구라면 내 사람으로 만들어야 하고, 적이라면… 제거해야 한다. 너는 내가 그를 친구로 생각하는 것 같으냐, 적으로 생각하는 것 같으냐?"

"아버님께선 그를… 친구로 생각하신 듯합니다."

사공천이 타오르는 눈을 누그러뜨리며 말했다.

"아직은… 아니다. 친구도, 적도."

"하면 왜?"

"둘 다 아니기 때문에, 둘 중 하나가 될 때까지는 최대한 상대를 인정하고 대해주는 것이다. 친구라면 그것으로 좋고, 적이라면 상대가 방심을 할 테니까."

참으로 냉정한 말이다. 사공후는 새삼 아버지가 무섭게 느껴졌다.

"또한 그 모든 것을 떠나서라도, 일단은 신마천궁을 치는 데 그를 앞장세우는 것만으로도 우리는 많은 것을 얻을 수 있다. 적어도 우리는 그만큼의 손해를 덜 볼 테니까. 게다가 나중에 신마천궁을 무너뜨리게 된다면, 강호에서 우리 천검보의 위치는 더욱 탄탄해질 것이다. 한데 내 어찌 그를 환대하고 같이 보조를 맞추지 않을 수 있단 말이냐?"

사공천은 말을 맺고 사공후를 뚫어져라 바라보았다.

"네가 떠나고 나면, 그가 원하는 대로 또 다른 힘을 모을 것이다. 아마 본 보의 창건 이래 가장 강력한 무력 집단이 만들어질 터, 그들이 움직이면 본격적인 전쟁의 시작이다. 그때까지 나이를 떠나 그를 보고 배워라. 적에게도 배울 것이 있으면 무릎을 꿇고라도 배워야 한다. 그리고 나중에 네가 판단을 해보거라. 그를 친구로 삼을지, 아니면 적으로 삼을지. 그게 내가 너를 그에게 딸려 보내는 이유다."

"알겠습니다, 아비님."

"명심해라. 단 한 번의 판단에 의해 제왕이 되느냐, 패배자가 되느냐가 좌우될 수도 있다는 것을!"

날이 밝자 사공후가 휘를 찾아왔다.

"내가 조사단의 천검보 책임자로 문주와 같이 갈 것이오."

그는 휘를 부를 호칭이 마땅치 않자 아예 문주로 부르기로 작정했다. 그래야 자신의 자존심도 덜 상할 테니까. 일문의 문주에게 존대를 한다는데 누가 뭐라고 하랴.

휘는 무심히 사공후를 바라보며 말했다.

"일단 같이 움직이면 제 말에 따라주셔야 합니다. 그렇지 않으면 같이 갈 수 없습니다."

사공후의 표정이 살짝 일그러졌다. 휘의 말은 한마디로 '내 명령을 받아라' 였다. 그러나 어쩔 수가 없었다. 자신이 약자임은 분명하니까.
"알겠소."
사공후의 떨떠름한 대답에 휘가 슬며시 웃음을 지었다.
'처음부터 꽉 잡아야 덜 피곤한 법이지.'
"그럼 갑시다. 일단 천도맹으로 갈 것입니다. 일의 시작은 거기에서부터니까."

7

"그가 천검보를 떠났단 말이냐?"
"그렇습니다, 문주! 그리고 사공후가 천검보의 조사단 대표로 그와 함께하고 있다 합니다."
"혼자서?"
"현재로선 그 혼자만 따라갔다 합니다. 저희들이 신경 썼던 고수들은 천검보에 남은 듯합니다."
언양은 고개를 들어 호령묵을 올려다봤다.
"어찌하실 것인지······."
"어찌하긴! 이미 배는 물살을 탔다. 사공천이 사공후를 동반시킨 이상 우리만 따로 움직일 수 없게 되었어."
"그럼 대현산장의 일도 조사단의 일에 포함시키겠다는 말씀입니까?"
"어쩔 수 없지, 이미 물살이 그리 흐르고 있는 이상은."
"하오면, 누굴 보내실 겁니까?"
호령묵은 의자의 팔걸이를 톡톡 치며 생각에 잠기더니 한참 만에야 눈을 가늘게 뜨고는 언양을 바라보았다.

"사공천은 사공후를 보냈다. 그럼 나는 누구를 보내야겠느냐?"
"혹시……?"
"그대가 생각하기에 위지혁성은 누굴 내세울 것 같으냐?"
"위지현도? 아!"
"재미있는 일이 아닌가? 칠성 중 몇 명이 모일까? 후후후! 차후 무림의 향방이 어쩌면 이번 일을 처리하는 와중에 가늠이 되지 않을까 하는데……."

언양의 입가에 조용히 웃음이 번졌다.
"그들로는 결코 호 대공자를 상대할 수 없을 것입니다."
"두고 보면 알겠지. 후후후!! 가서 광아를 오라 하라."

3장
죽림삼우(竹林三友)

1

강서로 내려가는 길은 크게 두 갈래였다.
대별산맥을 넘어 호북을 거쳐 가느냐, 아니면 안휘를 통해 가느냐. 그러나 둘 중 어느 곳도 만만치 않은 길이었다.
휘로선 처음으로 가보는 길이었기에 사공후에게 길 안내를 맡겼다. 폐관에 들기 전 한 번 가봤다는 말에. 그런데…
"이 길이 맞는 것 같은데……."
사공후가 눈살을 찌푸리며 사방을 두리번거리자 휘가 한마디해 줬다.
"전에 어떤 사람도 그리 말하다가 결국 산으로 더욱 깊이 들어간 적이 있지요. 뭐 덕분에 횡재한 적은 있습니다만."
초평우 덕분에 영등사를 찾아갔었으니 그리 틀린 말이 아니었다.
휘의 말에 사공후의 얼굴이 살짝 이지러졌다.
그렇지 않아도 길을 잃은 것 같아 쥐구멍이라도 찾고 싶은데 불난 데 부채질까지 하다니…….

"그럼 문주가 길을 앞장서시오."

"누가 뭐라 했나요? 잘 안다고 해서 한 말일 뿐이지."

"누가 잘 안다고 했소? 그냥 한 번 지나가 봤다고 했지."

"그러게 사람들에게 물어보자고 했잖습니까?"

"수하들을 데려왔으면 이런 고생을 안 해도 되잖소?"

"사람들 끌고 다니면 이목이 있어서 안 된다고 했잖습니까. 그 말에 사공 형도 찬성해 놓고 이제와 무슨 소립니까?"

"그거야 그렇지만……."

"왜 자신의 잘못을 남에게 뒤집어씌웁니까? 꼭 속 좁은 사람처럼."

두 사람의 말투가 점점 격해지는 사이 길도 점점 좁아질 뿐이다. 날은 어두워지는데.

얼마를 더 가자 마침내 길이 끊겨 버렸다. 그러자 휘가 말했다.

"그때는 절이라도 있었지, 여긴 빈 곳간도 없군."

끝내 사공후의 입에서 큰 소리가 나왔다.

"내가 찾으면 되잖소!"

휙! 몸을 날린 사공후가 근처에서 제일 큰 나무 위로 올라갔다. 그 모습을 보고 휘가 빙그레 웃었다.

'생각보다는 순진하군.'

단둘만이서 천검보를 떠나온 지 사흘이 지났다. 그동안 휘는 사공후를 유심히 살폈다, 가끔씩 도발도 하면서. 같은 길을 가기 위해선 그 사람의 내면을 알아야 한다는 생각에서였다.

사공후는 칠패 중 하나라는 천검보의 후계자답지 않게 소탈한 면이 있었다. 음식도 가리지 않았고, 잠자리도 가리지 않았다. 다만 문제가 있다면 길치라는 것이었다. 더 큰 문제는 자신이 그걸 인정하지 않는다는 것.

휘가 빙그레 웃으며 사공후가 올라간 나무 위를 쳐다볼 때였다.

"저쪽에 장원이 있소. 그럼 그렇지, 내가 잘못 왔을 리가 없지. 하하하!!"

사공후가 대소를 터뜨리며 나무 위에서 내려왔다. 그러더니 보무도 당당하게 길을 거꾸로 내려가며 말했다.

"갑시다! 장원이 제법 큰 걸로 봐서 편히 쉬어 갈 수 있을 것이오."

2

두 사람은 한 시진 동안을 더 헤매어서야 한 채의 장원을 찾을 수 있었다, 제대로 찾았다면 한 식경이면 찾았을 장원을.

휘가 슬며시 한마디했다.

"이렇게 가까운 곳에 놔두고……."

퉁퉁거리는 목소리로 사공후가 나지막이 답했다.

"어쨌든 찾았잖소."

그것이 사공후가 둥근 달이 뜬 하늘을 바라보며 한 시진 만에 한 말의 전부였다. 하긴 사람인 이상 양심이 있지…….

탕탕!!

"계시오?"

사공후가 큰 소리로 장원의 안을 향해 소리쳤다. 그러자 장원 안에서 노인의 목소리가 들려왔다.

"뉘시오? 이 야밤에."

"지나던 길손입니다. 하룻밤만 지내고 갈까 합니다."

잠시 후, 대문이 열리더니 조금 전 목소리의 주인인 노인이 고개를 내밀었다.

"아니, 이 밤중에 어인 일이시오?"

죽림삼우(竹林三友) 79

휘가 묘한 눈빛으로 노인을 바라보고는 재빨리 나서서 말했다.
"저 위쪽으로 가다 보니 길이 막히는 바람에 되돌아 내려왔습니다만, 너무 어두워진지라 신세 좀 지려 합니다."
"위쪽 길? 그 길은 끊긴 지 오래된 길인데……."
휘가 힐끔 돌아보자 사공후가 멋쩍은 표정으로 고개를 돌렸다.
"끊긴 길이라는군요."
"나도 귀가 있소. 하! 거 달 밝기도 하다."
"보름달이니까."
찌릿! 두 사람의 눈빛이 마주치자 번갯불이 튀었다.
그러든 말든, 노인은 두 사람의 위아래를 훑어보더니 고개를 끄덕였다. 깨끗한 복장에 잘생긴 얼굴도 그렇지만, 그간 사람 보는 눈이 있기에 두 사람이 그리 해될 사람은 아니라 판단을 한 것이다.
"들어오시구려. 주인 나리께 말씀을 드리겠소이다."
"감사합니다."
사공후가 가볍게 인사를 하고 안으로 들어갔다. 휘는 의미심장한 눈으로 노인의 뒷모습을 바라보고는 슬쩍 고개를 들어 현판을 바라보았다.

정운장(靜雲莊).

'흠, 고수가 노복으로 있는 장원이라… 음? 정운장? 혹시……?'
장원 안은 밤이 깊어서인지 정적만이 감돌고 있었다.
휘와 사공후가 노인을 따라 외따로 떨어진 건물로 다가갈 때였다. 안채의 방문이 열리더니 한 사람이 걸어나왔다. 사십대 후반에서 오십대 초반 정도로 보이는 백의문사였다. 노인이 그를 보고는 허리를 숙였다.
"주인 나리, 이분들이 길을 잃어 하룻밤만 쉬어가자 하기에 안으로 들였습니다."

"잘하셨습니다. 보아하니 무사 분들 같은데 어쩌다가……?"

무사가 멍청하게 이런 곳에서 길을 잃었느냐는 투로 들렸는지 사공후가 넌지시 고개를 돌리며 말했다.

"홍안(紅安)으로 넘어가려다 보니 길이 좀 복잡해서……."

그러자 주인이 말했다.

"이상하군요. 홍안으로 넘어가는 칠리평은 이 앞쪽으로 난 길만 쭉 따라가면 되는데."

결국 사공후가 헛기침을 하며 방이 있는 쪽으로 걸음을 옮겼다.

"험! 그걸 모르는 게 아니라 밤이 깊었으니 쉬었다 가려는 겁니다."

그때, 사공후를 따라가려던 휘가 고개를 돌리고 주인에게 물었다.

"한 가지 물어도 되겠습니까?"

"물어보시구려."

"이 장원이 이름이 정운장이 맞는지요."

별다른 표정이 없던 주인의 눈빛에 섬광이 번뜩이며 스쳤다.

"맞소이다."

"혹시 장주님의 성씨가 남씨가 아니신지요?"

주인의 눈빛이 잘게 흔들렸다.

"음… 맞소. 내 성이 남이외다.

주인의 대답에 걸음을 옮기던 사공후가 멈칫 걸음을 멈추고 홱 돌아서서 놀란 목소리로 물었다.

"정운장? 남씨? 설마 죽림삼우 중 정운수사 남가정의 정운장이란 말이오?"

그러고 보니 언젠가 들었던 이야기가 있다. 호북성 칠리평에서 하남으로 넘어가는 길에 죽림삼우 중 한 사람의 장원이 있다 했었다.

가만? 그런데 말을 해놓고 보니 상당히 실례되는 말이다. 남의 집에 와서 '이 집이 니 집이냐?' 하는 꼴인 것이다. 더구나 상대가 정말로 정운수사 남가정이라면 더욱더 그러하다.

사공후는 자신의 실수를 느끼고는 재빨리 사과했다.

"죄송합니다. 제가 그만 놀라는 바람에 실수를 한 듯합니다."

"내가 바로 그 남가정이긴 하오. 한데 젊은 사람들이 내 이름을 어찌 아셨소?"

중년인의 대답에 휘의 눈이 반짝였다.

역시 그였다. 휘는 정운장이라는 이름과 상대의 맑으면서도 강대한 기운을 느끼고 고봉천이 말한 강호의 기인이사들 중 한 사람을 생각했었다.

그러나 동명의 장원이 있을 수도 있기에 그러려니 했었다. 그런데 주인이 모습을 드러내고, 그의 내력이 결코 약하지 않다는 것을 알고는 물어봤던 것인데 그가 순순히 자신의 이름을 인정한 것이다.

죽림삼우(竹林三友).

지닌 바 무공은 그리 특별나다고까지는 할 수 없다. 잘해야 절정의 초입에 이르렀을 정도다. 물론 그 정도도 약한 것은 아니지만, 그들이 그동안 하고 다닌 일을 생각하면 목숨이 열 개라도 모자랄 정도의 실력이었다. 하지만 죽림삼우의 이름이 인구에 회자되는 것은 그들의 무공이 아니라 그들의 인품 때문이었다.

그들은 결코 재물에 욕심을 부리지 않았고, 명성에 연연하지 않았다. 옳은 일이라면 약자를 위해 목숨 걸고 나서서 그들을 대변했고, 옳지 않은 일이라면 아무리 상대가 강해도 결코 굽히지 않았다. 그래서 사람들은 그 세 사람을 죽림삼우가 아닌 죽림삼협이라고도 불렀다.

휘는 뜻밖의 곳에서 뜻밖의 사람을 만나자 기분이 좋아졌다.

사부님이 말했었다.

"강호에서 사귈 만한 사람은 많지만 그중에서도 꼭 사귀고 싶은 사람이 있었다. 언제고 기회가 닿는다면 그들과 술 한잔 하고 싶었지."

그들이 바로 죽림삼우였다. 사부님은 그 사람들이야말로 협을 이야기할 수 있는 진정한 장부라고까지 했었다. 한데 그런 사람 중의 한 사람을 이런 곳에서 만나다니… 십여 년 전부터 보이지 않아 은거했다고 소문난 사람을.

문득 사공후를 바라보는 휘의 눈이 묘하게 빛났다.

'길을 잘못 들면 꼭 인연이 이어지는구나. 희한하네.'

하지만 대놓고 말할 수는 없었다. 보나마나 그것도 자기 덕이라고 목에 힘이 들어갈 것이 뻔하니까.

휘의 마음을 알 리 없는 사공후는 남가정을 향해 포권을 취하며 자신의 신분을 밝혔다.

"천검보의 사공후라 합니다. 아버님께서 죽림삼우 선배님들에 대해 이야기를 해주셨지요. 진정한 남아대장부라고 말입니다."

막상 사공후의 신분을 알자 남가정의 눈도 휘둥그레졌다. 천검보의 이름은 그를 놀라게 하기에 충분했던 것이다.

"천검보의 공자라니, 천검보의 공자가 이곳에는 어쩐 일이오? 게다가 길마저 잃고."

잘 나가던 질문이 엉뚱한 곳으로 빠지자 사공후는 어색한 표정으로 휘를 돌아보았다. 그러자 휘가 빙그레 웃으며 말했다.

"날도 싸늘한데 따뜻한 차라도 한잔했으면 좋겠군요."

"음? 이런, 귀한 손님들을 맞이해 놓고 내가 실수를 했구려. 손노, 청아에게 차 좀 내오라 하시구려."
"예, 주인 나리."

따뜻한 찻물이 목을 넘어가자 깊은 다향이 목구멍을 타고 올라왔다.
"좋은 차군요."
휘의 말에 남가정이 가볍게 웃음을 지었다.
"뒷산에 마침 좋은 차나무가 자라서 말려 놨던 건데 이렇게 칭찬을 들으니 기분이 좋구려."
지그시 눈을 감고 다향을 음미하던 사공후도 고개를 끄덕였다.
"정말 좋습니다. 제가 어릴 적에 아버님께서 마시는 차를 슬쩍 맛봤을 때를 빼고는 제일 맛있는 차를 마신 것 같습니다."
"본래 훔쳐 먹은 사과가 맛있는 법이지요."
휘의 말에 사공후가 슬쩍 째려봤다.
"그러는 문주도 경험이 많은 것같이 보이는군요."
"저야……."
휘는 염소아버지가 영양제라며 억지로 목에 털어 넣었던 영약이 생각났다. 비록 차도 아니고, 훔쳐 먹은 것도 아니지만.
'그러고 보니 아직 그 약의 이름도 모르고 있구나.'
휘가 고소를 지으며 말했다.
"세상에서 제일 맛있는 차를 마셔본 적이 있지요. 아직 그 이름도 모르지만요."
"호, 그래요?"
두 사람의 우습지도 않은 대화를 듣고 있던 남가정은 사공후가 휘를 문주라 칭하자 놀라운 마음이 들었다. 그저 사공후와 같이 다녀서 천검보의 사람이 아닌가 생각했거늘.

"이분 공자는 천검보의 분이 아닌가 보구려."

남가정의 말에 휘가 일어서서 포권을 취하며 정중히 인사를 올렸다. 상대는 사부님이 진정으로 인정한 사람, 그만한 대우를 받을 자격이 있는 것이다.

"저는 만상문을 맡고 있는 진조여휘라 합니다."

"만상문? 이거 일문의 문주에게 대접이 너무 소홀한 것은 아닌지 모르겠소이다."

"이슬을 피하려 왔다 횡재를 했는데 어찌 소홀하다 하십니까?"

"하하하! 이 남모를 그리 생각해 준다니 고맙기는 하오만 횡재는 내가 한 것 같소이다. 공자처럼 잘생긴 사람을 봤으니 말이오."

휘가 떨떠름한 표정을 짓자 사공후가 재빨리 나섰다.

"사실 말이 나왔으니 말이지, 남자라면 저처럼 남자답게 생겨야지, 문주는 너무 여자 같아서……."

그는 말을 하다 말고 싸늘한 기운이 등골을 타고 올라오는 기분에 입을 다물고 휘를 바라보았다. 탁자 위로 반쯤 올라온 휘의 주먹이 보였다. 불끈 힘줄이 돋은 주먹에 넘실거리는 기운.

'헉! 설마 그 말을 했다고?'

사공후가 설마 할 때였다. 휘가 말했다.

"이거 하마터면 별것도 아닌 이유로 이공자처럼 팰. 뻔. 했습니다."

사공후는 휘의 말에서 뭔가를 짐작할 수 있었다.

"그럼 혹시… 명아가 그 말을 했다고 팼단 말이오?"

"다행히 중상은 입지 않았었지요. 비록 하루종일 누워 있기는 했지만."

조금은 어색한 상황에서 남가정의 웃음이 터져 나왔다.

"하하하!! 이거 그 말을 하지 않은 것이 천만다행이구려. 하마터면 맞을 뻔했소이다."

"제가 어찌……."

그 후로 일각 이상 이어진 대부분의 이야기가 사소한 것들이었다. 날씨가 어떻다는 둥, 봄이 되니 제비들이 집을 짓기 시작했다는 둥.

그러다 다시 한잔의 차를 더 따랐을 때였다. 휘가 남가정에게 넌지시 말을 건넸다.

"강호에 부는 피바람은 언제나 그칠지……. 혹시 남 선배님께선 근래 돌고 있는 소문에 대해서 들은 적이 있으십니까?"

남가정의 눈매가 미세하니 떨렸다.

"글쎄… 소문에 듣자 하니 천도맹에서 흘러나온 두 권의 마공 비급 때문에 시끄럽다 하던데."

"예, 좀 시끄러운 편이지요. 한데 문제는 그 일을 누군가가 뒤에서 꾸민 것 같다는 것입니다."

"누군가가 꾸민 일이라? 대체 왜 그런 일을?"

"그야 강호가 시끄러워지길 바라는 것이 아니겠습니까?"

"강호가 시끄러워져서 무슨 이득이 있다고? 천하를 거머쥘 야심이 있지 않은 한은 피바람밖에 더 불겠소?"

"역시 정확히 보시는군요. 바로 그겁니다. 뒤에서 일을 꾸민 자는 천하를 거머쥘 야심이 있는 것이지요."

휘가 고개를 크게 끄덕이며 말하자 남가정이 어이없다는 표정으로 너털웃음을 터뜨렸다.

"허허허! 그게 어디 말처럼 쉬운 일이오? 당금 무림은 칠패를 비롯해서 구대문파와 오대세가 등 그야말로 대문파들의 힘이 최고조에 달해 있는데."

"그러니 혈풍을 일으키는 것이 아니겠습니까? 상잔을 시켜야 얻는 것이 많을 테니 말입니다."

"물론 그렇긴 하지만 썩어도 준치라 했소. 대문파의 힘이 혈풍으로 인해 아무리 꺾인다 해도 어지간한 힘으로는 꿈도 못 꿀 일이오."

"만일 그들의 힘이 칠패보다 강하다면 어떻겠습니까?"

남가정이 이마를 찌푸렸다. 몰아세우는 것 같은 휘의 말투가 조금 거슬리기는 했지만, 오랜만에 강호의 대세에 대해서 이야기를 나누자 자신도 모르게 흥이 돋았다.

"내 생각으로는 그렇다 해도 힘들 것 같소."

"그럼 칠패의 힘이 두 개 뭉친 정도면 어떻겠습니까?"

"그렇다면 생각해 볼 수도 있겠지. 하지만 천하에 그런 힘이 어디 있겠소."

휘가 깊어진 눈으로 남가정을 응시했다. 남가정의 판단은 자신과 그리 다르지가 않았다. 단지 자신은 그런 힘이 있다는 것을 알고 있는데 남가정은 모른다는 차이뿐이다.

휘가 무거운 표정으로 입을 열었다. 어차피 꿍꿍이가 있어 시작한 말, 충격이 크면 클수록 더 효과가 좋을 테니까.

"만약에…… 세 개의 힘이 뭉친 정도라면 어찌 될까요?"

끝내 남가정의 입가에 웃음이 떠올랐다. 장난 같은 말이 종점에 다다른 것 같다는 표정이다.

"허허허허. 그렇다면 강호는 피에 잠기겠지요."

남가정의 말을 들으며 휘가 무겁게 고개를 끄덕였다.

"아무래도… 그렇겠지요."

대충 이야기가 끝난 것 같자, 남가정은 '재미있는 이야기였다' 는 표정으로 휘를 바라보았다. 휘도 남가정을 마주보며 생각을 정리했다.

'이제 거둘 때가 되었군. 아주 탐스런 열매가 되겠는걸.'

지금껏 씨앗을 뿌렸으니 이제 거둘 때가 되었다. 그런 생각에 휘가 입을 열려 할 때였다. 사공후가 먼저 하얗게 질린 안색으로 휘에게 물음을 던졌다.

"문주는 정말 그들이 그 정도의 힘을 지녔다 생각하는 것이오?"

'제때 도와주는군. 훗!'

속마음을 감추고 휘가 차분히 대답했다.

"처음에는 둘 정도로 생각했지요. 그러나 지금은 셋은 되지 않을까 합니다."

"말도 안 되는……!"

사공후가 이를 깨물고 반박하자 남가정이 어리둥절한 표정을 두 사람을 쳐다봤다. 그로선 장난 같은 말로 얼굴을 굳히는 두 사람이 이상하게 보인 것이다.

두 사람이 눈에 불꽃을 튕기며 서로를 직시하고 있자 남가정이 참지 못하고 두 사람을 말렸다.

"별것도 아닌 이야기로 너무 그러지들 마시구려. 자자, 표정들 풀고……."

그는 자신의 말이면 표정을 풀 거라 생각했다. 별것도 아닌 걸로 안색을 붉히기에는 두 사람의 관계가 그리 소원해 보이지는 않았으니까.

하지만 상황은 그의 상상을 뛰어넘었다, 휘가 천천히 입을 열면서부터.

"그들은 충분히 그 정도의 힘이 있습니다. 그렇지 않다면 시작도 안 했을 겁니다."

"문주의 말을 완전히 못 믿겠다는 것이 아니오. 하지만 둘은 몰라도 셋은……."

사공후가 인상을 찡그리며 고개를 가로젓자 휘가 오른손을 들어올렸다. 그리고 천천히 하나의 손가락을 구부렸다.

"본 문의 수하가 암암리에 조사한 정보를 종합해 보면, 혈천교는 그들의 하수인일 가능성이 매우 큽니다."

그리고 두 번째 손가락을 구부렸다.

"철혈성을 도모한 힘과 지금 감숙에서 삼대세력과 한바탕 혈전을 벌이고 있는 잔마혈전의 힘을 합하고, 거기에 구정마원의 절대고수 서너 명이면 칠패에 버금가는 힘이 갖춰질 것입니다."

"으음……."

사공후가 침음성을 흘리며 눈을 내리깔자 휘는 손가락을 구부리지도 않은 채 말을 이었다.

"나머지 구정마원의 고수들과 얼마나 될지도 모를 신마천궁의 총단 고수들을 합한다면?"

휘가 말을 끊자 사공후의 안면 근육이 파르르 떨렸다. 그리 말한다면 셋이 충분히다. 하지만 의문이 없는 것도 아니다.

"혈천교는 아직 확실한 것이 아니지 않소?"

"저도 아니면 좋겠습니다만……. 어쨌든 조만간에 알게 될 것입니다. 이미 바람이 불기 시작했으니까요."

휘가 미지근한 대답을 하자 사공후가 목에 힘을 주었다.

"감숙의 삼대세력이 밀리지 않을 정도라면, 그들의 힘은 결코 칠패와 비교할 수가 없소."

'흠, 잘하고 있구만. 그래 계속하라구!'

"그래서 잔마혈전뿐만이 아니라 그 정도의 힘을 한두 개 더 생각한 것입니다. 게다가 혹시 몰라 구정마원의 고수 서너 명을 끼워 넣었지요."

"끄응……. 그 정도의 힘을 동원하고도 또 다른 힘이 총단에 남아 있겠소?"

"적어도 구정마원의 고수 다섯과 궁주는 남아 있지요. 설마 궁주 화하에 직속 수하들이 없겠습니까? 또한 몇인지도 모를 실혼인까지 있습니다."

휘는 말을 끝맺고 사공후를 바라보았다. 사공후의 눈이 가늘게 떨리고 있다.

그렇게 잠시 침묵이 흘렀다. 이미 찻잔의 찻물은 차갑게 식어 있었다.

멍하니 두 사람의 말을 듣고만 있던 남가정이 무의식적으로 찻잔을 들어 입으로 가져가다 말고 피식 웃음을 터뜨렸다. 자신도 모르게 긴장하고 있었다는 것을 그제야 깨달은 것이다.

남가정이 침묵을 깨고 물었다.

"두 분의 이야기를 듣다 보니 나도 모르게 긴장했구려. 한데 아직도 무슨 이야기인 줄을 잘 모르겠으니 원."

휘가 무저의 심해처럼 깊어진 눈으로 남가정을 직시했다.

"지금 이 시각, 강호에서 벌어지고 있는 일을 이야기한 것입니다."

남가정은 어이가 없었다.

"허허, 나로선 처음 듣는 이야기구려."

"대부분이 그리 생각하고 있지요. 하지만 사실은 사실입니다."

"어찌 그리 장담하시오?"

"제가 직접 그들과 싸워봤으니까요."

남가정의 이마가 찌푸려졌다.

"진조여휘 문주가 겪었다고 하지만 그 또한 일부분일 뿐이지 않겠소?"

"제가 나이에 비해 조금 많은 일을 겪었습니다. 한데 그 대부분이 그들, 신마천궁과 관련된 일이었지요. 한 가지 말씀드릴 것은……."

휘가 말을 하던 도중 조용히 미소를 지으며 천천히 입을 열었다.

"제가 좀 강한 편입니다."

남가정이 벙찐 표정으로 휘를 쳐다봤다. 그러다 안색을 굳히고는 차갑게 입을 열었다.

"그렇게 안 봤는데 광오하구려! 지금 이 남모하고 장난하자는 거요?"

그때였다. 남가정의 차가운 목소리를 한방에 날려 버리는 목소리가 옆에서 들려왔다, 힘이 빠진 사공후의 목소리가.

"사실입니다, 남 선배님."

움찔, 남가정의 표정이 묘하게 일그러졌다. 그러자 사공후가 마저 말을 했다.

"아버님께서도 인정을 하셨습니다. 그분께선… 후… 어쩌면 당신보다 강할 거라 하시더군요."

또다시 침묵이 흘렀다. 이번에는 전과는 다른 침묵이었다.

경악과 혼돈이 남가정의 머릿속을 꽉 채우고 있었던 것이다. 그걸 아는지 모르는지 휘가 침묵을 깨고 태연히 입을 열었다.

"문제는 적을 알고 대하는 것과 모르고 있다 적에게 당하는 것의 차이를 저 자신조차 감을 잡기 힘들다는 것입니다."

후루룩!

휘가 소리 내어 식은 차를 마시자 그 소리에 상념에서 깬 남가정이 딱딱하게 굳은 목소리로 말했다.

"진조여휘 문주의 말이 사실이라면 강호는 피바다가 될 것이오."

"뭐, 능력있는 분들이 나서준다면 그 양이 줄 수도 있겠지요."

남가정의 눈초리가 가늘게 떨렸다. 휘가 말하는 바를 이해 못할 그가 아니었다. 하지만 그러기에는…….

남가정이 흔들리는 마음을 다잡으려 이를 악다물 때였다. 휘의 목소리가 조용히 울렸다.

"그래도 사정이 있으신 분들이야 어떻게 하겠습니까, 가슴이 아파도 사정 때문에 움직일 수가 없는데. 뭐 돌아다니다 보면 의.협.을 간직한 분들을 만날 수도 있겠죠. 천생 그분들께 부탁하는 수밖에는……."

떨리던 남가정의 눈이 질끈 감겼다.

그 모습을 보고 휘는 입을 닫았다. 심지어 사공후가 입을 열려고 하자 전음을 보내 입을 막아버렸다.

"사공 형, 가만 놔두세요."

한마디 거들려던 사공후는 휘가 전음을 보내오자 묵묵히 상황을 바라보기만 했다. 한 가지 사실만은 까마득히 모른 채. 자신의 질문과 대답이 휘에게 얼마나 많은 도움이 되었는지. 알았으면 어깨에 힘깨나 주었을 텐데.

한참 만에야 남가정이 탄식을 터뜨리며 말문을 열었다.

"하… 문주는 나를 너무 몰아 부치는구려. 하나, 어쩌겠소. 내 천성이 뻔히 보이는 일을 보고는 참지 못하는 것을."

뭔가를 결심했는지 남가정이 가라앉은 눈빛으로 휘를 바라보았다.

"단, 문주의 말이 사실이라는 것이 확실할 경우에 한해서요."

휘가 만근거암처럼 무거운 표정으로 답했다.

"제 목을 걸죠."

남가정의 표정이 묘하게 변했다. 참으로 알 수 없는 젊은이라는 생각이 든 것이다. 일문의 문주라는 사람이, 그것도 천검보주가 인정할 정도의 위치에 있는 사람이 대뜸 목을 걸겠다니.

"완전히 내가 진 것 같군."

피식, 심각한 상황에서 웃음이 나온다.

남가정은 웃음을 흘리고는 흠칫, 표정을 바로 했다. 도저히 자신이 한 행동이라는 것이 자신조차 믿어지지 않았다. 한데 다시 눈앞에 앉아 있

는, 여자보다도 더 아름다운 청년을 보자 웃음이 기어나오려 한다. 그때,
"웃고 싶을 때 웃지 않으면 병이 든다고 아버지들이 그러더군요. 그냥 웃으세요."
"풋, 푸 하하하하!!!"
도저히 웃지 않고는 배길 수 없었다. 아버지, 아버지가 그랬다고?
단순히 아버지가 그랬다는데 왜 이리 웃음이 나오는 것인지 자신도 알 수 없었다.
남가정은 한바탕 대소를 터뜨리고는 편안해진 표정으로 휘를 응시했다.
"좋소. 의협을 모르는 사람이 되지 않기 위해서라도 문주의 뜻대로 나서야겠구려."
휘가 조용히 웃었다.
"과연 죽림삼협이십니다."
남 선배님이 아니고, 죽림삼협?
"끄응, 그 말은 나머지 두 친구도 나서야 한다는 말 같구려."
"무슨 말씀을? 제가 언제 그랬습니까? 다만 제가 말하지 않아도 남 선배님께서 두 분을 모실 테니 미리 인사를 드린 것뿐입니다. 그리고 이제 와 말씀입니다만, 제 사부님께서 세 분과 꼭 술 한잔 같이하고 싶어 하셨거든요. 그러니 기왕이면 세 분이 다 모이면 더 좋을 것 같기도 한데 말입니다."
"하, 하, 하……."
기가 차면 웃음도 잘 나오지 않는다는 것을 몸소 실천한 남가정이 휘에게 물었다.
"사부님? 문주 같은 사람을 길러낸 분은 대체 어떤 분이시오?"
옆에서 입을 반쯤 벌리고 멍하니 앉아 있던 사공후도 휘의 사부에 대

한 이야기가 나오자 호기심이 잔뜩 어린 표정으로 휘를 뚫어지게 쳐다봤다.

'저런 괴물의 사부는 어떤 왕괴물일까? 세상에… 천하에서 가장 다루기 어렵다는 죽림삼우를 말 몇 마디로 흔들다니.'

동그란 눈을 크게 뜬 두 사람을 바라보며 휘가 조용히 웃음을 지었다.

"아주 좋은 분이죠. 진짜 남잡니다! 제 사부님은."

"……?"

"…진짜라니까요? 오죽하면 적도 인정을 할 정도라니까요?"

"……?"

"믿어보세요! 믿어서 남 줍니까?!"

제발 믿어달라는 표정의 휘를 향해 결국 남가정이 입을 열었다.

"자식 자랑이 팔불출이라는 말은 들었는데… 그럼 사부 자랑은 뭐라 해야 하는지……."

3

밝은 달빛이 창살 사이로 비친다.

남가정은 불도 켜지 않은 방의 탁자에 앉아 마냥 창밖만 쳐다보았다. 한 시진 두 시진, 어느덧 삼경을 넘어서 사경을 알리는 종소리가 저 멀리서 들려온다.

"후우……."

남가정의 입술 사이에서도 하얀 입김과 함께 한숨이 새어 나왔다.

"미안하오, 정말 미안하오. 지켜줘야 할 사람을 지키지도 못한 놈이 무슨 할 말이 있겠소. 그저 미안할 뿐이오."

언뜻 남가정의 눈가에 달빛이 내려앉았다. 흔들리는 은빛 가루가 눈

주위로 퍼져 나가자 덩달아 그의 목소리도 떨려 나왔다.
"상아야, 향아야. 피어보지도 못하고 스러진 너희들을 내 어찌 잊겠느냐. 그런데… 그런데 이 아비는 또 너희들을 놔두고 떠나려고 하는구나. 정말… 미안하다……."
고개를 돌리자 어둠 속에 세 개의 위패가 보였다. 한때는 그의 모든 것이었던 사람들의 넋이 잠들어 있는 위패였다. 그 위패들이 속삭인다.
―여보, 나는 당신이 불의에 굴하지 않는 모습이 좋았어요. 그런 당신을 사랑해서 모든 부귀를 뿌리치고 당신을 따라 집을 나왔던 거예요.
―아빠, 향아는 아빠가 죽림삼협이라 불리는 게 자랑스러운데요. 저도 그런 아빠가 자랑스러워요. 힘내세요, 아빠.

4

보름달을 벗 삼아 뜬눈으로 밤을 지새운 남가정이 아침 식사에 휘와 사공후를 초대했다. 그는 식사를 마치고 청아라는 시비가 차를 내오자 찻물로 가볍게 입술을 축이고는 마치 남의 이야기를 하듯 입을 열었다.
"…다른 사람의 일을 봐주러 간 사이, 원한을 품은 자에게 내 아내와 두 딸이 죽었소. 참으로 우스운 일이 아니오? 지나가는 거지를 붙잡고 물어도 다 아는 수신제가(修身齊家)라는 말도 이행을 못하면서, 남의 일에는 사사건건 참견하는 나를 아내와 딸이 죽기 전에 얼마나 원망했겠소."
그게 어찌 우스운 일인가. 당사자는 피를 토하며 울부짖었을 터인데. 휘는 숙연해진 마음으로 남가정이 하고 싶은 말을 다하도록 가만히 있었다. 그가 뜬금없이 이런 말을 할 때는 뭔가 결심이 섰다는 뜻.
"그것도 모르고, 일이 잘 끝났다며 친구들과 함께 술기운이 머리 꼭대기까지 오르도록 술을 퍼 마셨소. 내 아내와… 두 딸이… 처참하게 죽어 가던 그날 밤에…….”
 아무런 말도 할 수가 없었다, 휘도 사공후도.
 뭐라 말하랴. 넋이 천공을 헤매며 불러도 다시는 돌아오지 않을 가족을 그리워하는 사람에게.
 휘는 강호에 대한 이야기를 듣던 남가정의 눈빛이 왜 떨렸었는지 이해할 수 있었다. 강호의 일을 처리하려다 가족을 잃었기에 그는 강호의 일을 듣고 싶지 않았던 것 같다.
 조금 미안한 생각이 들기도 했다. 자신이 아니었다면 조용히 살아갔을 사람이 아닌가.
 “죄송합니다. 제가 공연한 부탁을 한 것 같군요.”
 휘가 고개를 숙이며 미안해하자 남가정이 조용히 고개를 가로저으며 말했다.
 “아니오. 사실 너무 오래 붙잡고 있었던 것 같소. 이제는 놓을 때도 되었는데……. 아마 아내나 두 딸도 내가 이러고 있는 것을 바라지는 않을 것이오. 사실 아내도 그렇고 딸들도 그렇고, 죽림삼협이라 불리는 나를 자랑스럽게 생각했었으니까 말이오.”
 그리고는 잔잔한 웃음을 배어 물었다.
 “오히려 내가 고마워해야 할지도 모르겠소. 허허허!”
 휘는 진심으로 감탄하지 않을 수가 없었다.
 사부님이 왜 만나서 술 한잔 기울이고 싶다 했는지 이해가 간다. 강호에서 왜 죽림삼우를 삼협이라 부르며 칭송하는지 절로 고개가 끄덕여진다.
 하지만 한없이 감탄만 하고 있을 수는 없는 일, 어느 정도 남가정의 마음이 가라앉은 듯하자 휘는 바로 본론으로 들어갔다.

"시간이 촉박해서 먼저 떠나야 할 것 같습니다. 저희는 바로 강서 남창 천도맹으로 갈까 합니다. 선배님께선 준비가 되는 대로 움직여 주십시오. 바로 본 문의 형제들을 보낼 테니 연락은 그들을 통하면 될 것입니다."

"음, 그리 오래 걸리지는 않을 것이오. 두 친구와는 가끔씩 연락을 주고받던 터였소. 그건 그렇고… 그 친구들 꽤나 좋아하겠군. 나 때문에 돌아다니지도 못하고 있었는데."

순식간에 일이 진행되자 사공후는 꿔다 논 보릿자루가 되어버렸다. 어이가 없는 일이었다. 당금 강호의 신성이라는 칠성 중에서도 수위를 다투는 사자검룡 사공후가 졸지에 꿔다 논 보릿자루가 되다니.

하지만 사공후는 자신의 처지를 비관할 정신조차 없었다.

'아버님께서 왜 진조여휘를 따라다니며 배우라 했는지 이제야 알겠구나. 맙소사! 죽림삼우를 단 몇 마디 말로 자기편으로 만들어 버리다니. 남가정이 본래 단순한 사람이었을 리는 없기늘.'

그렇지 않다는 것을 누구보다 자신이 잘 안다. 오죽하면 천수검왕 사공천이 가장 끌어들이고 싶은 사람으로 죽림삼우를 꼽았겠는가.

그런 마음으로도 결국 끌어들이지 못한 사람들이 죽림삼우였다. 그런데… 하룻밤 만에 진조여휘는 죽림삼우의 대형격인 남가정의 마음을 얻은 것이다.

사공후는 왠지 자신이 초라하게 생각되었다. 무공도 달리고 남을 끌어들이는 언변에서도 달린다. 어떻게 된 놈의 인간이 뭐하나 뒤지는 게 없다.

'한심하구나, 사공후야. 그러면서 뭐? 칠성? 개나 물어가라지.'

대천검보의 후계자가 스스로 초라하다고 생각하다니, 남들이 알면 기함할 일이다. 아마 미쳤다고나 안 하면 다행일 것이다. 젠장!

죽림삼우(竹林三友) 97

어쨌든 이날 일로 사공후의 머릿속 깊은 구석에 하나의 인장이 찍혔다.

진조여휘는 적으로 만드는 것보다 친구로 삼는 게 훨씬 낫다!

4장
천도맹

1

 장강의 푸른 물결은 봄을 알리는 산야의 연녹빛과 어우러져 푸르름을 더해만 가고, 겨울의 차가운 강바람이 저만치 물러서서인지, 띠스한 헷살에 선부들의 얼굴은 밝기만 하다.
 뱃전에 앉아 각자의 짐보퉁이를 끌어안고 밝은 내일을 생각하는 상인들의 얼굴에도 햇살만큼이나 환한 웃음이 떠올라 있다. 아마 겨울이 지나고 처음 상행을 떠나는 길인 듯 보인다.
 휘는 선실에 앉아 그런 사람들을 고요히 가라앉은 눈으로 바라보았다.
 저들은 지금 일어나고 있는 혈풍에 대해서 무슨 생각을 할까?
 아마도 자신들과는 아무런 상관없는 일이라 생각하고 별다른 생각을 안 할지 모른다. 나라 간의 전쟁이나, 반란으로 인해 자신들에게 직접적인 영향을 끼친다면 모를까.
 그리 생각하니 아무것도 모르고 환한 웃음을 지을 수 있다는 것이 부럽게까지 느껴진다.

무공이 아무리 높으면 뭐하나. 돈이 아무리 많으면 뭐하나. 행복은 그런 것으로 이룰 수 있는 것이 아닌데.

휘가 상인들의 잡담하는 모습을 물끄러미 바라보고 있자 사공후가 넌지시 물어왔다.

"뭘 그리 보십니까?"

"아 예, 그냥 사람 사는 모습 좀 구경하느라구요."

사공후가 별스럽다는 눈빛으로 휘를 바라보았다.

"사람 사는 거야 다 그렇죠, 뭐."

"그럴까요?"

대답을 하는 휘의 눈빛은 더욱 깊어만 간다.

'남 대협을 끌어들일 수 있었던 것은 천군만마를 얻은 거와 같지만, 한편으로는 그분께 죄를 지은 것만 같군.'

그래도 원하는 일을 할 수 있다는 것 또한 인생의 즐거움이니 뭐라 말할까. 그것이 남가정이 원하는 바인 것을. 더구나 남가정으로 인해서 수많은 사람들을 구할 수 있을 테니…….

아닌가? 오히려 더욱 많은 피만 뿌려질 뿐인가?

휘는 천천히 눈길을 돌려 흘러가는 강물을 쳐다보았다.

'어차피 일은 시작된 것, 흘러가는 대로 놔두는 수밖에…….'

출렁이는 강물에 몸을 맡긴 상선은 정오 무렵이 되어서야 강서성 구강 포구에 닻을 내리고 사람들을 쏟아냈다.

휘는 선실에서 나와 잠시 배에서 내리고 있는 사람들을 쳐다보았다. 그러다 대부분의 사람들이 내리고 뱃전이 한가해지자 그제야 사공후와 함께 배에서 내려왔다.

두 사람이 배에서 내려왔을 때였다.

"휘 형님!"
"휘 대형!"
느닷없이 한쪽에서 휘의 이름이 터져 나왔다. 휘가 고개를 돌리자 환하게 웃고 있는 초평우와 풍인강이 보였다. 그리고 조용히 웃음을 짓고 있는 적인풍과 두 명의 여인과 영등도.
휘도 그들을 보며 마주 웃음을 지었다. 그들을 보자 배에서 느꼈던 상념들이 다 날아가 버렸다.
"일찍 도착하셨군요."
휘가 말을 건네자 적인풍이 고개를 끄덕였다.
"남창에 머물다 연락을 받고 어제저녁에 도착했습니다. 혹시 길이 어긋날까 봐 걱정했는데 다행입니다."
휘가 빙그레 웃고는 초평우를 바라보자 초평우가 헤벌쭉 웃는다. 늑대의 천진한 웃음에 옆에 있던 사공후가 참지 못하고 한마디 했다, 조그맣게.
"어째 꼭 늑대가 웃는 것 같습니다."
와락 일그러진 초평우를 제치고 풍인강이 고개를 끄덕였다.
"뉘신지 모르지만 제대로 볼 줄 아는군요."
홱 고개를 돌린 초평우, 하지만 미처 풍인강을 뭐라 할 틈도 없이 휘가 사공후를 사람들에게 소개했다.
"인사들 나누시죠. 천검보의 대공자 사공후라 합니다."
모두가 놀란 눈으로 사공후를 바라보았다. 그러자 사공후도 오랜만에 어깨에 힘이 들어갔다.
"사공후라 합니다! 남들이 사자검룡(獅子劍龍)이라고……."
"바람둥이처럼 생겼군."
초평우가 도중에 끼어들더니 살짝 초를 쳤다. 말이 도중에서 잘리자 표정이 굳은 사공후가 비꼬듯이 말했다. 휘의 의형제라는 것을 아는 이상 차마 심한 말은 못하고.
"늑대 인상을 한 누구보다는 나을 거요."
그때였다. 당홍이 사공후를 노려보며 나섰다.
"난 바람둥이는 싫어!"
당홍의 한기가 풀풀 날리는 말투에 사공후는 어이없는 심정으로 당홍과 초평우를 번갈아 봤다. 그러자 초평우 왈, 조그만 목소리로.
"내 마누라 감이오. 어떻소? 예쁘지 않소?"
어이가 너무 없다 보면 말이 안 나온다고들 한다. 사공후는 그런 상황이 실제로 닥치자 얼굴이 벌겋게 달아올랐다.
화가 나는 것이다. 자신이 누군가. 천검보의 대공자가 아닌가 말이다. 그런데 어디서 늑대같이 생긴 작자와 그 마누라 감(?)이라는 얼굴이 살벌하게 생긴…….
가만! 그리고 보니 둘 다 똑같이 얼굴에 칼집을 냈잖아?
"훗!"
사공후가 자신도 모르게 웃음을 터뜨리자 풍인강이 한마디 했다.
"흠, 우리를 보고 웃다니, 마음에 드는 분이군. 나는 풍인강이오. 언제 한번 검의 대화를 갖도록 합시다."
맥이 빠지니 화낼 기력도 없다. 그래서 될 대로 되라는 심정으로 대답했다, 두고두고 후회할 대답을.
"그럽시다. 언제든지."
얼추 젊은 사람들의 인사가 끝난 듯싶자 적인풍이 웃음을 참고 입을 열었다.
"나는 적인풍이라 하네. 천검보의 대공자를 만나게 되어 반갑군."
"아! 수류도 적 대협을 이런 곳에서 뵙게 되다니, 정말 반갑습니다. 사공후입니다."

 제대로 된 사람과 제대로 된 인사를 나눌 수 있다는 것만으로도 기쁠 수 있다는 것을 사공후는 오늘 처음 알았다. 그러니 어찌 반갑지 않을까. 하지만…….

 "아미타불… 사공 시주, 혹시 개고기 좋아하시오?"

 영등의 질문과 동시에 그의 기쁨은 끝없는 나락으로 떨어져 버렸다. 젠장, 개고기라니?!

 "우욱!"

 "……?"

 사공후는 왠지 자신의 앞날에 먹구름이 낄 것만 같았다. 그리고 걸음을 옮긴 지 일각도 되지 않아 그의 예상은 현실로 다가오기 시작했다.

 '당분간 귀마개라도 하나 만들어서 끼고 다닐까?'

 오죽하면 그런 생각이 들 정도다.

 그러다 보니 앞장서서 걸어가는 휘가 더욱 대단해 보였다. 말 몇 마디로 자신을 일시간 혼돈 상태로 몰아넣은 사람들이 휘의 양옆에서 시도 때도 없이 떠들어댄다. 그럼에도 한 점 흔들림 없는 휘의 태도는 말 그대로 무념무상의 표본을 보여주는 것만 같았다.

 "형님, 그렇다고 그냥 가버리는 법이 어디 있습니까?"

 "내가 보니까 대형이 그냥 도망칠 만도 하던데요, 뭐."

 "왜? 여자들이야 말 많은 것은 다 아는 사실… 아니, 홍매는 빼고!"

 "나는 말 많은 여자도 싫지만, 말 많은 남자도 싫어."

 그 이후로 초평우는 입을 닫았다. 당홍이 싫다는 데야… 감히 떠들 배짱이 초평우에겐 없었던 것이다.

 대신 영등이 끼어들었다.

 "오다가 보니 이 지방에는 개를 많이 기르는 것 같더군요. 참으로 좋은 곳입니다. 아미타…… 꿀꺽."

휘가 침 넘어가는 소리에 영등을 바라보자 영등의 고개가 먼 산을 향한다.

"요즘 번뇌일타공을 너무 안 한 것 같지요? 언제 시간 좀 내야겠군요."

부르르……. 영등의 승포가 바람도 없는데 거세게 나부꼈다. 승포를 나부끼며 영등이 힘차게 외쳤다.

"아미타불! 혈풍이 불려나 보구나. 부처님의 자비를 모르는 사악한 자들이 일으키는 혈풍을 막을 자, 그 누군가? 하늘 아래 진조여휘 시주가 아니면 누가 막으랴! 갑시다, 혈풍을 막으러!"

쿵쿵! 힘차게 발을 내딛는 영등을 바라보는 사람들의 표정이 묘하게 변했다.

"이제는 땡중의 아부신공이 절정에 이르렀군. 부처님도 웃을 일이야, 쯔쯔쯔……."

2

푸드드득!!

포양호의 드넓은 호수 가장자리에서 한가로이 놀던 물새들이 일제히 물을 박차고 날아올랐다. 호숫가 공터에서 난데없이 터져 나온 기합성에 놀란 때문이었다.

"차앗!"

풍인강의 검이 천지를 양단할 듯이 떨어져 내렸다.

쾅!

검과 검이 마주치며 굉음이 일었다.

굉음과 함께 주르륵 세 걸음을 물러선 풍인강이 검을 다시 힘껏 움켜쥐고는 전면을 노려보았다. 사공후가 굳은 얼굴로 쳐다보고 있다, 파랗게 빛나는 보검, 천광검을 들고서.

단 삼 초 만에 자신의 검에 상처를 준 천광을 바라보며 풍인강이 땅을 박찼다.

"으라라랏!!"

이 장 허공으로 떠오른 풍인강이 벼락같이 진천검을 내려쳤다. 무식하기 그지없는 검격, 막을 테면 막아보라는 식의 검초다.

그럼에도 사공후는 태만할 수가 없었다. 이미 삼초를 받으며 상대의 검에 실린 힘이 생각보다 훨씬 강력하다는 것을 느끼고 있었다. 한데 다시 내려치는 검에는 그보다 더한 힘이 실려 있다. 그야말로 죽기 아니면 까무러치기 식으로 검을 펼치고 있다. 문제는 결코 받아내기가 만만치 않다는 것.

"하앗!"

사공후는 비스듬히 올려치며 풍인강의 일검을 흘려냈다. 하지만 내려진 검을 번개처럼 들어올린 풍인강이 다시 이검을 내려친다.

떠덩!

결국 정면으로 검끼리 마주쳤다. 충격에 허공으로 튕겨 올라간 풍인강, 그가 원래부터 그리 하려 했던 것처럼 삼검을 내려친다.

우르르릉!

뇌성이 일며 세 번째 검이 허공에서 떨어져 내린다. 풍인강의 무식한 검격에 사공후가 굳은 표정으로 천광검을 들어올렸다.

새파란 검강이 검첨을 타고 주욱 뻗었다.

"어엇? 검강?!"

그걸 보고 구경하던 초평우가 놀라서 소리쳤다.

사공후가 사자검룡이라 불리며 칠성 중 하나란 것은 익히 알고 있는 사실이었다. 그러니 검강을 펼칠 수 있다는 것 또한 그리 놀랄 만한 일이 아니었다. 하지만 자연스럽게 펼칠 수 있으리라고는 미처 생각지 못한 것이다.

예상보다 강한 사공후의 검공에 초평우가 놀란 탄성을 터뜨리자 검을 펼친 사공후의 입가에 자그마한 미소가 그려졌다.

'내가 바로 사자검룡 사공후다! 어떠냐?!' 하는 표정으로.

하지만 초평우의 다음 말에 그는 이를 악다물어야만 했다.

"풍가야! 이번만 하고 비켜! 다음에는 나다! 나도 좀 놀아보자고!"

그리고 당홍의 말에 그는 자신의 성급함을 뼈저리게 후회해야만 했다.

"늑대, 오래 하지 마. 나도 있으니까."

당홍의 말이 끝나기도 전, 사공후와 풍인강의 검이 정면으로 부딪쳤다.

콰광!!

"으음."

풍인강이 주르륵 물러서더니 창백해진 얼굴로 사공후를 노려봤다.

"멋진 대화였소. 다음에 또 합시다."

그리고 고개를 돌리더니 초평우를 바라보았다.

"오늘은 첨이라 넘겨주는 거요. 잘해보시구려."

결국 사공후는 초평우에 이어 당홍과도 십초의 접전을 벌이고서야 세 사람과의 검의 대화를 끝마칠 수 있었다.

"재미있었어, 사공 공자."

검을 검집에 꽂고는 태연하게 돌아서서 걸어가는 당홍의 뒷모습을 바라보며 사공후는 자신을 원망했다.

'내가 어쩌다 이렇게······.'

풍인강이 검의 대화를 하고자 했을 때 알아차렸어야 했다. 그때 점잖게 거절했다면 이렇게 어이없는 꼴은 안 당했을 것을. 하지만 후회는 아무리 빨라도 늦은 법.

"휘유······."

입에서 한숨이 흘러나왔다. 눈을 들어 옆을 바라보았다. 자신과 검의 대화를 나눈 세 사람이 머리를 싸매고 이야기를 나누고 있는 것이 보였다.

"글쎄, 그때 이렇게 막았어야 했는데······."

"아니오. 형님의 광풍도는 너무 힘 위주로 펼쳐지는 도법이라 차라리 빠르게······."

"그건 풍 공자의 말이 맞아. 늑대의 칼은 너무 한쪽으로만 치우쳤어. 그러니까 앞으로는······."

사공후는 벙찐 표정으로 세 사람을 바라보다가 결국은 머리를 흔들고 휘와 적인풍이 앉아 있는 커다란 바위 밑으로 걸어갔다. 생각할수록 머리만 지끈거리니 차라리 외면하는 것이 나을 듯싶어서였다.

"현재 싸움이 국지적으로 벌어지고 있습니다."

"천도맹과 삼양신문의 명령이 떨어졌는데도 싸운다는 겁니까?"

"그게 좀 묘합니다. 명이 떨어져 있는 상황인데도 죽고 죽이는 일이 곳곳에서 벌어지고 있습니다. 상대가 먼저 자신들의 제자나 수하들을 죽였다고 말한다 합니다."

"흠, 그들은 분명 서로가 그 일을 벌이지 않았다고 하겠군요. 그러면 서도 자신들의 사람들이 죽어가니 또다시 검을 들고 말입니다."

"맞습니다. 바로 그런 상황입니다."

휘는 잠시 입을 닫고 생각에 잠겼다. 그러다 일각 가량이 지나서야 적인풍을 향해 입을 열었다.

"아무래도 빨리 움직여야 할 것 같군요. 뭔가 변화가 일기 시작했어요."

"변화요?"

"놈들이 자제하던 실행을 거리끼지 않고 실행에 옮긴다는 것은 한 가지 이유밖에 없습니다."

휘의 눈빛이 빛났다. 그러자 적인풍의 얼굴이 딱딱하니 굳어졌다. 휘가 말했다.

"시작하겠다는 거지요."

"시작이라……."

단순한 그 한마디에 적인풍은 온몸이 떨려왔다. 그런 적인풍을 일견한 휘는 고개를 돌려 앞을 바라보았다. 사공후가 말도 안 되는 검의 대화를 마치고 다가오고 있었다.

휘는 햇살에 몸을 맡긴 채 앉아 있다 사공후가 다가오자 빙그레 웃으며 말했다.

"할 만합니까?"

사공후는 말도 하기 싫었다. 더 이상 우스운 꼴이 되기에는 가진 자존심이 용납하지 않는 것이다. 사공후가 입을 닫고 아무 말도 하지 않자 휘가 다시 물었다.

"그렇게 얻을 것이 없던 가요?"

응?

사공후는 휘의 질문에 문득 기이한 생각이 들었다. 사공후의 얼굴이 뭔가를 생각하는 듯 살짝 굳어지자 휘가 다시 말을 이었다.

"제가 볼 때는 사공 형이 부족한 것을 저 사람들이 지니고 있는 것 같은데요."

부족한 것? 아!

그러고 보니 저들과의 결전은 지금껏 접해보지 못했던 경험이었다.

무식하면서도 강렬한 검격, 힘 위주인 듯하면서도 변화무쌍한 칼질, 송곳처럼 날카로우면서도 무겁게 느껴지는 쾌검. 게다가 일 대 일로는 자신에게 미치지 못하지만, 하나같이 고수들이다. 일이십 초에 결판을 낼 수 없을 정도로.

벼락이 머릿속을 관통했다. 홱, 고개를 돌려 여전히 자신과의 격전을 분석하고 있는 세 사람을 바라보았다.

자신은 나름대로 충실한 수련을 쌓았다. 내력 또한 대천검보의 장자인 만큼 이런저런 기연과 필연으로 일 갑자 이상을 수련한 만큼 지녔다. 하지만 단 하나, 바로 그러한 이유 때문에 자신은 실전의 경험이 별로 없었다. 더더구나 죽음을 눈앞에 둔 실전 경험은 전무하다시피 했다.

사공후는 고개를 돌려 휘를 한 번 바라보고는 쓴웃음을 지었다. 그리고 발길을 돌려 앉아서 손짓 발짓을 하고 있는 세 사람에게로 다가갔다.

"내 검이 어떻소? 할 만합디까?"

초평우가 사공후를 향해 씩 웃으며 말했다.

"쎄긴 쎈데, 거기까지야. 솔직히 목숨을 걸고 생사결을 한다면 한 번 해볼 만하겠어."

당홍이 고개를 끄덕였다.

"팔 하나를 내줄 각오로 살수를 펼친다면 그럴 수도 있지."

사공후의 눈이 움찔 떨렸다. 자신으로선 생각조차 할 수 없는 공격법이다. 팔 하나를 내주며 상대를 공격하다니.

그러나 만약에 그래야만 살 수 있다면?

'후우, 그래도 자신할 수 없다.'

휘는 당홍과 초평우, 그리고 풍인강과 어울려 조금 전의 비무에 대해 심각히 고민하는 사공후를 보며 나지막한 목소리로 말했다.
"아무래도 천검보의 앞날이 괜찮을 것 같죠?"
옆에서 묵묵히 지켜보던 적인풍이 고개를 끄덕였다.
"괜찮은 것이 아니라 더욱 단단해질 것 같군요. 아무래도 문주께서 사공후가 마음에 드셨나 봅니다."
"그보다는… 확실한 투자라고 해두죠."
"투자요?"
"하남에 총단을 만들기로 한 이상 천검보와는 어떻게 든 이해관계가 얽힐 수밖에 없지 않습니까."
"흠, 하기는……."
그때였다. 영등이 풀리지 않는 수수께끼 하나를 물어봤다.
"저기… 문주, 왜 사공 시주는 개고기 이야기에 헛구역질을 하는 것이오? 참으로 이상하지 않소? 혹시… 천검보에 개가 한 마리도 보이지 않았던 이유가……?"

영등의 뜬금없는 질문이 던져진 잠시 후.
"하압!"
영등의 기합 소리와 함께 굉음이 호숫가를 울렸다.
쾅!
"일타!"
이어진 초평우의 즐거운 숫자놀이.
"오옷!!"

쾅!

"이타!"

지켜보는 사람들은 한 사람만 빼고 태평하기만 하다. 그 한 사람은 바로 사공후였다.

번뇌일타공을 수련하자는 말과 함께 벌어진 어이없는 일에 차츰 정신을 차려가던 그의 머리는 다시 헝클어져 버렸다.

고기 타령을 하는 스님, 수련을 한다는 미명 하에 스님을 주먹으로 두들겨 패는 휘, 그리고 옆에서 숫자놀이를 즐기는 사람들…….

그런데 바위도 가루를 만들어 버릴 휘의 주먹을 견뎌내는 저 몸뚱이는 또 뭐란 말인가.

도대체 이 사람들의 면면은 아무리 이해를 하려 해도 이해할 수가 없다.

결국, 사공후는 이해라는 단어를 당분간 잊어버리기로 작정했다, 이해할 수 없는 사람들과 같이 다니는 동안이나마. 그리고 그들의 행동에 동참했다.

쾅!

"십오타!"

사공후가 크게 소리 질렀다. 그 바람에 휘가 주먹질을 멈추자, 영등이 뚱한 눈으로 사공후를 바라보았다, 다른 사람들 역시.

그런데 어째 사람들의 눈빛이 이상하다. 마치 '또 멀쩡한 사람 하나 버렸군' 하는 눈빛들이다.

'에라 모르겠다.'

사공후가 두리번거리며 물었다.

"벌써 끝났소?"

3

　　강서성의 성도 남창(南昌).
　　남창은 남쪽에 정기가 왕성하게 일어날 곳이라 하여 붙은 이름이었다. 또한 무창의 황학루, 악양의 악양루와 함께 중원의 삼대누각 중 하나인 등왕각이 우뚝 서 있는 곳이기도 했다.

　　滕王高閣臨江渚(등왕고각임강저)
　　등왕각은 강가에 높이 솟아 있건만,
　　佩玉鳴鸞罷歌舞(패옥명란파가무)
　　그 곱던 노래와 춤은 그쳐 버렸네.
　　畵棟朝飛南浦雲(화동조비남포운)
　　단청 고운 기둥 구름이 흘러가고,
　　朱簾暮捲西山雨(주렴모권서산우)
　　주렴을 걷으니 서산에 빗긴 빗발.
　　閒雲潭影日悠悠(한운담영일유유)
　　한가한 구름 못에 그림자 드리고,
　　物換星移度幾秋(물환성이도기추)
　　수도 없이 바뀌고 뒤집힌 세월들.
　　閣中帝子今何在(각중제자금하재)
　　등왕각 노닐던 이 지금은 어디에,
　　檻外長江空自流(함외장강공자유)
　　난간 너머 장강만 쓸쓸히 흐르네.

　　당(唐)의 왕발(王勃)이 지은 등왕각 서(滕王閣 序)로 유명한 등왕각이

저 멀리 보이기 시작하자 휘 일행은 발걸음을 늦추고 지나다니는 양민들과 속도를 맞췄다.

구강을 떠난 지 이틀만의 일이었다. 하지만 남창에 도착한 휘 일행들의 표정은 그리 밝지가 않았다.

하늘에 짙은 먹구름이 드리워져 있어서만이 아니었다. 막상 천도맹을 코앞에 두자, 드디어 전쟁의 한복판으로 뛰어든다는 생각에 절로 표정이 굳고 마음이 긴장되지 않을 수가 없는 것이다.

휘를 비롯한 일행들이 조금은 굳은 얼굴로 등왕각을 빙 돌아 동쪽의 대로에 접어들 때였다.

"잠시 걸음을 멈추시오!"

때마침 등왕각에서 나오던 몇 명의 무사들이 휘 일행의 앞을 가로막았다. 등왕각에서 무사들이 나오기에 흘낏 바라보고는 스쳐 지나려 했던 휘 일행은 그들이 자신들의 앞을 가로막자 걸음을 멈추지 않을 수 없었다.

"무슨 일이오?"

사공후가 눈살을 찌푸리며 물었다. 그러자 무사들을 헤치고 진한 감청색 장포를 입은 자가 앞으로 나오더니 포권을 취하며 조용히 입을 열었다.

"본인은 조령위라 하오. 혹, 진조여휘 공자와 사공후 공자 일행이 아니신지요?"

조령위의 말에 휘가 눈을 빛냈다.

'저 사람이 조령위?'

사공후가 의아한 표정으로 입을 열려 하자 휘가 앞으로 나섰다.

"제가 진조여휘입니다, 조 문주."

조령위의 눈이 휘를 향했다. 그는 내심 강한 기세가 느껴지는 사공후를 진조여휘가 아닌가 생각했었는데, 막상 휘가 앞으로 나서자 조금은 놀란 듯한 모습이었다.

"아! 이거, 실례했습니다. 정식으로 인사드리겠습니다. 천도맹 비양문의 조령위라 합니다."

"한데 어떻게 저희가 오는 것을 알았습니까?"

"구강에서 진조여휘 공자가 사공후 공자와 함께 일행들을 만났다는 정보를 받았습니다. 해서 마중을 나온답시고 나왔는데, 이거 큰 실례를 한 것 같습니다."

조령위의 말대로라면 적인풍 일행의 모든 움직임이 천도맹의 눈을 벗어나지 못했다는 뜻.

휘는 내심 천도맹의 정보력이 대단함을 인정하지 않을 수가 없었다.

"별말씀을, 처음 만나는 것이니 잘못 볼 수도 있는 것이죠. 한데 마중을 나오셨다 하셨는데, 저희만 마중 나온 것이 아닌 것 같군요."

휘의 말에 조령위가 어색하게 고개를 끄덕이며 등왕각 쪽을 바라보았다.

"마침 삼양신문의 호영광 공자도 도착했는지라……."

호영광의 이름이 나오자 사공후가 놀라 소리쳤다.

"호영광? 파운룡(破雲龍) 호영광 말이오?"

"그렇소이다, 사공 공자."

사공후가 놀란 눈으로 등왕각을 쳐다보았다.

때마침 세 사람이 등왕각에서 나오고 있었다. 한 명의 청년과 두 명의 중년인, 그들은 조령위가 휘 앞에 서서 자신들을 바라보고 있자 의아한 눈으로 휘가 있는 곳을 돌아다봤다. 그중 이십대 후반으로 보이는 청년이 사공후를 보더니 눈빛을 빛냈다.

"이게 누구요? 사공 형이 아니시오?"

사공후도 굳은 표정으로 입을 열었다.

"오랜만이오, 호 형."

"하하하! 언제 폐관을 마친 것이오? 나오려면 조금 더 있어야 할 줄 알았는데……."

"그리 오래되지는 않았소. 한데 호 형은 어쩐 일이오? 어지간한 일로는 합비를 떠나지 않는 분이."

"아버님께서 좋은 경험이 될 테니 가보라 하더군요. 봄바람도 쐴 겸, 겸사겸사 나왔지요."

말투는 봄날 실바람처럼 부드럽지만, 오가는 말속에는 차가운 얼음 칼날이 숨겨져 있다.

두 사람 사이의 묘한 상황을 눈치챈 조령위가 조용히 입을 열어 두 사람 사이를 갈라놓았다.

"두 분, 이야기는 나중에 하시고, 일단 가시지요."

사공후는 천천히 고개를 끄덕이고는 몸을 돌렸다.

"여기는 남의 땅이니 이야기는 나중에 나누도록 합시다."

호영광도 입가에 싸늘한 조소를 매달고 말했다.

"그럽시다. 한데 수하들을 제법 많이 달고 왔구려. 어디 잘해보시오."

수하?

사공후가 '혹시?' 하는 마음으로 휘를 돌아볼 때다. 휘가 태연히 말하며 걸음을 옮겼다.

"가십시다, 헛소리에 신경 쓰지 말고."

순간적으로 터져 나오려는 웃음을 참고 사공후가 휘를 향해 큰 소리로 대답했다.

"알겠소이다, 문주! 나 역시 쓸데없는 헛소리에 신경 쓰고 싶지는 않소이다!"

휙 신형을 돌린 사공후가 휘를 따라 걸음을 옮기자 호영광의 표정이 싸늘히 굳었다.

'감히! 저런 애송이 따위가 본 공자를 놀리다니!'

하지만 그는 아무런 말도 할 수가 없었다. 애송이의 뒤를 따라가는 자들의 중얼거리는 소리가 귀청을 울리며 들려온 것이다.

"형님을 사공후의 수하로 보다니, 저자도 눈알 청소를 자주 해야겠군."

"대형을 남의 수하로 보는 눈알이 무슨 소용이 있단 말입니까? 그런 눈알은 아예 빼버리는 것이……."

"늑대, 그리고 풍가. 그만해. 썩긴 했어도 남의 눈깔인데 왜 빼라 마라 하는 거야? 놔, 둬!"

뭐라고? 눈알? 빼? 썩어?

건방진 애송이의 뒤를 따라가는 자들이 하는 말은 분명 자신을 향해 하는 말이다. 호영광은 끓어오르는 분기를 참지 못하고 신형을 날리려 했다. 감히, 대신풍문의 후계자인 자신을 모욕하다니!

그러나 뒤이어 들려 온 염불 소리에 그는 기혈이 엉켜 하마터면 그 자리에서 쓰러질 뻔했다.

"아미타불! 썩은 개눈깔 잘못 먹으면 속 뒤집어진다오! 조심들 하시구 랴!"

4

조령위의 안내로 천도맹에 도착한 것은 해가 서쪽으로 반쯤 기울었을 신시 초였다.

한데 천도맹에 들어선 사람들의 표정이 각양각색이다. 그중 제일 얼굴이 밝은 것은 사공후였다.

마치 십 년 묵은 체증이 쑥 내려간 것 같은 표정이다. 사람들의 의아해하는 눈길에 그는 벌겋게 달아오른 얼굴로 하늘을 올려다봤다.

"아! 하늘 좋다!"

별 웃기지도 않는 사람 다 봤다는 눈으로 사공후를 훑어본 휘 일행이 조령위를 따라 내성으로 들어가자, 사공후는 고개를 돌려 뒤따라오는 호영광과 두 명의 중년인을 바라보며 씩 웃었다.

"조심하시구려. 기혈이 엉킨 것 같은데. 크크크."

그러고는 앞서 가는 사람들을 따라 재빨리 안으로 들어갔다. 뒤에서 창백한 얼굴의 호영광이 씨근덕거리든 말든.

"사.공.후……!!"

호영광이 부들부들 떨며 금방이라도 사공후의 뒤를 따라 뛰어들 것처럼 보이자 두 명의 중년인 중 백의를 입은 자가 조용히 입을 열어 호영광을 제지했다.

"광아, 마음을 가라앉혀라."

백의중년인의 말에 호영광은 크게 심호흡을 하고는 이를 지그시 깨물었다.

"외숙부 말씀대로 참지요. 아직은 때가 아니니까요. 하지만 언제고… 오늘의 빚을 열 곱, 백 곱으로 갚을 것입니다."

흑의중년인이 싸늘히 말했다.

"잊지 말아라. 아직은 너를 다 내보일 때가 아니다."

그제야 호영광의 얼굴이 차분히 가라앉았다.

"왜 모르겠습니까? 걱정 마십시오, 외숙부."

기분 좋게 안으로 들어간 사공후는 고개를 갸웃거렸다.

흑백의 두 중년인, 처음에는 호영광의 호위인 줄로만 알았는데, 왠지 거슬리는 기분이 든다. 어디선가 들어본 적이 있는 사람들 같다.

'누구더라?'

사공후가 잔뜩 찌푸린 얼굴로 고민에 잠겨 있자 초평우가 넌지시 물었다.

"사공 공자, 뭘 그렇게 생각하는 거유?"

"아, 아무것도 아닙니다. 들어갑시다."

      *   *   *

위지혁성은 눈빛을 빛내며 조령위를 따라 안으로 들어오는 휘를 바라보았다.

'잘생겼군.'

첫 느낌은 눈에 확 띌 정도로 잘생긴 휘의 얼굴을 보고 남자답지 못하게 생겼다는, 조금은 엉뚱한 느낌이 들었다.

그러다 눈이 마주치고도 아무렇지 않게 주위를 둘러보는 휘를 보고,

'건방진 면이 있군.'

두 번째 느낌과 동시에 눈살을 찌푸렸다. 그때 휘가 천도맹에 들어온 이후 처음으로 입을 열었다.

"조 문주님, 이곳이 천도맹의 심장부라는 천상전인가 보군요."

"예? 예, 맞습니다. 이곳이 바로 천상전입니다."

"그런데 맹주님은 어디 계십니까?"

"예? 아, 바로 저기 계십니다."

조령위가 위지혁성을 바라보며 입을 열자 휘가 별다른 감흥이 일지 않는 목소리로 다시 물었다.

"설마, 손님을 불러놓고 앉아서 멀뚱히 바라만 보는 분이 강남 무림의 지배자 중 한 분이신 천도맹주님이란 말씀은 아니시겠죠?"

"…그, 그게……."

설마 휘가 그런 식으로 말을 할 줄은 생각조차 하지 못한 조령위는 난감한 표정으로 위지혁성을 바라보았다.

위지혁성의 굵은 눈썹이 꿈틀거리고 있었다.

비록 위지혁성이 조금 예의에 어긋나게 손님을 맞이했다 하지만, 사람을 눈앞에 두고 그 사람을 부정하면 누구든 기분이 나쁠 수밖에 없다. 더구나 그 사람이 만인을 다스리는 군주의 위치에 있는 사람이라면 더욱더 그러할 것이다.

평상시 그의 성격대로라면 당장에 도검이 난무한다 해도 하등에 이상할 것이 없는 상황.

하지만 상대는 자신들이 처한 어려움을 풀기 위해 초대한 손님이다. 만일 감정 대결로 간다면 자신은 목숨을 걸고서라도 마아아만 할 터.

손에 땀을 쥐고 휘를 돌아보자 휘는 태평하니 천상전의 높다란 천장을 바라보고 있다. 도대체 무슨 배짱인지…….

'주도권을 쥐기 위한 기세 싸움인가?'

조령위가 두 사람의 심기를 파악하는 사이, 휘가 천연덕스럽게 입을 열었다.

"흠, 천장에 새겨진 그림이 아주 멋지군요. 유방과 항우의 싸움을 그려 놓은 것 같군요."

휘의 태연한 말투에 휘 일행은 고개를 들어 천장을 올려다봤다. 그러자 조령위의 고개도 무심코 천장을 향했다.

"마지막 장강의 싸움을 그린 것이군요."

적인풍의 말에 휘가 고개를 끄덕였다.

"힘센 것 자랑하다 수하들 다 죽여 놓고는 혼자 돌아가는 것이 부끄럽다고 오강(烏江)가에서 스스로 목숨을 끊은 항우가 과연 영웅일까요? 아니면 휴전 합의를 저버린 채 말머리를 돌려 항우를 치고 천하를 얻은 유방이 영웅일까요?"

둘 중 누가 영웅일까?

사람들이 잠시 생각에 잠겨 있을 때, 휘는 눈을 내려 위지혁성을 바라보았다.

"맹주는 어떻게 생각하십니까?"

미간을 잔뜩 찌푸린 채 휘를 직시하던 위지혁성의 눈빛이 격하게 흔들렸다.

단순한 물음일 뿐이다. 그런데 왜 답을 못하고 가슴이 떨리는 것이지? 항상 자신이 가졌던 생각을 왜 말하지 못하는 것이지?

눈 때문이었다. 십 장이나 되는 거리를 두고 마주친 휘의 눈.

무심하게 바라보는 휘의 눈과 마주치는 순간, 위지혁성은 자신이 그동안 철석같이 믿어왔던 믿음이 모두 혼돈 속에 뒤섞여 버린 느낌이었다.

휘는 자신이 고의로 흘린 삼령의 기운에 의해 심령이 흔들린 위지혁성을 향해 다시 물었다.

"자존심을 지키기 위해서 스스로 목숨을 끊은 항우가 영웅이라 생각하시나요?"

"음… 나는… 그리 생각하네."

가까스로 자신의 생각을 말한 위지혁성을 보며 휘가 차가운 웃음을 흘렸다.

"훗! 천하를 노렸던 사람이 수하들의 죽음은 아랑곳하지 않고 자신의 자존심만 챙기려 든 것이 영웅답다 이건가요?"

"적어도 그는 유방처럼 합의를 저버리지는 않았네."

"상대가 합의를 깨뜨렸다면 당연히 훗날 힘을 일으켜 복수를 다짐해야 하지 않았을까요?"

"물론 성급한 면이 없지는 않았지만, 또한 남자이기에 그럴 수 있었다고 생각하네."

"그럼 맹주님께 그런 상황이 닥치면, 맹주님도 그리하겠다는 말씀이군요."

휘가 지나치다 여겨질 정도로 신랄하게 다그치자 위지혁성은 신광을 뿜어내며 노한 듯 소리쳤다.

"누가 감히 본맹과 나를 그런 상황으로 몰아갈 수 있단 말인가?"

화아악!

위지혁성의 몸에서 강렬한 기운이 일어 대전 안을 휘돌았다. 금방이라도 뭔가 사단이 벌어질 것 같은 분위기, 위지혁성의 옆에 시립해 있던 두 명의 중노인도 명이 떨어지기만을 기다리며 휘를 노려보았다.

"말이 지나치다! 감히 여기가 어디라고?!"

뜻밖의 상황에 사공후는 굳은 표정으로 휘를 돌아보았.

"문주, 왜 위지 맹주의 심기를 건드리는 것이오?"

그러나 휘는 사공후의 표정에 아랑곳하지 않고 위지혁성을 직시했다.

"한 가지 묻지요. 정말 저에게 이번 일의 조사를 맡길 생각이십니까?"

위지혁성이 말했다.

"원래 그렇게 생각했네만 달리 생각을 해봐야 할 것 같군."

"호! 그래요? 그럼 저는 가봐야 할 것 같군요. 이곳에서 반기지 않는데 제가 굳이 나설 필요는 없지 않겠습니까? 그리 어려운 상황도 아닌 것 같고."

꿈틀, 미간에 굵은 주름을 만든 위지혁성이 벌떡 몸을 일으켰다. 하지만 여전히 태연한 휘.

"갈까요?"

"이, 이……."

"가라면 가죠. 자, 자! 돌아갑시다. 괜히 밥도 못 먹고 여기까지 왔네요."

난데없이 휘가 신형을 돌려 대전 밖으로 나가려 하자 사공후가 급히 앞을 가로막았다. 그는 이해할 수가 없는 것이다. 두 사람이 왜들 그렇게 처음 보는 사이에 말다툼을 벌이는지.

"문주! 왜 그러시는 거요? 분명 신마천궁의 혈풍을 막기 위해선 천도맹의 일을 해결해야 한다고 했잖소?"

"물론 그랬죠. 그런데 말입니다. 천도맹주께선 우리를 별로 반기지 않는 것 같군요. 자신의 심장에 칼을 들이댈 사람들은 바로 곁에 두면서도 말입니다."

"예?"

사공후가 눈을 크게 뜨고 반문할 때였다.

"그게 무슨 말인가?!"

위지혁성이 휘의 뒤통수에 대고 큰 소리로 물어왔다.

휘가 돌아서며 차갑게 말했다.

"혈천교의 무사들이 강서에 들어와 있다 하더군요. 설마 모르시지는 않겠지요?"

"흥! 그들은 우리를 돕겠다고 온 사람들이다."

"하하하하하!"

느닷없이 휘가 크게 웃음을 터뜨렸다. 순간,

"감히! 건방지게 어디서 함부로!"

위지혁성의 양편에 서 있던 자들 중 왼편에 서 있던 자가 한 소리 대갈을 터뜨렸다. 그는 위지혁성이 미미하게 고개를 끄덕이자 번개처럼 휘를 향해 몸을 날렸다.

"과연 그 건방진 입만큼 실력이 되는지 보겠다!"

그의 오른손에는 언제 빼 들었는지 한 자루 장도가 싸늘한 청광을 발하고 있었다.

단걸음에 간격이 삼 장으로 줄어들었다. 급박한 상황. 그때까지도 위지혁성은 아무런 제재도 하지 않고 휘만 바라봤다.

한데 어째 묘하다. 아무도 두 사람 사이에 끼어들지 않고 있다. 오히려 흥미로운 눈빛으로 구경하는 것처럼 느껴진다. 위지혁성은 의아한 가운데서 눈빛을 빛냈다, 과연 어떤 결과가 나올지.

마침내 일 장의 간격!

휘는 자신을 향해 달려드는 중노인을 바라보며 나직이 코웃음을 쳤다. 중노인의 칼날이 일격에 세 개의 그림자를 만들며 휘의 어깨로 떨어져 내리고 있음에도.

찰나! 휘가 거꾸로 한 걸음을 다가갔다.

떨어져 내리는 칼날을 향해 왼손을 내뻗고, 손가락 끝에 걸린 천홍(天紅)이 허공에 세 개의 점을 찍었다, 조금의 망설임도 없이.

따다당!

거의 동시 울리는 도명(刀鳴)!

"크읍!"

날아올 때보다 더 빠르게 튕겨가는 중노인의 입에서 답답한 신음이 터져 나왔다.

쿵, 쿵, 쿵!

내려서서 세 걸음을 물러선 중노인의 안색이 창백하게 질려 있다. 도신을 타고 전해진 강력한 천화단심기의 기운에 내부가 진탕된 듯 입가에는 희미한 핏줄기조차 보인다.

누가 뭘 어떻게 할 수도 없는 짧은 시간에 벌어진 일. 그럼에도 반응은 둘로 갈렸다.

위지혁성을 비롯한 천도맹의 사람들은 경악한 눈을 크게 떴다.

휘를 공격한 사람은 천도맹주의 양팔이라 할 수 있는 이대호법 중 한 사람, 풍환도 양귀명. 양귀명의 실력은 천도맹을 통틀어도 이십위 안에 들어가는 실력이다. 그런데 그런 양귀명이 단 일 수에 신음을 토하며 튕겨졌다. 보지 않았으면 믿을 수 없는 일.

그러나 휘 일행은 당연한 일을 본 듯 얼굴의 주름살 하나 변하지 않았다. 다만,

"형님도 성질 많이 죽었군."

"그러게 말입니다. 예전의 대형이었다면 어디 서너 군데 잘근잘근 부러뜨렸을 텐데."

초평우와 풍인강이 조그맣게 중얼거리고 있을 뿐이다.

위지혁성은 예상외로 양귀명이 일수에 패퇴하자 조령위의 말이 사실임을 인정하지 않을 수 없었다.

'천하십대고수에 들 만한 실력이라 했던가?'

휘를 바라봤다. 여전히 흔들림없는 눈빛, 끝도 보이지 않는 깊은 눈빛은 자신조차 빨려 들어갈 것만 같다.

'졌나?'

알 수 없는 묘한 감정이 밀려온다. 단순한 심기 싸움일 뿐이거늘. 하지만 겉으로 표현은 하지 않고 태연한 음성으로 입을 열었다.

"혈천교에 대한 말, 책임질 수 있나?"

휘는 조용히 위지혁성을 바라보다 천천히 고개를 끄덕였다.

"어차피 조사하면 다 나올 일이지요. 안 그렇습니까, 조 문주님?"

조령위는 다행이 상황이 진정되자 속으로 안도의 한숨을 내쉬고는 고

개를 끄덕였다.

"물론입니다. 그들에게 수상한 면이 있다면 이번 조사에서 들어날 수밖에 없을 것입니다."

"흠!"

위지혁성은 깊어진 눈으로 휘를 바라보았다.

"뭘 원하는 건가?"

휘가 빙그레 웃었다. 언제 말다툼을 했냐는 듯.

"이번 조사를 저에게 맡길 생각이십니까?"

"끄응, 맡기지 않으면 당장 너구리 떼들이 들고일어나 설칠 텐데 어쩌겠나."

그랬다. 애초부터 싸울 이유가 없었다. 아니, 싸울 수도 없는 일이었다, 한바탕 전쟁을 치를 것이 아니라면.

그런데도 휘는 맞장구를 치며 눈을 동그랗게 떴다.

"너구리 떼요? 아! 저 위쪽에 있는 분들 말씀이군요."

그러면서 호영광이 있는 쪽을 바라본다. 한마디로 너구리가 누구를 지명하는지 간접적으로 보여주는 상황.

호영광이 얼굴을 일그러뜨리며 휘를 노려봤다. 하지만 휘는 사공후까지 슬쩍 쳐다보고는 위지혁성을 향해 눈을 돌려 버렸다. 결국 사공후의 얼굴도 일그러져 버렸다.

'젠장! 나도 너구리 중의 한 마리다, 이건가?'

그러든 말든 휘는 위지혁성을 향해 입을 열었다.

"그럼 딱, 두 가지만 요구하지요."

어째 상황이 이상하게 흘러간다. 금방이라도 피 튀기며 싸울 것 같더니 언제 싸웠냐는 듯 협상을 한다.

사람들은 멍하니 휘와 위지혁성을 바라보며 꿀 먹은 벙어리가 되어버렸다. 그 모습을 보고 적인풍이 조용히 입을 열었다.
"높은 사람들은 원래 머리 굴리는 것을 즐기거든. 이해하려면 머리만 빠지니까, 우리는 굿이나 보고 떡이나 얻어 먹세."

"조사단은 무조건 제 말을 들어야 합니다."
"음……. 그거야 어쩔 수 없지. 좋네."
"천도맹의 관할에 있는 모든 문파들은 저희 조사단에 무조건적으로 협조해야 합니다."
위지혁성이 이맛살을 찌푸렸다.
"너무 과한 요구가 아닌가?"
휘가 고개를 들이밀고 또박또박 말했다.
"그래야 조사가 빠르게 마무리될 수 있습니다. 어떡하시겠습니까? 빠른 것을 원하십니까? 아니면 늦어도 저희들 힘만으로 하는 것을 원하십니까?"
위지혁성이 옆을 바라보았다. 조령위와 여문정이 고개를 끄덕인다. 하는 수 없이 위지혁성도 고개를 끄덕였다.
"…좋네. 그렇게 하지."
"그럼 대충 마무리는 된 것 같은데……."
휘는 만족한 듯 씩 웃고는 마지막으로 한마디를 더 했다.
"얼마 주시겠습니까?"
"……."
"이번 일에 만상문 일천 형제가 모두 투입되었습니다. 들어간 돈이 한두 푼이 아니지요. 입에 풀칠하면서 일을 할 수는 없지 않습니까? 아, 글쎄! 천도맹이 부자라는 것은 세상이 다 아는 일인데 너무 그러지 맙시다. 더군다나 신마천궁이 날뛰면 우리 형제들의 목숨도 간당간당하단 말입니다. 예? 얼마요!"

"만 냥! 더는 안 되네!"

"좋습니다. 할 수 없죠. 황금 만 냥으로 하죠, 뭐."

"쿨럭!"

"설마 쪼잔하게 은자로 계산하겠다는 것은 아니시겠죠?"

결국 휘의 계속된 몰아치기에 위지혁성은 두 손을 들고 전표에 도장을 찍었다.

황금 일만 냥.

5

그날 저녁 몇 사람이 조사단에 합류했다.

결국 조사단은 휘를 비롯해서 칠패에서는 친검보의 사공후, 신풍문의 호영광, 천도맹의 위지현도, 그리고 구파와 오대세가에선 소림의 각우, 무당의 청산, 개방의 호걸개, 그리고 남궁중산과 제갈효 등이 참가했다.

그리고 누구나 알고도 모른 척하고 있는 사실이지만, 조사단의 대표에게는 각자의 방조자들이 딸려 있었다. 그 수 또한 적지가 않았으니, 조사단의 무력은 웬만한 방파의 힘과 맞먹는다 할 수 있었다.

다음날 아침 휘는 천도맹에서 내준 영빈각의 회의실에 앉아 만족한 눈으로 앞에 앉아 있는 사람들의 면면을 훑어보았다.

"모두 잘 아시겠지만 이번 일의 조사는 두 가집니다. 그중 하나는 '십팔마마공의 비급이 과연 천도맹에서 흘러나왔는가' 이고, 또 다른 하나는 대현산장의 혈겁에 관해섭니다."

휘가 잠시 말을 끊고 사람들을 둘러보자 호영광이 날카로운 눈으로 휘를 응시하며 물었다.

"십팔마마공의 비급은 천검보에 있소. 한데 어떻게 그에 대해서 조사를 하겠다는 건지 알고 싶소만."

"그에 대해선 사공 형이……."

"아! 깜박했구려. 사공 형과 같이 온 것을 보니 천검보와 가까운 듯한데, 설마 뭔 수작을 부려놓지는 않았겠지요? 그렇다면 그대의 조사도 문제가 있다는 말인데……."

마치 너 따위의 말을 어찌 믿겠느냐는 말투다. 더불어 사공후까지 은근히 끌고 들어간다.

'후후……. 나를 떠보겠다는 건가?'

호영광의 속셈을 알아챈 휘가 태연히 말했다.

"흠, 일단 내 생각을 말하겠소. 나는 그 두 가지 일을 한꺼번에 조사할 생각이오. 그리고 미리 말해두는데 조사는 내가 하는 것이지 당신이 하는 것이 아니오. 그러니 내가 조사하는 방식에 대해서는 왈가왈부하지 마시오. 첫 번째 경고요."

말이 끝날 즈음에는 휘의 눈빛도 차갑게 굳어 있었다. 어이가 없는지 호영광이 표정을 굳히고 싸늘히 말했다.

"흥! 경고? 웃기는군. 조사를 맡긴다니까 눈에 보이는 것이 없나? 꼭 근본도 없는 것들이 힘 좀 얻으면 자존심만 세져서……."

순식간에 장내에 싸늘한 한풍이 돌았다. 하지만 어느 누구도 말릴 생각은 하지 않은 채 오히려 흥미로운 눈으로 두 사람의 다음 행동을 지켜보았다.

과연 여기서 누가 물러설 것인가. 진조여휘라는 자가 물러설 것인가,

아니면 호영광이 물러설 것인가.

그러나 사람들의 마음은 어느 정도 한쪽으로 기울어 있었다.

삼양신문을 지배하고 있는 신풍문의 후계자와 섬서의 어디에 있는지도 모르는 만상문의 문주, 그 결과를 따진다는 것 자체가 우스울 뿐이었다.

하지만 무심히 입을 여는 휘.

"맞소, 나는 눈에 보이는 것이 없소. 특히 신마천궁에 관한 일에는. 그러니 나를 건들지 마시오. 이번이 마지막 경고요."

상대의 감정을 긁는 말투. 사람들이 아연한 표정을 지었다.

'어디 한 번 발작을 해봐라.'

아니나 다를까, 호영광이 코웃음을 치며 냉소했다.

"훗! 진짜 눈에 보이는 것이 없는 자로군. 마지막 경고? 그래 내가 건들면 어찌하겠단 말이냐? 생긴 건 꼭 계집같이 생긴 놈이 감히 덤비기라도 하겠다는 말이냐?!"

말이 끝나는 순간!

"저런…… 쯔쯔쯔……."

사공후가 묘한 표정으로 혀를 차고,

"꼭 얻어맞아야 정신이 드는 분이 한두 분은 있단 말이야."

휘가 짜증스런 표정을 지으며 자리에서 일어나더니 호영광 쪽으로 걸어갔다.

'그대에게는 미안하다만 앞으로를 위해서 어쩔 수가 없군. 이쯤에서 본보기를 보여야 일이 편하게 진행될 것 같거든. 더구나 뭐? 계집같이 생겨?'

"난 집안 힘만 믿고 힘없는 자를 누르려는 사람이 정말 싫어!"

휘의 속마음을 알 리 없는 호영광이 몸을 일으키더니 피식 웃음을 터뜨렸다.

"미친… 놈……!"

그때였다.

후우우웅!

거센 바람이 호영광 쪽으로 불어 닥치는 듯싶자, 휘의 신형이 이 장의 간격을 찰나에 좁히며 호영광의 앞에 나타났다. 그와 동시,

"떠보려거든!"

콰우우! 천붕신권이 펼쳐지고!

"상대가 어떤 사람인지 제대로 알아보고 나서 떠봐야지!"

쾅!

뭐가 어떻게 된 건지 알아볼 새도 없이 두 사람 사이에서 굉음이 일었다.

"크읍!"

주르륵, 뒤로 세 걸음을 물러선 호영광이 아연한 시선으로 앞을 응시했다. 믿을 수 없다는 눈빛, 자신은 세 걸음 물러서서도 내부가 흔들리는데 상대는 여전히 그 자리에 서 있다.

억! 아니다. 서 있는 것이 아니다.

"이익!"

호영광은 빤히 쳐다보고 있는 가운데 아무런 움직임도 없이 자신의 앞에 나타난 휘를 보고 두 손을 흔들었다.

찰나간 그의 앞이 십여 개의 시커먼 손 그림자로 뒤덮였다.

은은한 묵빛이 도는 수영, 수강이었다. 그 짧은 순간에 수강을 펼쳐 낸 것이다, 자신의 절기 천강산수(天强傘手)를.

사람들의 입에서 감탄의 탄성이 터져 나왔다. 역시 호영광이라는 소리와 함께. 그러자 수강을 발현해 우산처럼 강막을 친 호영광의 입가에 비

릿한 음소가 맺혔다. 이제는 반격을 하겠다는 듯.
하지만 그것도 순간뿐.
"헉!"
호영광의 얼굴이 썩은 간을 베어 문 듯 일그러졌다.
자신의 천강산수를 창호지 찢듯이 뚫고 들어오는 주먹 하나.
동시에 귀청을 울리는 노성!
"아직도!"
쩌저적!
"모르겠나!!"
콰광!
"우욱!"
또다시 뒤로 물러서는 호영광을 보며 휘가 한 걸음 내딛었다.

"손을 보려 했으면 확실히 손뫠야 힌다. 그래야 기어오르지 못한다."

휘는 누구보다도 그 뜻을 잘 알고 있었다. 항상 빼빼아버지가 입에 달고 다녔던 강호의 법칙 중 하나였으니까.
휘가 물러서는 호영광을 따라 걸음을 내딛을 때였다. 문이 벌컥 열리며 흑백의 중년인 둘이 휘를 향해 쇄도해 왔다. 밖에서 기다리던 중 호영광의 신음 소리가 들리자 더 이상 참지 못하고 들이닥친 것이다.
"물러서라!"
그들을 바라보는 휘의 입가에 차디찬 미소가 더욱 짙게 깔리고, 휘의 왼손이 그들을 향해 들렸다, 손가락 끝에는 천양의 기운이 가득 찬 붉은 천홍을 매단 채. 일시지간!
쐐액!!

두 줄기 붉은 빛줄기가 쇄도하는 두 중년인을 향해서 튕겨졌다.
쾅! 콰광!
두 마디의 짧은 굉음.
"우욱!"
"커억!"
이어지는 짧은 신음 소리.
쇄도할 때보다 더욱 빨리 튕겨진 두 사람.
바닥에 내려서자마자 정신없이 물러서는 두 사람을 향해 휘가 천홍을 다시 튕겼다.
웅! 웅!
천홍이 두 사람의 이마 한 자 앞 허공에 머물러 빙글빙글 돌고 있다. 구전홍이 가미된 천홍의 울음소리에 두 중년인의 안색이 창백하게 굳어 졌다.
"다시 덤비면 더 이상 사정을 두지 않겠소. 죽어도 나를 원망하지 마시오!"
한마디로 덤비면 죽이겠다는 말.
휘는 차갑게 말을 끝맺고 호영광을 향해 걸어갔다. 휘가 돌아서자 허공에서 회전하던 천홍이 붉은 연꽃을 피워내며 사그라진다.
공포스런 천홍의 아름다움에 두 중년인은 사지가 굳어버렸다. 그렇다고 보고만 있을 수는 없는 일. 흑의중년인이 이를 악물고 뛰쳐나가려 할 때였다. 백의중년인이 급히 전음을 보냈다.
"움직이지 말고, 일단은 광아를 믿어라!"
두 중년인이 더 이상 움직이지 않는 것을 보고 휘가 호영광을 향해 입을 열었다.
"마지막 경고라 했는데, 그 말이 무슨 뜻인지 모른다면 제대로 알려줘야겠지."

이미 각오를 하고 손을 쓴 상태다. 그렇다면 결과라도 좋아야 할 터. 휘는 망설임없이 주먹을 휘둘렀다, 천붕신권!

그러자 호영광은 또다시 천강신수를 펼치며 휘의 주먹을 막아간다. 그러나 애당초 차원이 다른 사람끼리의 싸움.

퍽! 퍼퍽! 퍼버벅!

미처 말리고 자시고 할 틈도 없이 순식간에 십팔권이 호영광을 향해 쏟아졌다.

처음에는 그나마 손을 들어 막아냈다. 물러설 수 없다는 오기로. 그러나 십권을 넘어가면서부터 호영광은 손을 들 수조차 없었다. 괜한 오기를 부려 맞상대한 대가였다.

그 후로는 결국 맨몸으로 막아내는 수밖에. 그리고 그 결과는 그리 보기 좋은 장면이 아니었다.

휘아 매우 만족한 얼굴로 마무리를 지었시만,

"끄으……."

피를 게우며 널브러져 있는 호영광의 입에서 신음이 흘러나왔다.

그 모습에 누구도 입을 열지 못했다.

파운룡 호영광이 누구인가?

칠성 중 한 명이며, 삼양신문의 후계자라 할 수 있는 사람이다. 그것이 아니라도 능히 절정에 다다랐다는 고수가 아닌가. 과연 이 중에 호영광보다 강한 사람이 누가 있을까. 한데…….

모두가 입을 닫고 조용해지자 들리는 소리라고는 호영광의 신음 소리뿐이다.

휘가 만족한 표정으로 입을 열었다. 그런 휘의 입가에는 웃음마저 떠올라 있다. 하지만 누구도 휘의 웃음이 멋지다고 생각하는 사람은 없었다.

부르르……. 웃음을 보고 평생 처음으로 몸을 떨어본 사람들이 휘의 말에 귀를 기울였다.

"이제 이야기할 분위기가 된 것 같군요."

이게… 이야기할 분위기라고?

"자, 앉으시지요. 거기, 호 공자도 자리에 앉으셔서 허심탄회하게 이야기를 나눠봅시다. 아! 빠질 생각이라면 지금 빠지시구려. 삼양신문이 빠진다 해도 조사단의 활동에는 아무런 지장이 없으니까 말입니다."

그 말까지 듣고 빠질 수는 없었다는 마음에, 호영광은 안간힘을 다해 몸을 일으켰다.

비록 처참히 깨졌지만 자신도 전력을 다한 것은 아니다.

마지막 한 수를 썼다면…….

'삼 푼, 아니 오 푼 이상을 숨겨라' 그 말만 아니었다면…….

하지만 전력을 다 했다 해도 별다른 결과는 나오지 않았을지 모른다. 어쩌면 그러고도 졌을 경우 더욱 참담할까 봐 전력을 다하지 않았는지도…….

'핑계다. 핑계일 뿐이다. 저자는 나와 차원이 다르다. 크읔!'

사람들의 눈빛들이 가늘게 떨리고 있다. 심지어 사공후의 눈까지.

'그동안 모든 게 거짓이었어. 저 얼굴, 저 웃음. 으음……. 초 형이 한 말을 이제야 이해하겠군.'

'형님도 성질 많이 죽었군' 이라고 했던가?

회의는 반 시진 동안 이어졌다. 거의 모든 말을 휘 혼자서 하고 있었다.

소진용과 여우경이 야귀도를 쫓고 있었는데…….

북천산에서 야귀도와 마주치고…….
어떻게 알았는지 수많은 사람들이 쫓고 있었다는 둥…….
한데 놀랍게도 십팔마마공이 야귀도의 품에서 나오고…….
야귀도는 혼을 제압당한 채 미쳐 있었다는 것, 등등…….
그러다 휘가 조사단의 조사에 제삼자는 누구도 간섭을 해서는 안 된다는 뜻을 피력하자, 다른 사람들도 한마디씩 입을 열기는 했다.
"좋소."
"당연하죠."
"감히 누가 우리 조사단을 건든단 말이오?"
"지당한 말씀이오."
"……."
그렇게 계속 진행이 되었다. 그러다 어느 순간 휘가 정색하고 입을 열자 그때부터 분위기는 완전 딴판으로 흘러가기 시작했다.
"그럼 이제부터 본론으로 들어가겠습니다."
뭐야? 그럼 지금까지는 헛지랄했다는 거야?
"……?"
호걸개의 멍한 눈과 마주치자 휘가 씩, 웃었다.
"개방에서 조사한 것을 먼저 말씀해 보시죠."
호걸개가 깜짝 놀라 손가락으로 자신의 코를 가리켰다.
"개방? 그럼 나네?"
"신마천궁의 움직임이 이미 시작된 것으로 압니다. 개방에서 그들에 대해 모를 리는 없을 테니 먼저 말씀해 주시죠. 잘 모르는 사람들을 위해서."
"음……."
한참 십팔마마공의 조사에 대해 이야기하다가 느닷없이 신마천궁이라는 말이 나오자 호걸개의 입에서 처음으로 침음성이 흘러나왔다.

"그 정보는 아직 정확히 확인되지 않아서……."

호걸개가 미적거리자 휘가 빙긋 웃었다.

"분위기가 좀 안 좋은가요? 분위기 좀 살려볼까요?"

무슨 소리냐는 듯 호걸개의 입에서 번개처럼 말이 튀어나왔다, 폭포수처럼 튀기는 침과 함께.

"아니오! 좋소, 좋아! 그럼 내가 이야기하겠소. 그전에 우선 알아둬야 할 것이 있소. 신마천궁에 대한 것은 확실하지 않은 정보가 많으니 십 할 자신할 수는 없소. 그렇지만 사실도 많으니 참고 사항으로 알아들 두시오."

일단 운을 뗀 호걸개가 신마천궁에 대해 이야기를 꺼내기 시작했다. 대부분이 만상문에서 넘어간 이야기들이었지만 개방이 따로 조사한 내용도 꽤 되었다.

"놈들은 청해에 있는 것으로 추정되네. 그런데 그 힘이 너무 엄청나서 솔직히 말하면 믿어지지 않을 정도야. 그런 힘을 지니고서도 왜 여태까지 움직이지 않았는지 의문이지만 어쨌든……."

근 이각에 걸쳐 물 만난 물고기처럼 쉬지 않고 조잘거린 호걸개의 입이 닫히자 사람들은 그제야 숨을 몰아쉬고 믿을 수 없다는 눈으로 호걸개를 응시했다.

"헥헥……. 아이고, 숨차. 그런 눈으로 보지 마라니까. 나도 믿기지 않지만 개방의 형제들이 죽어라 뛰어서 알아낸 사실이니까."

위지현도가 제일 먼저 물음을 던졌다.

"그러니까 지금 감숙에서 벌어지고 있는 전쟁이 신마천궁의 하부세력과의 싸움이다 이겁니까?"

"그렇지."

청산도 물었다.

"아미타불, 혈령마신이 신마천궁의 사람이라는 것이 확실한 정보외까?"

"그렇소."

호북은 제갈세가의 터전. 제갈효도 이마를 찌푸리며 호걸개를 바라보았다.

"정말 그들의 세력이 호북은 물론이고, 천하 곳곳에 스며 있단 말씀이십니까? 선배님?"

"그렇다니까!"

마지막으로 휘가 물었다.

"놈들이 청해에서 움직였다고 했습니까?"

"아, 귓구멍이 막혔나?! 여태 뭐 들은 거… 요? 공자. 헤헤……."

자신의 실수를 재빨리 수습한 호걸개가 즉시 말을 이었다.

"그렇소이다. 틀림없이 그놈들로 추정되는 일단의 고수들이 촉산의 험한 줄기를 타고 호북으로 스며든 것 같다는 보고가 있었소이다."

"그들이 터를 잡은 장소는 모르십니까?"

"그게…… 놈들을 쫓던 제자 열둘이 호북으로 들어오면서 모두 죽어버리는 바람에……."

"흠, 어쨌든 놈들이 호북으로 넘어온 것은 확실하단 말이군요."

"그렇지."

"물론 개방의 형제들은 계속 그들을 찾기 위해 뛰고 있을 테구요."

"물론!"

"그럼, 정보를 얻는 즉시 우리에게 알려줄 수 있겠군요."

"당연히……. 흡!"

"당연히 알려줘야 하겠지요. 그렇죠?"

"내가 결정할……."

"설마 개방이 혼자만 살겠다고 하지는 않을 테고……. 뭐, 낙양분타주 홍비개 어른만 해도 의협(義俠)을 목숨보다 중요시 생각하는 분이니, 개방의 원로들이 어찌 반대를 하겠습니까? 안 그렇습니까? 호.걸.개. 선배님!"

강하게 말을 맺은 휘가 씩 웃으며 손등을 쓰다듬었다. 그리고 몇 마디를 덧붙였다.

"이번 일을 조사함에 있어서 방해가 되거나 사실을 은폐하려는 사람은 무조건 적이라 생각할 작정이지요. 이해하시죠?"

호걸개의 두 눈은 휘의 두 손에서 떨어질 줄을 몰랐다. 결국,

"그, 그야…… 그렇지……. 당연히……."

'젠장! 방주가 내 맘대로 결정했다는 것을 알면 당장 몽둥이로 팬다고 난리를 칠 텐데…….'

하지만 방주가 있는 개봉은 수천 리 길, 남창에서 너무나 멀고도 멀었다. 피해야 할 또 다른 주먹은 코앞에 있는데.

호걸개가 힘없이 고개를 끄덕이자 휘가 사람들을 둘러보며 강한 어조로 입을 열었다.

"자! 호걸개 선배님께서 개방의 정보망에 들어온 정보를 우리와 공유하겠다고 하셨습니다. 참으로 협의를 숭상하는 개방다운 면모에 찬사를 보내는 바입니다. 그러니!"

스윽, 강한 눈빛으로 조금은 어이없어 하면서도 감탄의 표정을 숨기지 않고 있는 사람들을 훑어본 휘가 반드시 그래야 한다는 표정으로 말을 이었다.

"여러분도 몸을 아끼지 않고 도와주셔야 할 것입니다."

개방도 하나를 내놨으니 너희들도 뭔가를 내놓으라는 말.

"그러지 못할 분은 지금, 이 자리에서, 빠져 주시기 바랍니다."

빠지라고? 빠지면 무슨 욕을 얻어먹으라고.

"흠, 빠질 분은 없는 것 같군요. 거기, 호 공자!"

휘가 느닷없이 호명하자 호영광이 힘겹게 고개를 들었다. 분노의 불길이 이글거리는 눈을 치켜뜨고.

그러나 휘는 점점 깊어지는 눈빛으로 그런 호영광을 뚫어져라 바라보며 입을 열 뿐이다.

"천계산 대현산장에서부터 시작할 것입니다. 짐작하시겠지만 나는 열매가 어디서 떨어졌는지를 찾지 않고, 어느 나무에서 그런 열매가 열렸는지를 찾을 생각입니다. 그리고 그 나무의 뿌리가 얼마나 거대한 지를 드러낼 생각입니다."

말을 하는 사이, 휘의 전신에서 흘러나오던 천양의 기세가 점점 강해지자 좌중의 모든 사람들이 이를 악물었다. 그러다 종내에는 신음 소리마저 새어 나온다.

"동참을 하든 안 하든 그것은 호 공자의 자유. 그러나 방해는… 하지 마시길."

일순간, 언제 그랬냐는 듯 실내를 가루로 만들어 버릴 것 같던 기운이 사라져 버렸다. 그제야 사람들은 창백한 안색을 바로하고 깊은 한숨을 조심스럽게 내쉬었다.

호영광도 이를 악물고 있다가 휘의 기운이 사라지자 벌려지지 않는 입을 억지로 열었다.

"지금…… 협박… 하는……?"

휘가 웃으며 부드럽게 말했다. 하지만 누구도 휘를 부드러운 남자라고 보는 사람은 없었다.

"경고이자 부탁이오. 분명 삼양신문은 내가 하는 조사를 보고만 있지 않을 거라 생각하니까. 그러니 호 문주께 잘 말씀드려 달라는 부탁이자, 호 공자 역시 함부로 날뛰지 말라는 경고란 말이오. 아마 호 문주께선 내 말을 이해하실 거요."

역시나였다. 저런 말을 웃는 얼굴로 하다니…….

어쨌든 갖은 곡절 끝에 조사단의 첫 번째 회의가 끝났다.

비록 한시적이고 공정성을 기하기 위해 여럿이 모인 단체였지만, 그 끝은 어떻게 변할지 아무도 짐작할 수가 없었다.

심지어 조사단에 참가한 대표들은 자신들이 해야 할 일이 십팔마마공에 대한 조사인지, 아니면 신마천궁에 대한 조사인지, 그 목적이 무엇인지조차 헷갈릴 정도였다.

그럼에도 누구 하나 발을 뺄 수가 없었다. 보나마나 발을 뺐다간 의와 협을 모르는 문파로 낙인이 찍힐 것이 뻔하기 때문이다. 진조여휘라면 충분히 그렇게 만들고도 남을 것 같았으니까.

6

"잘 참았다."

백의중년인의 말에 호영광의 터진 입술이 일그러졌다.

'외숙부, 제가 참고 싶어서 참았다고 생각하십니까? 십성의 천강산수를 아무렇지 않게 찢어버린 자입니다. 만일…… 제가 광령무혼장을 펼쳤다면…… 죽지는 않아도 지금처럼 걸어서 나올 수 없었을지도 모릅니다. 크크크…….'

일그러진 호영광을 바라보며 흑의중년인이 말했다.

"후우……. 놈은 생각보다 강하다. 네 아버지에 비한다 해도 별 차이는 없을 것 같다는 생각이 든다."

호영광의 눈빛이 가늘게 흔들렸다.

'믿기 힘들지만, 어쩌면… 더 강할지 모릅니다. 아버지라 해도 나를 이렇게 만들려면 땀깨나 흘려야 할 테니까요. 그런데… 놈은 땀 한 방울 흘리지 않았습니다.'

백의중년인이 생각에 잠겨 있는 호영광을 향해 무거운 어조로 입을 열었다.

"너는 우리 광령곡의 마지막 희망이다. 네가 삼양신문의 주인이 될 때까지 우리는 모든 것을 아끼지 않을 것이다. 알겠느냐?"

호영광은 묵묵히 고개를 끄덕였다. 어머니의 사문인 광령곡에서 자신에게 걸고 있는 기대가 어느 정도라는 것은 아버지조차 모르는 일이다. 심지어 광령곡의 비전도 아버지에게 알리지 않는다는 조건 하에 익힌 것이었다.

광령곡의 원수 중 하나가 바로 아버지였기에.

그런데…… 산이 나타났다. 그것도 너무나 거대해서 그 크기를 가늠하기조차 힘들 정도의 거산(巨山)이…….

'진.조.여.휘! 오늘의 일을 원망하지 않겠다! 어쩌면 약이 될 수도 있으니까. 사람을 제대로 알아보지 못한 나에게도 잘못이 있으니까. 하지만……'

호영광은 두 손을 부서져라 움켜쥐었다.

'다음에는 결코 쉽지 않을 것이다!'

5장
반란

어둠을 타고 흐르는 반달이 유난히 붉게 물든 날 밤.

"크윽!"

"어헉!"

다급한 비명 소리가 사방에서 흘러나왔다.

적이 누군지 알아볼 사이도 없이 한칼에 머리통이 튀어 오르고, 찔러 드는 검날에 심장이 꿰뚫린 경비무사들의 비명 소리였다.

느닷없는 비명에 잠자다 말고 뛰쳐나온 무사들의 얼굴이 경악으로 일그러졌다. 자신들을 공격하는 자들은 조금 전만 해도 같은 솥의 밥을 나누어 먹던 자들.

"네놈들이 왜??"

"모두 조심해라! 놈들을 막아!"

악다구니를 써대는 고함 소리, 처절한 비명 소리, 한밤을 울리는 고성에 용혈궁이 뒤흔들렸다. 그리고 암울한 혈우가 내리기 시작했다.

공격하는 자들은 그들만이 아니었다.

느닷없는 급습에 제대로 힘도 써보지 못한 채 무너지는 무사들, 그 사이를 귀신처럼 움직이는 자들이 있다. 그들이 움직일 때마다, 그들이 지나간 곳에서는 붉은 선혈이 어둠속에서 뿜어진다.

한 점의 망설임도 없는 살수, 얼음장처럼 차가운 눈빛.

속절없이 쓰러지는 사람들의 두 눈이 공포에 절어 있다.

고요하던 용혈궁의 곳곳에서 똑같은 일이 같은 시각에 벌어졌다.

삽시간에 백여 명을 쓰러뜨린 수백여 명의 고수들이 한곳으로 몰려가고 있었다.

그들을 막아서던 경비병들은 저항도 해보지 못한 채 무너졌다.

파죽지세!

동쪽에서, 서쪽에서, 북쪽에서. 용혈궁의 내성이 한순간에 아비규환이 되어버렸다.

"무슨 소리냐? 은룡전의 무사들이 쳐들어온다니?! 조금 전까지만 해도 놈들의 움직임이 전혀 없었거늘!"

모용진광의 노성에 공손척이 창백하게 굳은 얼굴로 말했다.

"은룡전뿐이 아닙니다. 북두검회의 고수들까지 있습니다. 그리고 정체를 알 수 없는 자들까지 섞여 있습니다, 형님!"

"대체 놈들이 그리 많이 모이도록 뭘 했단 말인가?"

"지금 그게 문제가 아닙니다. 이미 팽가의 무사들 중 상당수가 죽었습니다. 북두검회의 놈들이 급습으로 팽가의 숙소를 공격했습니다. 게다가 놈들의 전력이 알고 있던 것보다 훨씬 많습니다. 언제 그렇게 들어와 있었는지……."

공손척의 말이 끝기도 전.

쾅당!

용혈전의 대전문이 거세게 열리더니 십여 명의 무인들이 쏟아져 들어왔다.

"궁주님! 습격입니다! 묵룡단과 비룡당 등 내성의 무사들이 막고 있습니다만 역부족입니다!"

묵룡단주 장국령의 피를 토하는 듯한 말에 모용진광이 벌떡 몸을 일으켰다.

"감히 놈들이!! 호법들은 뭘 하고 있는가?"

"놈들에게 둘러싸여 움직이지를 못하고 있습니다! 호법전이 아닌 다른 곳에 있던 몇 분이 이곳으로 오려다 정체를 알 수 없는 자들에게 죽임을 당했습니다, 궁주!"

호법들마저 정체불명의 고수들에게 죽었다는 말에 공손척이 앞으로 나섰다.

"일단은 서하라도 피신을 시켜 놓으시는 게……. 상황이 어찌 될지 모르니 일단 피신을 시키고 나중에 상황이 정리되면 그때 데려오면 됩니다."

"서하?"

모용진광의 눈이 크게 흔들렸다. 그렇다. 놈들이 전격적으로 손을 썼다면 그만한 자신감이 있어서 일 것이다.

만약 서하에게 이상이 생긴다면? 그것은 절대 있어서는 안 될 일. 일단 서하라도 안전하게 피신을 시켜야 한다.

"소광룡들은 어디 있는가?"

"지금 석운각에 있을 것입니다."

"그놈들더러 서하를 데리고 잠시 피하라 해라. 그리고 잠천십팔룡 중 그 아이를 보호하고 있는 묵천구룡은 계속 그 아이를 보호하고 궁의 일에는 나서지 말라 해라!"
"형님, 그들의 힘은 많은 도움이 될 텐데……."
"모용후가 작정을 했다면 쉽지 않을 것이다. 몇 사람으로 형세를 바꿀 수 없을 게야. 게다가 서하가 놈들에게 넘어가면 절대 안 된다. 무슨 말인지 아우는 알겠지?"
왜 모를까. 모용서하가 적에게 넘어간다면 아마 모용진광은 싸우려 하지도 않을 것이다.
맙소사! 그리 생각하니 제일 급한 것은 모용서하의 안전이었다.
"제가 가보겠습니다, 형님."

모용서하는 느닷없는 고성이 사방에서 들려오자 몸을 일으켰다. 그때 수설란이 문을 열고 다급히 방 안으로 들어왔다.
"유모, 무슨 일이에요?"
"아가씨! 변이 생긴 것 같습니다. 끝내 모용후님이 반란을 일으켰나 봐요."
"작은 할아버지는 대체 무슨 생각으로……. 하아……."
모용서하가 안타까운 표정으로 한숨을 내쉬자 수설란이 급히 재촉했다.
"이러고 있을 때가 아니에요. 그분은 아가씨를 싫어하시잖아요. 어서 피해야 해요."
"피한다구요? 어디로요? 할아버지는 어떻게 하구……."
그때였다.
"서하야!"
공손척이 빠른 걸음으로 들어오며 모용서하를 불렀다.
"할아버지, 어떻게 된 일이에요?"

"시간이 없다. 어서 가자!"

"어디로 말인가요?"

"일단 이곳을 빠져나가야 한다. 네가 무사해야 우리가 안심하고 싸울 수 있다. 어서 서둘러라!"

공손척의 다급한 말뜻을 못 알아들을 리가 없는 모용서하였다. 그러나 할아버지 모용진광을 이대로 두고 혼자 떠난다는 일은 생각할 수조차 없는 일.

"할아버지는요?"

"걱정 말아라! 형님이 누구냐? 광룡이 아니더냐? 천하에서 광룡을 어찌할 수 있는 사람은 없다. 최악의 경우라 해도 몸을 빼내려 한다면 언제든지 빠져나올 수 있을 것이다. 형님도 네가 안전해야 신경을 쓰지 않고 싸울 수 있을 것이 아니냐? 그러니 어서 가자!"

그 말도 틀린 말이 아니다. 할아버지는 자신이 안전하지 않으면 불안해하실 터.

"그래요, 가요. 공손 할아버지."

"나는… 아직 갈 수 없다. 우선 네 숙부들하고 먼저 떠나라. 나는 형님과 함께 놈들을 막을 것이다. 소광룡! 밖에 있느냐?"

"예, 어르신."

밖에서 기다리던 네 명의 소광룡이 거의 동시에 대답했다. 평소와는 전혀 다른 진중한 표정으로.

"어서 이 아이를 데리고 이곳을 떠나라. 이곳이 안정될 때까지는 돌아와서는 안 된다. 알았느냐?"

"저희들도 싸우겠습니다, 어르신!"

"이놈! 서하의 안전을 책임지라니까 무슨 헛소리냐?!"

"하지만 저희들이라도 힘을 보태야……."

"멍청한 놈! 만일 놈들이 서하를 인질로 잡기라도 한다면 무슨 일이 벌어질 것 같으냐?"

"그, 그건……."

"그리고 형님과 내가 당하지 못할 적이라면 네놈들인들 당할 성싶으냐? 모두 같이 죽겠느냐, 아니면 이 아이를 데리고 떠나겠느냐?!"

공손척의 말은 한 치도 틀린 말이 아니었다. 광룡과 벽룡이 당하지 못할 적이라면 소광룡 넷의 힘으로도 어쩔 수가 없다. 그리고 이곳에서 모용서하를 보호하기 위해서는 자신들 넷뿐이 아니고 다른 사람들까지 합세해야 할 것이다. 다시 말해 더 많은 인원이 필요하단 말. 결국 안전하게 밖으로 빠져나가는 것이 싸움에 더욱 많은 도움이 된다는 뜻이다.

"알겠습니다, 어르신."

공손척의 말뜻을 깨달은 일룡 심평호가 고개를 숙이자 수설란이 재빨리 필요한 것을 챙겼다. 그리고 반의 반 각도 되지 않아 소광룡을 선두로 모용서하와 수설란이 빠져나갔다. 그들의 뒤를 따르는 묵천구룡과 함께.

떠나는 그들의 뒤를 향해 공손척이 전음을 보냈다.

"서하야! 진조여휘를 찾아가거라."

모용서하의 어깨가 떨리는 게 보였다. 그런 모용서하를 보며 공손척의 노안이 안타까움으로 물들었다.

'부디 진조여휘를 찾아, 병을 고치고 행복하게 살아라, 서하야……'

그는 오늘 일이 쉽게 끝나지 않을 거라는 것을 직감하고 있었다.

모용후는 결코 함부로 움직이는 사람이 아니다. 또한 젊었을 적에는 귀제갈이라는 별명으로 불렸을 정도로 뛰어난 사람이다. 그런 사람이 전격적으로 움직였다는 것은 그만큼 자신감이 있기 때문이 아니겠는가.

"젠장! 죽기 아니면 까무러치긴가? 좋아! 한 번 해보자고!"

한편.

모용진광은 대전을 나서려다 말고 흠칫, 표정이 굳어졌다.

"누구냐?!"

동시에 모용진광의 두 팔이 허공을 향해 휘둘러졌다.

앞서서 대전을 나서려던 사람들이 어리둥절한 눈으로 뒤를 돌아다봤다. 그때였다. 사람들은 볼 수 있었다.

모용진광의 두 손에서 뿜어진 강맹한 장력을 가르며 한 자루 만도가 허공에서 떨어져 내리고 있었다.

황금빛 용혈신장이 갈라지는 모습에 모두가 경악으로 눈을 부릅떴다.

"웬 자가 감히 용혈전에서 칼을 휘두른단 말이냐?!"

장국령이 소리치며 시커먼 도를 빼 들고 신형을 날리려 했지만 그는 움직일 수가 없었다.

콰광!

대전의 문이 박살나더니 시기면 어둠 속에서 몇인지 모를 흑영들이 한꺼번에 대전으로 들어온 것이다.

장국령이 빼 든 묵도로 흑영을 후려쳐 갔다. 일순,

쩡!

대기가 터지는 단발음. 장국령이 일그러진 얼굴로 주르륵 물러섰다. 하지만 다른 어느 누구도 장국령에게 신경 쓸 틈이 없었다. 대전 안으로 들어선 흑영들이 휘두르는 도검에서 시커먼 먹구름이 일어 대전에 가득 찬 것이다.

먹구름이 스치는 곳에 있는 것은 무엇이고 터져 나가고, 잘려 나간다. 바닥의 돌도, 아름드리 기둥도.

하물며 인간의 육신은 더욱 견딜 수가 없었다. 순식간에 흑영에 대항하던 사람들 중 세 명이 비명도 제대로 지르지 못하고 온몸이 난자

되었다.

"물러서! 직접 부딪치지 말고 공력을 최대한 끌어 모아라!"

막 대전으로 들어서던 공손척이 놀라 소리치며 쌍장을 휘둘렀다.

콰과과광!!

연속된 폭발음이 울리며 먹구름이 흩어졌다. 그제야 사람들은 먹구름에 잠겨 있던 흑영들의 모습을 볼 수 있었다. 모두 여덟이다.

그들을 향해 공손척이 물었다.

"네놈들은 누구냐?"

칙칙한 표정에 한 점 동요도 없는 흑영들 중 긴 머리가 앞을 가린 자의 입술이 얇게 씰룩였다.

"죽을 놈들이 궁금한 것도 많군."

화가 머리끝까지 치솟은 공손척이 막 신형을 날리려 할 때였다.

쩌러러렁!!

연속된 굉음이 뒤쪽에서 들려왔다. 모용진광이 있는 쪽이다. 한데…….

"으음……."

묵직한 신음 소리가 들린다. 헉! 광룡이 신음을 흘렸다.

공손척이 빠르게 고개를 돌려 모용진광을 바라보았다. 순간, 공손척은 자신의 눈을 의심할 광경을 목도했다.

갈라지고 있다. 아무것도 없는 허공이 쩍 갈라지고 있다. 갈라진 허공에서 청광이 일렁이더니 찰나간에 수십 줄기의 강기가 모용진광의 전신을 향해 떨어져 내리고 있다.

공손척이 놀라 부르짖었다.

"형님!"

"오지 말게!"

모용진광이 소리치며 쌍수를 들어 허공을 쓸었다. 황금빛 강기가 허공 가득찬 청광을 휘어 감았다. 용천패력기.

용천패력기가 실린 일수 일수가 더해질수록 파란 광채가 힘을 못 쓰고 스러진다. 그때!

"켈! 제법이구나! 하지만 너는 오늘 죽을 수밖에 없다!"

허공에 공명되어 울리는 괴이한 음성, 하늘이 무너지는 것 같은 거대한 압력에 이어 소리도 형체도 없는 무형의 살기가 모용진광의 전신을 뒤덮었다.

모용진광은 고개를 번쩍 쳐들고 이를 악물었다. 찍어 누르는 엄청난 힘에 내장이 진탕되고 무형의 살기에 살갗이 쩍쩍 벌어지고 있었다.

"만도(彎刀)……. 허공에 스며드는 신법. 다, 당신은……."

모용진광이 억지로 입을 열자 핏물이 입가를 타고 흘러내렸다.

"무음살마제……?"

맙소사! 무음살마제라니! 대체 저자가 왜 이곳에 나타났단 말인가?!

공손척이 놀란 입을 다물지 못하고 허공을 바라볼 때다.

"모두 조심해!"

장국령이 쥐어짜는 목소리로 힘껏 소리쳤다. 흑영이 다시 움직인 것이다. 진득한 살기가 어린 먹구름을 피워 올린 채.

공손척은 허공을 바라보던 눈길을 돌려 시커먼 먹구름을 응시했다. 상대가 무음살마제라 해도 모용진광 쪽은 그리 염려할 필요가 없었다. 모용진광이라면 충분히 그를 상대할 수 있을 것이다. 비록 몸이 이전에 비해 약해지긴 했지만 그래도 광룡이 아닌가 말이다.

문제는 아직 오지 않은 고수들, 만일 모용후가 고수들을 이끌고 도착한다면 빠져나갈 수조차 없을 것이다.

"모두 빠른 시간 안에 놈들을 죽여라!"

공손척이 차갑게 외치며 신형을 날렸다. 장국령이 그 뒤를 따르고, 다른 사람들도 각자의 무기를 뽑아 들고 일제히 먹구름을 향해 달려들었다. 촌음의 시간이라도 아끼기 위해서.

하지만 상황은 그들의 뜻대로 흘러가지 않았다.

콰과과광!!

그나마 반쯤 남아 있던 대전의 문이 산산조각으로 부서지더니, 백염을 날리는 백미의 노인이 유유히 안으로 들어서고, 그의 양쪽으로 십여 명의 무인들이 피칠갑을 한 도검을 들고 따라 들어왔다.

공손척은 먹구름을 향해 일장을 내친 후 주춤하며 놀란 눈으로 그들을 바라봤다.

"모용후! 네놈이 감히……!!"

순간 무음살마제와 격전을 벌이던 모용진광의 신형이 가늘게 흔들렸다. 찰나,

취리리릭! 서걱!

"크읍!"

모용진광은 이를 악물고 뒤로 물러섰다. '아차' 하는 짧은 순간, 용천패력기가 흩어지는 바람에 손가락 두 개가 만도의 날카로움을 이기지 못하고 잘려져 나갔다.

지금과 같은 상황에서는 승패에 결정적인 영향을 끼칠 정도로 큰 부상이다.

"공손 아우! 피하라! 일단 여길 빠져나가라!"

"형님!"

두 사람이 서로 마주 보는 사이, 먹구름에 뛰어든 사람들의 비명 소리가 대전을 울렸다.

"으악!"

"케엑!"

일순간에 상황은 급격하게 흘러갔다. 장국령을 비롯한 무사들은 먹구름에 휘감긴 채 빠져나오지를 못하고 한 사람 한 사람 죽어갔다.

다급해진 공손척은 모용진광을 향해 전음을 보냈다.

"형님! 여기는 내가 맡겠소. 어서 빠져나가시오. 어서!"

"모용후는 나를 원한다. 그러니 나보다는 네가 가는 것이 옳다. 어서 가라! 가서 서하를 지켜다오!"

"형님!!"

"둘 다 죽는 것보다는 그게 낫다! 시간이 없어, 놈들이 더 몰려오기 전에 어서 가!"

"제가 어찌 형님을 놔두고……."

하지만 더 이상의 대답은 없었다.

"무음살마제! 와라! 다시 한 번 겨뤄보자!!"

싸늘하게 외친 모용진광이 허공으로 솟구친 것이다. 비장한 얼굴, 죽음을 도외시한 표정으로.

"형님!!"

공손척은 모용진광을 크게 부르고는 그나마 아직 목숨을 부지하고 있는 수하들을 향해 소리쳤다.

"모두 재주껏 빠져나가라!"

그리고 자신도 신형을 날렸다. 머뭇거림은 모두의 죽음을 재촉할 뿐. 하지만 공손척의 탈출을 그대로 두고 볼 모용후가 아니었다.

"어림없는 수작! 막아라!!"

모용후의 양옆에 서 있던 자들이 일제히 공손척을 향해 달려들었다. 그때였다!

"이놈들!"

장국령이 먹구름 속에서 빠져나오더니 공손척의 뒤를 차단했다.

일그러진 얼굴, 잘라지다시피 한 왼팔의 팔꿈치 부근에선 핏물이 뭉클거리며 솟고 있다. 먹구름에서 억지로 빠져나오기 위해서 한 팔을 미친개들에게 내준 것이다.

그럼에도 이를 악다문 그의 얼굴은 비장하기만 하다.

"어서 가십시오! 제가 맡겠습니다!"

"장 단주!"

"아가씨께 진 빚을 갚을 생각입니다. 가시거든 장국령이는 결코 비겁하지 않았다고 말씀드려 주십시오!"

한 소리 외친 장국령이 달려드는 무사들을 향해 도를 휘둘렀다.

"이놈들! 덤벼라!! 내가 바로 묵양도 장국령이다! 나의 시체를 밟지 않고서는 한 걸음도 못 간다!"

모용진광이 무음살마제를 막고, 장국령이 모용후의 수하들을 막는 사이, 공손척의 신형은 용혈전을 빠져나갔다.

모용후가 땅을 치고 후회할 일이 숨 한 번 쉬기도 전에 벌어졌다. 설마 공손척이 모용진광을 놔두고 도망칠 줄이야.

"추적하라!! 꼭 죽여야 한다!!"

그 시각, 용혈궁의 외곽에서 십여 마리의 전서구가 먹구름 낀 하늘 위로 부산하게 날아올랐다.

몇 마리는 남쪽으로, 그리고 몇 마리는 서쪽으로 방향을 잡고 힘차게 날아갔다.

6장
또 다른 십팔마마공

1

 호북성 한수 동쪽, 수주에서 일백칠십여 리 남서쪽에 자리잡은 대홍산. 송(宋) 이전에는 녹림산(綠林山)이라 불린 대홍산은 산세가 수려하고 숲이 울창한데다 동굴과 샘이 많이 있어 많은 사람이 숨어 살기에 적당하다.
 후한 말, 신나라를 세운 왕망의 개혁이 실패하자 팔천의 양민들이 몰려들어 나라에 대항한 곳이 녹림산이었던 이유도 그 때문이었을까.
 나중에 녹림산에 모인 양민의 숫자가 오만에 이르자 광무제는 그들을 이용해 신나라를 멸망시키고 후한을 세우기도 했었다 한다.
 하지만 관에서 보기에 그들은 그저 양민을 괴롭히는 도적일 뿐, 흔히 산속의 도적을 가리키는 녹림(綠林)이라는 말도 바로 그때 이후 녹림산에서 유래된 말이었다.
 그렇게 한때는 천하의 흥망을 결정지은 역사가 서린 대홍산의 동쪽, 울창한 송림으로 인해 사람의 발길이 거의 닫지 않는 깊은 계곡 안에는 고색창연한 한 채의 장원이 검은 그림자를 길게 드리우고 누워 있었다.

묵운산장(墨雲山莊).

묵빛 기와를 이고 있는 이 장 높이의 담장이 끝 모르게 펼쳐진 산장의 분위기는 고요, 그 자체였다. 마치 사람이 살지 않는 것마냥.
그러나 그리 생각하기에는 산장의 곳곳에서 넘실거리며 흘러나오는 음침한 기운이 너무도 짙었다. 인간이 아니면 결코 흘릴 수 없는 살기였다.
살기를 느꼈는지 지나가던 새들조차 산장 안의 나무 위에는 내려앉지 않고, 담장 주위에는 산속에서 흔히 볼 수 있는 동물들의 발자취 하나 보이지 않는다.
하늘조차 음침한 살기에 눈살을 찌푸리더니 짙은 먹구름으로 대홍산 전역을 덮어버렸다.
쿠르르릉…….
진한 먹구름이 언제라도 비를 쏟아낼 듯 우르릉거린다.
침묵을 감싸 안은 묵운산장의 제일 안쪽 이층 전각, 흔들리는 붉은 등불 아래, 굳게 입을 다문 네 명의 흑의인이 휘장 너머를 주시한 채 그 안의 누군가가 입을 열기를 기다리고 있었다.
"조사단을 꾸몄다?"
휘장 너머에서 흘러나온 첫마디의 여운이 가라앉기도 전, 맨 끝자리에 앉아 있던 중년인이 깊이 고개를 숙이며 답했다.
"그렇사옵니다."
"그 조사단의 책임자가 진조여휘라, 이 말이오?"
"저희들의 정보에 의하면 그자가 맞사옵니다, 북천로주."

북천로주? 그렇다면 휘장 안의 사람은 야율무궁이란 말. 마침내 그가 호북에 들어섰단 말인가.

"그놈 참, 안 끼는 데가 없군. 결국 부딪칠 수밖에 없는 놈이란 말인가?"

혁수명의 계획은 진조여희가 감숙의 삼대세력을 끌어들이는 바람에 엉망이 되어버렸다. 게다가 신마천궁의 핵심고수라 할 수 있는 구정마원의 원로들마저 패해 그의 사기만 올려준 셈.

그 일로 궁주께 한 소리 들은 것을 생각하면 혁수명에게 죄를 묻고 싶은 것이 야율무궁의 마음이었다. 철군명의 실명(失明)으로 기분만 좋지 않다면, 궁주께 한 소리 듣더라도 죄를 물었을 것이다.

"일전에 혁수명의 말을 듣지 않고 그냥 힘으로 밀어붙였어야 했는데……."

독백처럼 들리는 야율무궁의 말에 휘장 바로 앞에 앉아 있던 흑의초로인, 귀마전주 장동림이 차가운 음성으로 입을 열었다.

"명을 내리시면 조사단이라는 놈들을 쓸어버리겠습니다."

"장 전주가? 가능하겠소?"

"때로는 무공이 강한 고수보다 살인에 능한 살귀들이 필요할 때가 있지요."

"흠……."

장동림의 말대로 귀마전의 고수들은 소수지만 철저히 살수 훈련을 받은 살인귀들, 동귀어진을 각오한다면 절정고수를 죽이는 데도 두셋이면 족할 정도다.

문제는 많은 인원이 투입되어야 하는 데다, 귀명각의 정보대로라면 조사단의 인원 외에도 적지 않은 고수들이 함께 움직이고 있다는 것.

"장 전주의 마음은 알겠지만 지금으로선 많은 인원을 빼낼 수가 없소.

그러니 진조여휘에 대해선 구정마원의 원로들이 도착하는 대로 따로 계획을 세울 것이오. 일단 귀마전은 현재 진행 중인 계획대로 놈들을 혼란 속으로 몰아넣는 일에만 전념해 주시오."

"존명!"

"하지만 시험해 보는 정도라면 한 번 해보도록 하시오. 어차피 놈들의 전력을 제대로 알아야 대책을 세울 수 있으니까."

"알겠습니다."

"그리고 전마전과 흑살루는 하남을 한번 뒤집어놔야겠소. 지금쯤 용혈궁이 시끄러울 테니 사공천이 그쪽으로 움직이지 못하도록 말이오."

전마전주 국척웅이 하얗게 웃었다.

"알겠습니다. 후후후! 아예 천검보의 영역을 혈해로 만들어 버리겠습니다, 북천로주."

야율무궁의 눈가에 차가운 웃음이 걸렸다.

"그거야 전주께서 좋을 대로 하시오. 어차피 하남에서도 피바람이 일 때가 되었으니까. 하나 조심해야 할 거요. 사공천은 그리 만만한 사람이 아니니까."

"흐흐흐. 저도 그리 만만한 사람이 아니올시다. 그렇지 않아도 칠패의 전력이 얼마나 강한지 궁금했는데, 이번 기회에 한 번 알아보겠습니다."

국척웅의 자신있는 말에 야율무궁은 고개를 끄덕였다.

"그것도 괜찮겠지……. 하나 아직 전력이 갖춰지지 않았으니 전면전은 피하도록 하시오."

"명심하겠습니다."

"그리고, 귀명루주."

야율무궁의 부름에 맨 끝자리의 중년인, 귀명루주 단강신이 고개를 숙이며 대답했다.

"예, 북천로주."
"우리와 동맹을 맺기로 한 자들과의 연락은 어떻게 되었소?"
"하남의 오개문파, 호북의 육개문파, 그리고 안휘의 사개문파가 연락을 취해왔습니다."
"그들의 전력은?"
"하나하나는 그리 대단할 것이 못 되지만, 합치면 그럭저럭 쓸 만할 것 같습니다."
"흠, 좋소. 그들에게 부족한 것은 절대고수의 능력, 우리가 그것만 채워준다면 칠패라 해도 그들을 쉽게 무너뜨리지는 못할 것이오. 하니 그에 대한 계획을 세워 보고하시오."
"존명!"
"곧 궁에서 나머지 무사들이 중원으로 나오게 될 터, 그럼 여름이 오기 전, 중원은 신마천궁의 위대한 힘을 깨닫게 될 것이오."
말을 맺는 야율무궁의 목소리에 힘이 실렸다.
"아수라께 영광을 바치는 그날까지!"
야율무궁의 선창에 신마천궁 십대세력의 주인들 중 네 명이 일제히 자리에서 일어났다. 그리고 한 소리로 외치며 바닥에 한쪽 무릎을 꿇었다.
"신마의 뜻에 따라, 아수라께 피를 바치오이다!"

2

중원이 피의 공포에 술렁이기 시작했다.
처음에는 십팔마마공으로 인한 하남과 강서 간의 분쟁인 듯싶었다. 한데 몇 개월이 지나가는 사이, 구파와 오대세가가 꿀을 본 벌 떼처럼 끼어들더니, 결국 삼양신문마저 끼어들었다.

그러다 보니 중원의 모든 눈이 이번 일의 향배에 집중될 수밖에.

그렇게 중원의 대문파들이 신경을 곤두세운 채 해가 지나 이월이 막바지에 이른 지금, 수많은 죽음들이 봄바람에 혈향을 가득 싣고 장강을 오르내리고 있었다.

누구도 앞날을 점칠 수 없는 암울한 상황.

대현산장과 조양검문의 혈풍은 시작에 불과했다. 그 이후로 곳곳에서 벌어진 혈겁이 마른 봄에 갈대밭이 타오르듯 거칠 것 없이 번졌다.

어제는 동쪽, 오늘은 서쪽. 하루가 멀다 하고 싸움이 벌어졌다. 복수는 복수를 낳고, 원한은 원한을 부르고 있건만, 누구도 번지는 혈겁의 회오리를 막을 수가 없었다.

결국 천도맹과 천검보, 그리고 삼양신문을 위시한 강북무림 대표들이 피해를 당한 각 문파에 당분간 복수를 자제할 것을 당부했다. 하지만 혈풍은 수그러들 줄을 모른 채 지금도 곳곳에서 서로의 심장에 칼을 꽂고 있었다.

일명 추마단(追魔團)이라 이름 지은 조사단을 이끌고 천계산으로 향하던 휘는 착잡한 마음으로 선수(船首)에 앉아 포양호의 하늘을 바라봤다.

하늘에는 실구름만이 조금 떠가고 있을 뿐, 며칠간 쪽빛 하늘을 가렸던 먹구름은 흔적도 보이지 않았다.

'얼마나 많은 혼백들이 장강의 하늘을 날아다니고 있을까?'

조금은 엉뚱한 생각이기도 했다. 하지만 근래 벌어지고 있는 혈겁을 돌이켜 보면 그리 엉뚱한 것만도 아니었다. 하루가 멀다 하고 들려오는 소식은 비릿한 혈향이 풍겨지는 것뿐이었다.

휘가 실구름 떠가는 하늘을 바라보며 씁쓸한 웃음을 지을 때였다. 적인풍이 굳은 얼굴로 다가오더니 조용히 입을 열었다.

"추가보의 대항(大港) 지부가 또 당했다 합니다, 문주."

'또 인가?'

휘는 적인풍의 보고에 조용히 고개를 내렸다.

자신들이 탄 배는 남창을 떠난 지 삼 일 만에 포양호의 입구를 빠져나가 장강의 물줄기를 타기 직전이었다. 조금 전 천도맹의 깃발을 단 소선이 날듯이 달려오더니, 아마도 그 소식을 전해준 모양이다.

한데 추가보라면 강서의 서북쪽 영덕진에 본거지를 둔 세력. 그리고 대항지부는 눈앞에 보이는 호구현(湖口縣)에서 백 리 정도 떨어진 거리에 있는 추가보의 핵심지부 중 하나다.

자신들이 움직이는 행로를 아는 사람은 그리 많다 할 수 없다. 그런데도 자신들이 가는 길을 알고 급하게 소식을 전해왔다는 것은 뭔가를 바란다는 말.

"적 호법님, 선수를 돌리라 하십시오."

"가보시겠습니까?"

"지금 벌어지는 일련의 사건들은 모두 연결되어 있습니다. 증거를 꼭 천계산에서만 찾으라는 법은 없지 않겠습니까?"

"하긴……. 오히려 시일이 흐른 대현산장 쪽보다는 피냄새가 아직 가시지 않은 대항지부가 나을 수도 있겠습니다."

"물론 삼양신문에서 인정하지 않을 것은 뻔합니다만, 좌우간 참고는 될 수 있겠지요."

적인풍이 고개를 끄덕였다. 휘의 말대로 삼양신문은 대현산장과 대항지부의 일을 연관 지으려 하지 않을 것이다. 하지만 그들이라고 진실을 모르지는 않을 터, 신경을 쓰지 않을 수는 없을 것이다. 그것만으로도 대항지부의 사건은 조사해 볼 만했다.

느닷없이 배가 뱃머리를 돌려 호구로 향하자 사공후가 의아한 표정으로 다가오더니, 휘에게 어찌 된 일인지를 물었다.

"장강을 건너야 하지 않습니까?"

"추가보의 대항지부를 찾아가 보려 합니다."

그 일이라면 사공후 역시 들었다.

"아! 놈들을 쫓으려 하는 겁니까?"

"상황이 된다면 그럴 생각입니다만 일단은 조사가 먼접니다. 아무래도 가장 최근에 혈겁이 벌어진 곳이니만치 뭔가가 남아 있을지도 모르지 않겠습니까?"

휘와 사공후가 이야기를 나누는 사이, 곁으로 다가온 사람들 중 제일 앞에 서 있던 남궁중산이 의아한 표정으로 물었다.

"대체 어떤 자들이 그런 무모한 살인을 저지른단 말이오?"

남궁중산은 사실 십팔마마공에는 별다른 관심이 없었다. 자신의 가문인 남궁세가의 무공 역시 그에 못지않음을 자부하고 있었으니까.

그럼에도 그가 조사단에 직접 참여하기 위해 천도맹으로 온 것은, 바로 자신과 함께 칠성으로 불리는 사람 중 한 사람인 호영광이 천도맹으로 간다는 사실을 알았기 때문이었다.

굳이 또 다른 이유를 대라면, 대현산장의 혈겁이 가져다준 궁금증을 풀기 위해서였다. 그는 천도맹이 대현산장의 혈겁을 저지를 이유가 없다고 생각했던 것이다.

그런데 상황은 갈수록 극을 향해 치달리고 있다.

대체 누가 벌이고 있는 일인가?

정말 진조여휘란 자의 말대로 신마천궁의 짓이란 것인가?

휘는 의혹에 가득 찬 눈빛을 던지고 있는 남궁중산을 바라보았다. 그의 질문에는 한 가지 뜻이 포함되어 있었다. 한마디로 대항지부의 혈겁은 결코 삼양신문이 저지르지 않았다는 것.

또한 그는 확신하고 있는 듯했다. 지금 불고 있는 혈풍이 결코 천도맹과 강북무림과의 전쟁으로 인해서 벌어지고 있는 일이 아니라는 것을.

'남궁세가가 오대세가 중 맨 위에 놓인 이유를 알 것 같구나.'

휘는 고요하게 가라앉은 눈으로 남궁중산과 제갈효를 번갈아 바라보고는 한쪽에서 귀를 기울이고 있는 사람들을 향해 말했다.

"어쩌면 생각보다 빨리 놈들의 정체가 드러날 수 있을지도 모릅니다."

"오! 그게 정말이오. 진조여휘 시주?"

각우가 다행이라는 듯 밝아진 목소리로 물었다. 다른 사람들도 휘의 대답을 기다리며 눈빛을 빛냈다. 그러나…….

"놈들이 본격적으로 움직이려 작정을 한 것 같거든요. 아마… 많은 피가 흐를 것입니다. 지금은 그저 시작일 뿐이지요."

맙소사! 지금도 사방에서 풍기는 짙은 혈향에 정신을 차리지 못하고 있는데, 이게 시작이라니.

믿을 수 없는 일이다. 일어나서는 안 되는 일이다.

"그 말에 책임질 수 있소?"

호영광이 나직이 으르렁거렸다, 공포 분위기를 조성하는 휘를 못마땅한 눈으로 바라보며.

그러자 초평우가 한 걸음 나서며 싸늘한 목소리로 말했다.

"부딪쳐 보면 알게 돼! 책임이고 지랄이고, 한번 부딪쳐 봐!"

풍인강도 뒤질세라 한마디 했다.

"혹시라도 눈에 초점이 없는 놈들을 보거든, 사지 한두 개 잘랐다고 안심해서는 안 된다는 점, 명심하시오."

아마 망귀를 일컫는 것일 것이다.

휘는 천살귀령에 대해 말을 해주려다 입을 다물었다.

직접 대면하지 않고서 그 무서움을 어떻게 알 것인가. 그동안의 지속된 평화로 전쟁과 비무도 분간을 못하는 사람들이거늘.

하지만… 오래 남지는 않은 것 같다, 피바다 속에 던져질 날이.

휘는 장강의 바람을 타고 느껴지는 비릿한 내음에 한없이 깊어진 눈으로 사람들을 훑어봤다. 아무런 말도 하지 않은 채.

더 이상 무슨 말이 필요할까.

이미 피의 수레바퀴는 구르고 있거늘…….

3

배가 정박한 곳은 호구에서 십 리 가량 남쪽에 있는 갈대밭이었다. 이십여 명의 고수가 십 장 정도 떨어진 갈대밭으로 신형을 날리더니 빠르게 동남쪽으로 방향을 잡고 치달렸다.

선두는 위지현도를 수행하면 따라온 천도맹 도룡단의 무사들. 아무래도 지형을 잘 아는 그들이 앞장을 섰다. 하늘거리는 갈대들을 스치며 이십여 명에 이르는 각양각색의 사람들이 달리는 모습은 가히 장관이었다.

도룡단의 뒤를 다르던 위지현도는 흘깃 휘를 돌아다봤다.

머리칼을 바람에 날리며 아무런 표정도 없이 뭔가 생각에 잠긴 듯한 모습. 도저히 호영광을 무식하게 패대던 사람이라고는 믿을 수 없는, 단아하다 못해 아름답게까지 보이는 모습이다.

위지현도의 눈길에 휘가 조용히 눈을 돌렸다.

"얼마나 걸리겠습니까?"

편안한 마음이 들 정도의 낭랑한 음성. 위지현도는 흠칫하며 입을 열었다.

"백 리 정도라 하지만 물길을 돌아서 가야 하니 세 시진 정도는 걸릴 겁니다."

"세 시진이라……. 연락은 하셨습니까?"

"예, 추가보의 전령에게 우리가 갈 때까지 아무것도 손대지 말라 했습니다. 전서구로 연락을 했을 테니 적어도 우리보다 두 시진은 빠르게 연락이 되었을 것입니다."

추마단 일행이 추가보 대항지부에 도착한 것은 두 시진이 조금 넘어서였다. 본래 세 시진은 걸릴 거리였지만 휘가 급하게 몰아치는 바람에 쉬지도 못하고 달렸기 때문이었다.

"한 시진이면 또 하나의 혈겁이 마무리될 시간입니다. 서둘지요."

휘의 말에 토를 달 정도로 간이 큰 사람은 아무도 없었다. 심지어 호영광조차 그 말이 옳다는 것을 알기에 아무런 말도 하지 않고 죽자고 달리기만 했다.

장원의 입구에 나와 있던 사람들은 먼지를 뒤집어쓴 채 달려오는 추마단을 바짝 긴장한 표정으로 맞이했다. 그럴 수밖에. 추마단의 인적 구성은 천도맹의 대공자도 섞여 있는 데다, 그들로서는 평생 한 번 마주치기도 힘든 고수들이 즐비하다. 자연 긴장이 되고 눈길이 마주치는 것만으로도 떨릴 수밖에 없는 일.

"추가보의 총관 추자웅이 삼가 위지 공자를 뵈오이다!"

맨 앞에 서 있던 추가보의 총관 추자웅이 천도맹의 총단에서 한번 본 적이 있는 위지현도를 알아보고 고개를 숙였다.

위지현도도 그를 알아보고는 고개를 끄덕였다. 미처 숨을 고를 시간조차 없었지만 그렇다고 자신이 지쳤다는 것을 표낼 수도 없었다.

"오랜만입니다, 추 총관님. 보낸 연락은 받으셨겠지요?"

"예, 연락이 온 뒤에 정리하려 했던 터라 현장은 그대로 보존되어 있습니다."

"잘하셨습니다."

위지현도가 휘를 바라보았다. 어떻게 하겠냐는 눈빛으로. 그러자 휘가 장원으로 들어가려 발을 내딛었다.

"일단 안을 둘러봅시다. 단, 불필요하게 많은 인원이 들어가서는 안 됩니다. 각파의 대표 일인씩만 들어갑시다."

일행 중에서 가장 젊어 보이는 휘가 앞장을 서자 추자웅은 이마를 찡그리며 입을 열었다.

"어른들도 가만히 계시는데 젊은 공자가 너무 나서대는군."

질책하는 추자웅의 말에 휘가 조용히 추자웅을 바라다봤다. 그러자 사람들은 차마 웃지는 못하고, 불쌍한 강아지를 바라보는 심정으로 추자웅을 응시했다.

하지만 그들은 곧 자신들의 눈을 의심해야만 했다.

"미안합니다. 마음이 급하다 보니……. 추마단을 책임지고 있는 진조여휘라 합니다."

정중히 포권을 취하는 휘를 보고 사람들이 아연한 표정으로 눈을 크게 떴다. 휘의 공손함은 그들의 상상 밖이었다. 도저히 믿을 수 없는 일을 봤다는 듯한 표정들이다.

호영광을 개 패듯 할 때는 언제고…….

그러나 그런 사람들의 속마음을 알 리 없는 추자웅으로선 휘가 절정의 고수들이 즐비한 추마단의 책임자라는 말에 해연이 놀란 표정을 지을 뿐이었다.

"추, 추마단주시라구요?"

"어떻게 하다 보니 그렇게 되었습니다. 그런데…… 들어가도 되겠습니까?"

"예? 아, 예. 들어가십시오!"

휘가 조용히 미소 지으며 안으로 들어가자 사공후가 즉시 그 뒤를 따랐다. 그제야 다른 사람들도 서둘러 장원 안으로 들어갔다.

장원 안의 광경은 그야말로 목불인견(目不忍見)이었다.

여기저기 흩어져 있는 시신들은 온전한 것이 하나도 없었다.

팔다리가 잘린 것은 보통이고, 목이 분리된 시신들도 다수였다. 게다가 창자마저 터진 시체가 몇 있어 코를 찌르는 오물 썩는 냄새가 장원 안에 진동하고 있었다.

"우욱!"

참지 못하고 위지현도가 헛구역질을 했다. 사실 참고 있을 뿐이지 다른 사람들도 역겹기는 마찬가지였다. 그렇기에 누구도 위지현도의 비위가 약하다 탓하는 사람은 없었다.

"대체……. 나무아미타불 관세음보살."

각우 대사가 떨리는 목소리로 불호를 외우며 사방을 둘러봤다.

인간 세상의 지옥이 눈앞에 펼쳐져 있었다. 대저 사람으로서 어찌 이런 짓을 저지를 수 있단 말인가.

"악마가 아니고서야 어찌 이런 참살을 할 수 있단 말이오……?"

강호를 종횡하며 수많은 죽음을 봐온 호걸개조차 부드득 이를 갈았다.

사람들이 굳은 표정으로 시신들을 둘러볼 때였다. 먼저 안쪽으로 들어갔던 청산 도장의 놀란 목소리가 장원을 뒤흔들었다.

"이걸 보시오!"

사람들이 안으로 들어가서 본 것은 다섯 구의 시신이었다. 단 다섯 구의 시신……. 그러나 그 시신들은 밖에 펼쳐진 수십 구의 시신보다 사람들을 더 큰 충격에 빠뜨렸다.

죽은 사람들은 이제 겨우 대여섯 살의 어린아이들이었다. 그런데 그 아이들의 죽은 모습이 밖에서 죽은 사람들과 한 치도 다름없이 팔다리가 꺾이고 머리가 베어져 있었다. 그리고 그중 두 남자아이의 왼쪽 가슴은 구멍이 뻥 뚫려 있었다.

심장이 사라진 것이다.

"심장이 없소."

떨리는 청산 도장의 말에 휘는 눈빛을 빛내며 그 두 남자아이의 곁으로 다가갔다. 그리고 심장이 사라진 남자아이의 전신을 자세히 살펴봤다.

휘가 아무렇지도 않게 남자아이의 몸을 뒤집으며 눈빛을 빛내자 사람들은 자신들도 모르게 몸을 부르르 떨었다. 그들이 어찌 알까, 무저동에서 처참한 죽음의 흔적들을 어릴 때부터 봐온 사람이 휘라는 것을.

"심장이 터졌다면 그만큼의 피가 있어야 합니다. 그러나 어디에서도 그만한 양의 피가 흐른 흔적을 찾을 수 없습니다."

휘가 고개를 들고 한마디 한마디 똑똑 부러지듯 말했다.

"한마디로…… 심장을 갈취했다는 말이지요."

"왜 심장을……?"

남궁중산이 떨리는 목소리로 물었다. 모두가 궁금해하는 질문이었다. 휘가 사람들을 둘러보고는 천천히 입을 열었다.

"수많은 마공 중, 맑은 피가 고인 어린아이의 심장을 필요로 하는 마공이 있다 들었습니다."

"으음……. 설마……?"

각우 대사가 의혹과 경악으로 눈을 크게 뜨자 휘가 각우 대사의 눈을 정면으로 바라보며 물었다.

"대사께선 그 마공의 이름을 아시는 것 같군요."

"아미타불, 아미타불……. 일전에 들은 적은 있습니다만, 정확하지는 않소이다."

"저는 십팔마마공의 일을 조사하기 위해 나름대로 마공에 대해 알아본 적이 있습니다. 아마 대사님이 알고 계시는 마공과 제가 알고 있는 마공의 이름이 같지 않을까 합니다만……."

그때.

"혹시…… 그 마공의 이름이 최심마혼장이 아니오?"

제갈효가 조심스럽게 물었다. 그러나 휘는 고개를 저으며 여전히 각우 대사만을 바라보았다. 그러자 할 수 없이 각우 대사가 침음성을 흘리며 입을 열었다.

"음… 아미타불……. 빈승이 알고 있는 마공의 이름은… 혈심이혼공이오."

그제야 휘가 고개를 끄덕였다.

"역시 제가 알고 있는 마공의 이름과 같군요."

호걸개가 놀라 소리쳤다.

"혈심이혼공은 십팔마마공 중에 하나가 아니오?"

"그렇습니다."

"그렇다면……?"

모두가 의혹과 놀람에 찬 눈빛으로 휘를 바라보았다. 그 말이 뜻하는 바는 작지 않았다. 그게 사실이라면 천도맹의 주장에 힘이 실리는 것이다.

"한마디로 또 다른 십팔마마공이 하나 나타난 것이지요."

휘가 단언하듯 말하자 호영광이 눈살을 찌푸리며 입을 열었다.

"하지만 심장을 갈취한 자가 혈심이혼공을 익혔다고는 볼 수 없지 않소이까?"

호영광으로선 심장이 없어진 이유를 대라면 열 가지도 더 댈 수 있었다. 한데 단순히 심장이 없어졌다고 십팔마마공 중의 마공 때문이라니.

호영광이 말도 안 된다는 듯 말하자 휘가 차가운 눈빛으로 호영광을 쳐다보았다.

"꼭… 찍어서 먹어봐야 안다면 할 수 없지요."

커윽! 이런 자리에서 어떻게 저런 말을…….

사람들의 얼굴이 일제히 일그러졌다. '그럼 그렇지' 하는 표정들이다.

사람들이 어떻게 생각하든 상관없이 휘는 조심스럽게 심장이 사라진 아이의 몸을 뒤집었다.

"잘 보시오, 갈라진 가슴 부위를."

모두가 눈을 빛내며 남자아이의 가슴을 주시했다. 각우가 말했다.

"혈심이혼공을 익힌 자의 손에 당하면 상처에 피가 몰린다 하오."

아이의 갈라진 가슴의 상처를 따라 붉은 혈선이 그어져 있었다.

"그렇게 몰린 피는 일시에 굳어버려 상처 부위에는 피가 최소한만 흐른다 했소."

가슴 부위에는 희미한 혈흔만 있을 뿐, 어디에도 많은 피가 흐른 흔적이 없었다. 누가 닦아내지도 않았을 터인데.

휘는 각우 대사의 설명이 끝나자 호영광을 향해 말했다.

"그리고… 혈심이혼공에 당하면, 그 사람은 혼이 제압당하기 때문에 자신의 심장이 뽑혀 나가는 데도 아무런 고통을 느끼지 못한다 들었지요."

그랬다. 아이의 얼굴에는 아무런 고통의 빛이 보이지 않았다. 그저 공포에 젖어 놀란 표정을 짓고 있을 뿐이다. 아마 자신의 심장이 뽑혀 나가는 것을 보며 공포에 떨고 있었을지도.

"한 가지만 묻겠소. 이곳의 살인을 삼양신문의 방계문파가 저지른 일이라 생각하시오?"

호영광의 눈이 거세게 흔들렸다.

"아니오! 절대…… 절대 아닐 것이오."

"절대 아니다?"

휘가 반문하며 아직도 속이 메슥거리는지 인상이 구겨져 있는 위지현도를 바라보았다.

"대현산장의 일을 천도맹의 누군가가 저질렀소?"

"절대 그런 적 없습니다!"

위지현도가 세차게 고개를 저으며 부정했다.

휘가 다시 호영광을 직시했다.

"절대, 안 했다고 하는군요. 어찌 생각하시오?"

"그, 그건……."

자신은 안 했다고 하면서 상대는 했다고 하는 것도 우스운 일이다.

호영광은 말을 못하고 입술만 깨물었다. 그러자 휘가 차가운 표정으로 고개를 돌리고는 독백하듯 입을 열었다.

"어차피 계속 조사해 보면 알 일, 그때 가서 무슨 말을 할지 모르겠군."

세 시진에 걸친 조사가 끝나자 밖에 있던 사람들을 불러 시신을 모두 한곳으로 모았다. 그들은 안에서 벌어진 참상에 시신들을 옮기는 동안 아무도 입을 열지 않았다.

그렇게 모아진 시신은 모두 팔십오 구였다. 그중 어린아이와 부녀자의 시신도 열다섯 구나 되었다. 하지만 심장이 사라진 아이는 두 남자 아이외에는 더 이상 없었다.

시신들이 다 모이자 끝내 분노의 외침이 여기저기서 터져 나왔다.

"죽일 놈들! 세상에…… 어린아이의 심장을 빼가다니."

"이토록 잔인하게 사람을 죽이다니, 악마가 아니고서야 어찌……."

초평우가 심장이 사라진 아이들을 바라보며 이를 갈았다.

"이 아이들을 죽인 놈들을 찢어 죽일 것입니다, 형님."

그런 마음은 초평우뿐이 아니었다. 아이들을 바라보는 모두가 말만 안 하고 있을 뿐 분노의 불길이 타오르고 있었다.

분노한 사람들을 바라보며 휘가 말했다.

"놈들이 바라는 것은 분노에 휘말려 서로의 가슴에 검을 겨누는 것입니다. 위지 공자와 호 공자는 즉시 연락을 취해서 혈풍이 일어난 곳의 상황을 정확히 알아보라 하십시오. 그리고 그 모든 정보를 신속히 추마단에 전해달라 하십시오. 이해타산을 따지느라 머뭇거린다면, 절대 좌시하지 않을 것입니다."

광오한 뜻이 포함되어 있는 말이지만 누구도 반발을 할 수가 없었다. 위지현도도, 호영광도.

자칫하면 무림의 공적이 될 상황, 어찌 못한다 한단 말인가.

장내가 조용해지자 시신들의 상처를 살핀 적인풍이 휘에게 말했다.

"문주, 이들의 상처를 보니 생각나는 것이 있습니다."

휘가 고개를 끄덕였다.

"예, 저도 봤습니다."

당홍이 말했다.

"청심장의 무사들이 당한 상처와 흡사하군요."

풍인강이 뻔하지 않냐, 는 투로 입을 열었다.

"그놈들 아니면 어떤 놈들이겠습니까?"

각우 대사와 청산 도장 등 사람들이 모두 무슨 소리냐는 눈빛으로 휘 일행을 바라봤다. 그러자 휘가 나직한 목소리로 말해줬다.
"이들의 상처는 감숙 청심장의 무사들이 당한 상처와 흡사합니다. 그러나 아직 정확한 것은 아니니 더 조사한 뒤에 말씀드리죠."
"그들이 누구에게 당했기에……?"
청산 도장의 말에 휘가 굳은 표정으로 무겁게 입을 열었다.
"신마천궁!"

4

범인들로 보이는 자들의 행적을 추적한 추적대가 발을 멈춘 곳은 북쪽의 장강가였다.
장강을 끝으로 범인들의 행적이 사라졌다는 보고에 즉시 천도맹에서 수십 마리의 전서구가 날고 천도맹 소속의 모든 배들이 장강을 오르내리는 배들을 세우고 검문에 들어갔다. 그러나 어디에서고 범인으로 보이는 자들은 보이지가 않았다. 결국 이틀간의 검문은 아무런 성과도 없이 끝이 나고 말았다.
하지만 사람들이 모르는 것이 있었다. 언뜻 보기에는 요란만 떨었을 뿐 별다른 성과가 없는 것 같았지만, 실질적으로는 적지 않은 성과가 있었던 것이다.
"이번 수색으로 놈들은 잠시나마 움직이지 못했을 것입니다. 다시 말해 한두 번은 더 벌어졌을지도 모를 혈겁이 벌어지지 않았다는 말이지요."
넘실거리는 장강의 물결을 바라보며 휘가 말을 이었다.
"게다가 다시 움직이려 해도 검문에 걸릴까 봐 당분간은 쉽게 움직이지 못할 겁니다."

"하지만 움직이지 않으면 그만큼 놈들을 찾기도 어렵지 않겠소?"

남궁중산이 물었다. 그는 이제 확신을 하고 있는 듯했다, 범인들을 천도맹이나 삼양신문의 무사들이 아닌 제삼자로 표현을 하고 있는 것이.

"암중으로 놈들에 대한 단서 찾기에 들어갔습니다. 움직이든 움직이지 않든 놈들은 노출될 수밖에 없는 것이지요. 문제는 얼마나 빠르게 놈들을 찾느냐 입니다. 놈들을 빨리 찾으면 빨리 찾을수록 피해는 적어질 테니까 말입니다."

선상에 편한 자세로 앉아 휘의 말에 귀를 기울이던 사람들이 모두 고개를 끄덕였다.

심지어 호영광도 이제는 휘의 말에 수긍하지 않을 수가 없었다. 그러지 않으면 삼양신문이 강서에 혈풍을 일으킨 범인이 될 수밖에 없는 상황인 것이다.

*　　　*　　　*

망강에 도착하자 배에서 내려 북쪽으로 진로를 잡고 내달렸다.

달리는 내내 흐드러진 봄꽃들의 향기가 달리는 일행의 코를 간지럽힌다.

완연한 봄이었다.

봄의 정령이 가슴의 옷깃을 헤집고 스며들자 사람들의 마음도 보다 편안해졌다.

온통 갈대밭으로 뒤덮인 무창호(武昌湖)와 박호(泊湖) 사이의 관도를 달리며 사람들은 잠시나마 피냄새를 잊을 수 있었다. 특히 초평우는 뭐가 그리도 좋은지 당홍과 나란히 달리며 웃음이 떠날 줄을 몰랐다.

그렇게 배에서 내려 달린 지 두 시진 후, 무창호의 호숫가에서 잠시 휴식을 취할 때였다. 시샘이 나는지 풍인강이 당홍에게 시시덕거리고 있는 초평우를 한번 노려보고는 휘에게 넌지시 물었다.

"저… 대형, 영호 낭자를 언제 만날 수 있겠습니까?"

작은 목소리라지만 초평우가 못 들을 정도는 아니었다.

"풍가야, 중요한 임무를 맡고 열심히 뛰고 있는 영호 낭자를 왜 여기서 찾는 것이냐?"

"형님은 신경 끄쇼."

"그거야 안 들린다면 내가 왜 신경을 쓰겠냐?"

"글쎄, 신경 끄라니까요!"

두 사람이 투닥거리자 영등이 풍인강에게 조용히 말을 건넸다.

"풍 시주, 우리 잠깐 주위를 돌아다녀 볼까?"

"왜요?"

"음……. 혹시 떠돌아다니는 들개라도 한 마리 잡을 수 있을지……."

"혼자 다니슈!"

"흠, 내 소림의 스님만 없어도 그러겠는데……. 쩝, 소림의 스님은 뭐 하러 와서……. 에잉."

영등이 각우를 흘겨보며 어떻게 하면 남들 몰래 들개를 잡을 수 있을까 고민할 때였다.

휘가 나직이, 그러면서도 모두의 귀에 들리게 입을 열었다.

"호 공자, 이곳에 누가 마중 나오기로 되어 있습니까?"

호영광이 무슨 소리냐는 듯 고개를 저었다.

"대현산장이라면 모를까, 이곳은 아니오."

"아니다? 그럼 적이란 말이군요."

단순한 한마디였다. 하지만 그 여파는 결코 단순하지가 않았다.

"적?!"

초평우와 풍인강이 벌떡 일어섰다. 그런 두 사람의 손은 벌써 각자의 도와 검을 잡아가고 있었다.

적인풍과 당홍도 사위를 쓸어보며 몸을 일으켰다. 그리고 사공후도. 하지만 다른 사람들은 의아한 눈으로 휘를 바라볼 뿐이었다.

그러자 휘가 다시 입을 열었다.

"독자적인 행동은 자제하시기 바랍니다. 그리고 자신의 목숨은 스스로가 지키기를……."

그리고 느릿하니 일어섰다. 일순간, 휘의 전신에서 폭풍 같은 기세가 일더니 전면의 갈대밭을 향해 폭사되었다.

"나와라! 신마천궁의 개!"

잠시 아무런 소리도 들리지 않았다. 바람 소리도, 갈대 스치는 소리도.

멍하니 휘의 행동을 바라보고 있던 사람들이 괴이한 기운을 느낀 것은 초평우와 풍인강이 도검을 빼 들고 전면을 향해 뛰어들 것처럼 몸을 웅크렸을 때였다.

쏴아아아…….

느닷없이 갈대밭이 거센 폭풍을 만난 것처럼 휘가 서 있는 방향으로 고개를 숙였다. 그제야 심상치 않은 상황을 느낀 사람들이 각자의 무기를 빼어 들고 갈대밭을 노려봤다. 순간,

촤아악! 피비비빙!!

잘라진 갈대들이 화살이 되어 일행을 향해 쏘아져 왔다.

수를 헤아릴 수조차 없는 갈대화살들. 갈대들은 단순한 갈대가 아니었다. 강력한 기운이 담긴 화살이었다.

피한다는 것 자체가 말도 되지 않을 정도다.

방법은 오직 하나. 막아내는 것뿐이다.

티딩!

광풍이 몰아치듯 휘두른 초평우의 거도에 갈대화살들이 튕겨 나갔다.

투두둥!

열십자로 갈라 치는 풍인강의 진천검에 산산이 부서진 갈대화살들이 허공을 가득 메웠다. 동시, 사공후와 위지현도를 비롯해 호영광과 광령 이수가 일제히 전면을 향해 몸을 날렸다.

그들의 검에서, 두 손에서 푸르른 강기가 넘실거린다. 강기에 부딪친 갈대들은 가루가 되어 흩날리고, 그 사이를 뚫고 날아간 사람들은 전면을 향해 일제히 힘을 쏟아냈다.

콰르르릉!!

일순간에 십여 장 넓이의 갈대밭이 쑥대밭이 되었다.

하지만 그뿐이다. 있어야 할 적이 없다.

"조심해!"

느닷없이 호길개의 외침이 터셨다.

좌우에서 아무런 기척도 없이 이십여 명의 흑의인이 날아올랐다. 그들의 공격 목표는 쑥대밭이 된 곳에 내려선 다섯 명.

미처 상황을 파악할 새도 없이 사공후가 신형을 뽑아 올렸다. 그러자 세 명의 흑의인이 사공후를 향해 검을 날렸다.

망설임없는 비검!

"하압!"

사공후가 혼신을 다해 검을 휘둘렀다. 석 자 가깝게 뻗은 강기가 날아오는 검을 후려쳤다.

이미 몸을 날릴 때부터 공격당할 것을 각오하고 있던 바다.

다만 검을 날릴 줄은 미처 예상하지 못했다. 조금 당황스런 상황.

그러나 초평우 등과 실전에 가까운 비무를 자주 했던 덕에 뜻밖의 상황에도 흔들리지는 않았다.

떠더덩!

세 자루의 검이 부러진 채 사방으로 튕겨 나갔다. 그 충격으로 일 장 가량을 더 솟구친 사공후는 빠르게 장내를 훑어봤다.

사방에서 흑의인들이 몰려들고 있었다. 그 수효는 근 삼십, 하나같이 고수들이다.

호영광과 위지현도는 각기 세 명씩의 흑의인을 맞이해 치열한 격전을 벌리고, 호영광의 일행인 광령이수도 두 명씩의 흑의인과 치열한 공방을 벌이고 있었다.

철저한 분석이 아니면 할 수 없는 공격이다. 상대는 이쪽의 전력을 정확히 알고 있는 듯하다.

땅으로 내려서자 자신에게도 세 명의 흑의인이 달려들고 있다.

"타얏!"

사공후도 달려드는 흑의인들을 향해 쇄도했다. 누가 먼저인지는 중요하지 않았다.

죽이지 않으면 죽는다.

전면에서 벌어지는 격전을 주시하며 휘는 눈을 빛냈다.

괴이하다. 적들은 자신을 향해서는 달려들지 않는다. 왜?

'우습군. 알면 뭐할 건가?'

하긴 이유를 알면 뭐할까. 죽이겠다고 덤비는 적이거늘. 죽이겠다고 덤비는 이상 죽이면 그뿐.

스으윽…….

휘가 한 걸음 내딛자 양쪽에 있던 당홍과 적인풍이 좌우로 신형을 날렸다. 초평우와 풍인강은 이미 흑의인들에게 도검을 부딪쳐 가고 있다.

"타아앗!!"

"오오옷!"

폭풍처럼 몰아치는 두 사람의 공격에 흑의인들이 각기 두 사람씩 달라붙었다.

각우와 청산, 호걸개도 강력한 내력을 뿜어내 날아오는 갈대화살을 튕겨 버리고는 흑의인들을 향해 쇄도 했다.

하지만 오직 한 사람, 영등만은 선장을 땅에 세우고 눈을 부라리고 있을 뿐이다. 갈대가 화살처럼 날아와도 굳이 선장을 휘두르지도 않았다. 아무리 갈대에 기운이 서려 있다고 해도 그에게는 그저 따끔거리지도 않는 풀잎일 뿐이니까.

"아미타불, 오랜만에 재미있는 구경을 하게 되는군."

사실 싸움 구경만큼 재미있는 것이 어디 있을까. 하지만,

"영등 스님! 뒤통수!"

"응?"

느닷없는 휘의 말에 고개를 돌린 틈도 없이 뭔가가 영등의 뒤봉수를 때렸다.

땅!

"아이고!"

뒤통수에 맞고 떨어진 것은 한 자 길이의 소전(小箭)이었다. 확실히 갈대보다는 훨씬 강한 위력이다, 골이 띵할 정도로.

고개를 돌리자 어이없어 하는 눈빛으로 자신을 바라보는 흑의인이 보인다. 순간 영등의 입에서 분노의 불호성(?)이 터져 나왔다.

"아미타!! 이런 개 호랑말코 같은 시주를 봤나! 감히 부처님의 뒤통수에 쇠꼬챙이를 들이대다니!"

휘는 영등마저 흑의인들을 향해 달려가자 웃음을 참고 신형을 날렸다. 사실 소전은 영등의 등판을 향해 날고 있었다. 그런데 휘가 살짝 방향을

틀었던 것이다. 기왕이면 단단한 뒤통수에 부딪치라고. 누구는 피 튀기며 싸우고 있는데 구경만 하는 꼴이 얄미워서.

휘가 단걸음에 십여 장을 좁혀 흑의인들의 머리 위로 날아가자 흑의인들이 썰물처럼 뒤로 물러섰다.

'역시, 나에 대해서 알고 있군.'

확실히 흑의인들의 행동은 예상 밖이었다. 하나같이 고수들이라 할 수 있는 자들이 저리 쉽게 물러선다는 것은 이해할 수 없는 일이다.

이쪽의 힘을 시험해 보자는 것인가? 아니면 지나가다 멋모르고 덤벼든 것인가?

"흥! 너희들 마음대로 되지 않을 것이다!"

사실 이유 따위는 알 필요도 없다. 신마천궁의 무리인 것만으로도 용서할 생각이 없으니까. 한 놈이라도 더 죽이는 것이 무고한 사람 열 명을 살리는 길이리라!

십성의 공력을 끌어올리고 바람이 되었다. 순간, 허공에 뜬 휘의 신형이 부챗살 갈라지듯 쫘악 갈라지더니, 일시에 다섯의 환영이 허공을 메웠다. 찰나,

투두두둥!

휘의 환영이 일제히 선홍빛 천홍을 전면을 향해 쏘아냈다.

휘황한 붉은 화살이 폭죽처럼 터져 나간다.

퍽! 파박!

신음도 없다. 비명도 없다.

오직 들리는 소리는 피륙이 터져 나가는 소리.

일시지간 뒤로 물러서던 다섯 명의 흑의인이 작살에 꿰인 물고기마냥 풀썩 튀어 올랐다가 쓰러져 갔다. 이마가 뚫린 자는 그 자리서 즉사하고, 어깨나 가슴이 뚫린 자는 푸들거리며 안간힘을 쓰며 물러서고 있다.

그들을 향해 휘의 일 권이 작렬했다. 천붕신권!

콰우웅!

대기가 터져 나가는 소리가 울리고!

쾅!

한 명의 흑의인이 가슴이 함몰된 채 삼 장을 튕겨 날아갔다. 동시에 천중무의 발 굴음이 대기를 짓눌렀다.

입을 쩍 벌린 두 명의 흑의인이 피화살을 뿜어내며 그 자리에서 꼬꾸라진다.

숨 한 번 몰아쉴 시간에 다섯 명의 흑의인이 제대로 저항도 못해보고 쓰러져 버렸다. 그때,

삐이이익!

고음의 피리 소리가 갈대밭에 울려 퍼졌다. 그러자 추마단의 고수들과 격전을 벌이던 흑의인들이 일제히 갈대밭으로 몸을 날렸다.

"어? 뭐야?"

"어엇?! 어디 가? 이리와!"

초평우와 풍인강이 미친 듯이 싸우다 말고 도망가는 적을 쫓아갔다. 하지만 갈대밭까지 따라 들어갈 수는 없는 일.

"쫓지 마세요! 놈들은 자신의 기운을 숨길 수 있는 자들입니다."

더구나 휘가 들어가지 말라고 한다. 흔적조차 감추고 접근한 놈들을 따라 갈대밭에 들어가는 것은 죽음을 자초하는 짓.

결국 두 사람은 서로를 마주 보고는 허탈한 표정으로 뒤돌아섰다.

돌아보니 다른 사람들도 엉거주춤 선 채로 흔들흔들 춤을 추고 있는 갈대밭을 멍하니 바라다보고 있다.

대체 무슨 일이 벌어졌었는지, 방금 벌어진 격전이 진짜로 있었던 일인지조차 의문이 들 정도로 급격한 변화에 얼이 빠진 듯하다.

흑의인들이 썰물처럼 빠져나간 자리, 조금 전의 격전이 사실이었음을 증명이라도 하듯 무너진 갈대밭만이 황폐한 모습을 드러내 놓고 있을 뿐이다.

휘이잉…….

바람이 불어왔다.

까칠한 갈대 파편의 편린들이 얼굴을 스친다.

그제야 갈대밭 속으로 들어간 적을 추적할 생각조차 잊은 채 서 있던 사람들이 고개를 돌려 오연히 서 있는 휘를 바라보았다.

호영광이 무너지는 것을 보고 강하다 생각은 했었다. 하지만… 휘가 싸우는 모습은 사람들의 상상을 초월한 광경이었다.

하늘에 펼쳐진 휘의 환영에서 붉은빛 줄기가 뻗치는 순간, 다섯 명의 흑의인들은 저항조차 못해보고 무너져 버렸다. 자신들은 두세 명의 흑의인들을 맞이해 한 치 앞도 못 보는 치열한 접전을 벌이고 있거늘.

게다가 도망가려는 자들조차 망설임없이 목숨을 끊어버렸다.

냉정한 손속, 일수일살(一手一殺). 살이 떨릴 정도다.

그들이 어찌 알까, 생사를 걸고 과거의 전설을 무너뜨리며 정립된 휘만의 철혈법을.

신중하게 손을 쓰되, 손을 쓰려 했으면 빠른 시간 안에 모든 것을 결정짓는다.

더구나 신마천궁의 무리들에게 손속의 사정을 두라고?

웃기는 일이다.

휘는 자신을 바라보는 사람들의 눈빛에 차가운 냉소를 흘렸다.

"내가 너무 쉽게 사람을 죽인다 생각하시오?"

"아미타불, 그래도 정파의 사람으로서 저항할 수 없는 사람들을 죽인 다는 것은……."

각우 대사가 반장을 하며 씁쓸한 표정으로 말하자 한쪽에서 나직이 중얼거리는 소리가 흘러나왔다.

"체, 꼭 알지도 못하는 양반들이 정의가 어떻고, 협의가 어떻고를 따진다니까."

초평우였다. 그는 각우 대사의 입에 발린 정의가 마음에 들지 않았다. 저들이 어떻게 알 것인가. 휘가 지나온 세월을. 그리고 신마천궁의 악귀들을.

"저 악귀들을 비호하는 사람들이 있다니……."

풍인강마저 혀를 차며 한 소리 하자 제갈효가 침중한 얼굴로 입을 열었다.

"어쨌든 저항할 수 없는 사람들을 죽인 것은 잘한 일이라 할 수 없지 않겠소?"

"저항할 수 없다고? 누가? 저들이?"

풍인강이 제갈효에게 얼굴을 들이밀고는 죽었다 생각했던 흑의인을 가리켰다.

"헛! 저럴 수가?!"

일어서고 있었다. 비록 가슴이 완전히 함몰되고 한쪽 팔은 어깨에 커다란 구멍이 뚫려 바람에 덜렁거리고 있었지만, 그는 분명 살아서 일어나려 안간힘을 쓰고 있었다. 고통의 표정도 없이.

"저런 악귀 같은 놈들에게 자비라고? 저놈들이 살려줬다고 고마워할 놈들로 보였수? 대항지부의 살겁을 벌써 잊었수? 어디 다시 한 번 말씀들 해보시구려."

풍인강이 폭포수처럼 말을 쏟아내더니 흑의인에게로 다가갔다. 그리고 일검에 흑의인의 목을 베어버렸다. 그러자 제갈효가 놀라 소리쳤다.

"엇! 왜 죽이는 거요? 그놈을 고문하면……."

"허, 거참! 아직도 모르겠소? 제정신도 아닌 놈을 고문해서 뭘 알아내 겠다는 거요? 게다가 놔둬도 곧 죽을 놈, 차라리 깨끗이 죽여주는 것이 오히려 자비가 아니겠소?"

초평우의 시큰둥한 말에 아무도 입을 열지 않았다.

그랬다. 어차피 살지도 못할 사람, 차라리 단칼에 죽이는 것이 나을지 도 모른다. 하지만 마음이 무거워지는 것은 어쩔 수가 없었다. 싸우던 도 중에 사람을 죽이는 것과 가만히 목을 내민 사람의 목을 친다는 것은 천 지 차이인 것이다.

휘는 착잡한 표정을 짓고 있는 사람들을 둘러보고는 조용히 뒤돌아섰 다.

"갑시다."

휘가 돌아서 걸어가자 사람들도 묵묵히 휘의 뒤를 따라갔다. 그러자 휘가 말했다.

"앞으로 대항에서 보다 더한 경우를 보게 될지도 모릅니다."

부르르…….

따뜻한 봄바람이 부는데도 사람들의 몸은 가늘게 떨렸다.

"신마천궁은…… 바로 그런 놈들입니다. 각오들 단단히 하셔야 할 것 입니다."

참지 못하고 호영광이 물었다.

"정말 그렇게 상대하기 힘든 자들이오?"

휘가 말했다.

"오늘 우리를 공격했던 자들은 그저 우리의 전력을 탐색하기 위해 온 자들이오. 만일…… 우리를 죽이겠다고 온 자들이라면, 아마 이렇게 쉽 게 끝나지 않았을 것이오."

"왜 죽이기 위해 공격을 하지 않았단 말이오?"

휘의 발걸음이 멈칫했다.

"아직 신마천궁 총단에서 나를 죽일 수 있는 자가 오지 않은 듯하오."

자화자찬 같아 말을 하지 않으려 했지만 사실이 그러했다. 만약 그런 고수가 같이 왔다면 왜 물러났겠는가?

사람들은 쑥스러운 듯 말을 마치고 빠르게 걸어가는 휘의 등을 바라보았다. 왠지 오늘 따라 그의 등이 거대하게 보였다.

그때 사공후가 의아하다는 투로 중얼거렸다.

"그런데 왜 정체를 드러냈을까?"

휘가 속으로 말했다.

'그만큼 때가 가까워 왔다는 거요, 놈들이 본격적으로 움직일 때가. 어쩌면 이미 움직이기 시작했을 수도…….'

멀리 산등성이에서 떠나가는 휘 일행을 바라보는 사람이 있었다. 그는 난생처음으로 느껴지는 두려움이 생경하기만 했다.

"으음……. 나, 목강추가 두려움을 느끼다니……."

귀마전 유혼당을 맡은 이래, 십여 건의 크고 작은 작전을 완수했다. 그래서 자신이 있었다. 비록 전주는 추마단의 무력을 시험만 해보고 물러나라 했지만 그럴 수는 없다 생각했다.

유혼당의 살귀들 삼십이면 칠패의 주인도 죽일 수 있다 생각했으니까.

그런데… 진조여휘와의 싸움이 진행되자마자 수하들을 후퇴시켜야만 했다. 단 두어 번의 손짓이었다. 그 두어 번의 손짓에 다섯이 무너졌다, 재기불능으로. 자신조차 넷 이상 감당하기 힘든 살귀들이.

만일 조금 더 놔두었다면…… 모두가 죽었을 것이다. 그리고 귀마전 오당 중 하나인 유혼당도 사라졌을 것이다.

본궁에서 전해진 이야기는 결코 한 점의 과장도 없었다. '진조여휘에게 구정마원의 원로들이 무너졌다!'는 전설 같은 이야기는.
"과연 저자와 일 대 일로 겨룰 수 있는 자가 몇이나 될까?"
강호는 넓고, 기인이사는 모래알처럼 많다는 이야기가 그냥 헛소리가 아닐지도 모른다는 생각이 들었다.
하늘을 올려다봤다. 왠지 하늘에 먹구름이 몰려오는 것만 같이 느껴졌다.
"전주께 보고드릴 일이 걱정이군. 크크……."

5

천계산의 대현산장은 을씨년스럽기 그지없었다.
혈풍이 지나간 지 상당 시일이 흘렀는데도 아직 비릿한 피냄새가 배어 있는 것만 같았다.
추마단이 대현산장에 도착하자 미리 연락이 되어 있었는지 몇 사람이 마중을 나왔다.
"대공자를 뵈오이다!"
그들 중 황의를 입은 사십대 초반의 중년인이 호영광을 향해 허리를 숙이며 인사를 했다. 그는 삼양신문의 추밀당을 맡고 있는 삼절궁 도정묵이었다.
"도 당주께서 직접 오실 줄은 몰랐습니다."
"문주께서 최근 일어난 일에 대해 관심이 지대하십니다, 공자."
"음……."
"해서 본 문의 정예들이 모두 비상 대기하고 있습니다.
그럴 만도 하다. 이미 당한 곳만 다섯 곳. 대부분이 강서와 맞닿은 장강 부근의 문파들, 용천문의 관할 하에 있는 문파들이다. 그 일로 용천문이 활화산처럼 폭발하기 직전이다.

단순히 천도맹과의 패권 다툼이라면, 호령묵은 용천문의 손을 들어주고 한바탕 전쟁을 치르고 말 것이다. 그러나 작금의 상황은 그처럼 단순하지가 않다.

천검보와 구대문파에 오대세가까지 끼어들어 있는 상황, 얼핏 보면 천도맹이 궁지에 몰린 것 같지만, 그렇다고 삼양신문 단독으로 천도맹을 공격할 수도 없는 게 현실이었다.

그나마 조사단의 활동에 찬성하지만 않았어도 우격다짐을 해보련만…….

호영광이 도정묵으로부터 간단하게 호령묵의 지시에 대해서 상황을 듣는 사이 추마단의 사람들이 장원 안으로 들어갔다.

대현산장은 이미 깨끗이 정돈이 되어 있었다. 떨어진 현판도 새로 달려 있고, 안쪽의 혈흔들도 모두 지워져 있었다.

"시신들은 어떻게 했습니까?"

휘가 묻자 호영광과 나란히 뒤따라 들어온 도정묵이 안쪽을 가리켰다.

"대부분은 묻어줬습니다만, 간부들을 위시해서 몇 명은 따로 염을 해 보관해 두었습니다."

시신을 보관해 놓은 곳은 지하 석실이었다. 모두 다섯 구의 시신이 향나무 관에 방부 처리가 된 채 놓여 있었다.

석실로 들어가자 매캐한 방부제 냄새가 코를 찔렀다. 누구도 기분이 좋을 수 없는, 기분이 좋다가도 절망적으로 변할 수밖에 없을 정도의 강렬한 냄새였다.

"지독하군."

고개를 내두르던 사람들의 눈이 굳어진 것은 그때였다.

터벅터벅, 휘가 관 앞으로 걸어가더니 조금도 망설이지 않고 관 뚜껑을 들어올리는 것이 아닌가.

덜컹!

"읍!"

석실 안을 가득 메우고 화악, 퍼져 나가는 지독한 방부제 냄새.

유난히 냄새에 민감한 사공후가 목을 움켜잡았다. 올라오는 욕지기를 참기 위해 혼신을 다하는 모습이 가련해 보이기까지 하다. 하지만 휘의 행동은 거기서 멈추지 않고 계속되었다.

시신을 뒤적이고, 주물럭거리고…….

상처를 벌려서 휘저어보기도 하고…….

뒤에 서서 바라보는 사람들의 표정은 각양각색이었다.

각우 대사는 눈을 감고 염불을 외우고, 평상시 말이 없는 청산 도장의 입에서도 원시천존을 찾는 목소리가 계속 흘러나왔다.

그나마 세상만사 경험이 많은 호걸개만이 휘의 옆에서 눈을 빛내고 있을 뿐이다. 비록 바라보고 있는 것은 시신이 아닌 휘의 뒤통수였고, 머릿속에서는 엉뚱한 생각이 굴러가고 있었지만.

'분명 탈을 뒤집어썼을 거야. 그렇지 않고서야…….'

남궁중산이나 제갈효 역시 사색이 된 얼굴로 울렁거리는 속을 다스리느라 안간힘을 쓰고 있다.

그런데 생각 외로 호영광이 젊은 층에서는 제일 안정된 표정이다. 그는 놀란 얼굴로 휘가 하고 있는 행동을 놓치지 않고 바라보았다.

여자도 고개를 숙일 아름다운 얼굴, 가공할 무공, 거칠 것 없는 행동. 어느 것 하나를 봐도 도저히 저런 행동과는 어울리지가 않거늘, 손짓 하나 하나에 조금도 머뭇거림이 없다.

게다가 시신을 다룸에 담긴 정성 또한 거짓이 아니다.

'도대체 저 인간은 어떻게 된 게……. 참으로 알 수가 없구나.'

새삼 자신의 모습이 위축된다.

우습다. 두들겨 맞을 때는 분노에 몸을 떨었는데, 이제는 그런 원한조차 어디로 갔는지 찾을 길이 없다. 분명 가슴 깊은 곳에 웅크리고 있을 거라 생각했는데.

한참 시체의 이곳저곳을 살펴보던 휘가 옆에서 물끄러미 바라보고 있는 호걸개에게 말했다.

"적 호법님을 불러주시겠습니까?"

"적인풍을? 알았소."

석실에는 많은 사람이 들어올 수 없어서 대표자 한 명씩만 들어왔다. 그 바람에 적인풍도 밖에서 기다려야만 했다.

잠시 후, 호걸개기 적인풍을 데려오자 휘가 시신의 상흔을 적인풍에 보여주었다.

"한 번 보시죠."

적인풍은 시신을 일견하고는 짧은 신음을 내뱉었다.

"음……. 역시."

"비슷하죠?"

"예, 창상의 모양은 다르지만 분명 비슷한 무공에 당한 상처입니다."

적인풍의 말에 호걸개가 고개를 내밀어 시신을 주시했다.

"속 시원히 말을 해보게, 어떤 무공에 당했단 말인가?"

"이미 한 번 보시지 않았습니까?"

한 번 봤을 거라는 말에 다른 사람들도 고개를 돌려 휘를 바라보았는데, 역시 경험 많은 호걸개가 놀란 표정으로 제일 먼저 입을 열었다.

"설마, 대항지부의 무사들……?"

휘가 고개를 끄덕였다. 그러자 호걸개가 고개를 갸웃거리며 의문을 표시했다.

"하지만 그들의 상처와는 다른데?"

"상처의 속을 보시지요."

속을 보라고? 어떻게? 설마 그래서 상처를 헤집고 뒤적거렸던 것인가?

호걸개가 잔뜩 인상을 찡그리고는 상처의 벌어진 속을 들여다봤다.

"엇? 속이 뭉개져 있잖아?"

"부패 되어서 뭉개진 것이 아닙니다. 대항지부의 시신들은 죽은 지 얼마 되지도 않았는데도 속살이 부서져 있었지요."

휘는 말을 하며 상처 부위를 모두 보라는 듯 더 벌려주었다.

"이 시신들은 단지 오래되었기 때문에 부서진 부분이 물러져 있을 뿐입니다. 마치 짓뭉개진 것처럼."

"무량수불, 하면 그것이 뜻하는 바가 뭐란 말이오?"

청산이 의혹 가득한 표정으로 물었다. 그러자 휘가 말했다.

"곰곰이 생각해 봤습니다. 겉은 날카로운 무기에 베인 상흔을 남기지만 속살은 조각조각 부서진 흔적을 남기는 무공이 뭐가 있을까……."

그때, 각우가 불호를 외우며 떨리는 목소리로 말했다.

"아미… 타불……. 천잔마음도가 바로 그런 흔적을 남긴다 들었소이다."

장내가 조용해졌다.

천잔마음도, 또다시 십팔마마공 중의 이름이 나왔다.

벌써 두 번째, 기류가 묘하게 흐른다.

상황이 천도맹에 유리하게 흐르는 듯하자 위지현도의 표정이 밝아졌다. 그러자 상황을 보다 못한 호영광이 악을 쓰듯 소리쳤다.

"말도 안 되는 소립니다! 십팔마마공이라는 무공이 그리 흔한 무공입니까? 단지 흔적이 비슷하다 하여 단정적으로 말하는 것은 이번 조사를 일방적으로 몰아가겠다는 거와 같습니다. 우리 삼양신문은 인정할 수 없습니다!"

호영광의 주장에 휘가 조용히, 그러나 한마디 한마디에 힘을 실어 말했다.

"그럼, 이런 흔적을 남기는 무공에 대해 귀하가 알고 있는 것을 말해 보시오."

"그, 그건……."

"조사란 어떤 가능성도 배제해선 안 되오. 어설프게 반박할 거라면 이번 조사에서 빠지시오."

"……."

휘의 차가운 눈길에 호영광이 견디지 못하고 고개를 돌리려 한 때였다.

터더더덕…….

누군가가 급하게 계단을 내려오더니 석실로 들어왔다. 초평우였다. 느닷없는 초평우의 출현에 사람들의 눈길이 일제히 석실의 입구로 향했다.

그러나 초평우는 여기저기서 쏟아지는 힐책의 눈길에도 아랑곳하지 않고 휘를 부르며 다가왔다.

"형님!"

"초 형, 무슨 일입니까?"

지하 석실의 불빛이 그리 밝지는 않지만 휘에게는 대낮과 같았다. 초평우의 안색이 굳어 있다, 창백하게.

초평우가 오직 휘만을 바라보며 말했다.

"용혈궁이……."

단 한마디에 휘의 안색도 굳어졌다. 그러자 초평우가 쥐어짜는 목소리로 입을 열었다.

"용혈궁이 반란으로 무너지고…… 광룡 모용진광이 죽었답니다."

모두가 말을 잊었다. 대체 무슨 소린지 모르겠다는 듯 초평우를 바라보며 다음 말을 재촉했다.

용혈궁이 무너지다니? 광룡 모용진광이 죽다니?

하지만 초평우는 입을 굳게 다물고 휘만을 바라볼 뿐이다. 휘가 물었다. 그의 최대 관심은 오직 하나.

"모용서하는… 어떻게……?"

"다행히 탈출했다고 합니다. 모용궁주의 제자들인 사광룡과 공손 노선배 역시 모용 낭자를 모시고 용혈궁을 빠져나왔다 합니다."

"지금 상황은 어떻다 합니까?"

모용서하가 빠져나왔다는 말에 휘의 표정이 조금은 풀어졌다. 그러나 그것도 잠시,

"그게…… 용혈궁을 접수한 은룡 모용후가 전력을 기울여 모용 낭자의 뒤를 쫓고 있다는 전갈입니다. 용혈궁의 일에 파견되어 있는 본 문 형제들의 전갈에 의하면, 용혈궁뿐만이 아니라 북두검회와 정체불명의 고수들까지 일제히 추적에 나섰다 합니다."

"정체불명?"

"정확하지는 않으나, 무음살마제가 나타난 것 같다고 합니다."

초평우의 계속된 말에 다시 표정이 굳어졌던 휘의 눈에서 북해의 찬바람조차 얼려 버릴 차가운 기운이 쏟아졌다.

"그 쳐죽일 노인네가 미쳤나! 언제 거기까지 가서……!"

벌린 입을 다물지 못하고 있던 사람들이 눈마저 부릅떴다.

무음살마제라고? 수십 년 전 살왕이라 불렸던 바로 그 무음살마제?

한데 그런 무음살마제를 옆집 노망난 노인네처럼 부르는 휘의 말투는 또 뭐란 말인가?

하지만 이어 나온 휘의 분노 섞인 한마디에 사람들은 사고가 끊어져 버렸다.

"그때 무리를 해서라도 혈령마신과 함께 죽였어야 하는데……. 젠장!"

급박하게 휘가 석실을 나오자 조사는 일시 중단 상태가 되어버렸다.

그러나 이미 또 다른 십팔마마공의 흔적이 두 군데서 나온 데다 추마단의 대부분이 심상치 않은 강호정세를 인식하고 있던 터였다.

더구나 광룡 모용진광이 신마천궁의 절대고수에게 죽임을 당하고, 필패 중의 한 곳인 용혈궁의 주인이 바뀌었다고 한다. 이 판국에 십팔마마공이 천도맹에서 나왔니 아니니, 대현산장의 사람들을 누가 죽였니 하는 조사는 이미 그 의미가 퇴색되어 있었다.

우르르, 밖으로 나온 사람들이 대현산장의 대전으로 들어가자 또 다른 소식이 그들을 기다리고 있었다.

"대공자!"

"어? 혁 단주! 언제 오셨습니까?"

초조한 표정으로 사공후를 맞이한 사람은 천위단주 혁무성이었다.

"방금 도착했습니다."

"명아와 함께 있어야 할 혁 단주께서 무슨 일로……?"

"천검보의 분타 세 곳이 동시에 공격을 받아 무너졌습니다. 지금 그 일을 조사하러 신양으로 가는 중입니다."

사공후의 눈이 휘둥그레졌다.
"뭐라구요? 대체 어떤 놈들이……?"
"그게 문젭니다. 아직 놈들의 정체에 대해 알려진 것이 없습니다. 워낙 창졸간에 급습을 받고 무너진지라 적이 누군지조차 알지 못하고 있다 합니다."
"유검당은 뭘 하고 있답니까?"
"당주까지 직접 나서서 철저히 조사하고 있으니 곧 밝혀질 것입니다."
"아버님께선?"
"일단 부 대협이 이공자와 함께 먼저 신양(信陽)으로 가셨습니다. 보에서도 지금쯤 패검단이 움직였을 것입니다. 그리고 보주님께선 진조여휘 문주께도 이 일에 대해 알리라 하셨습니다."
"대체……."
미간을 찌푸리고 생각에 잠겼던 사공후가 무슨 생각이 났는지 홱 고개를 돌리더니 휘를 바라봤다.
"문주, 혹시?"
휘가 천천히 고개를 끄덕였다.
"아무래도 놈들이 움직이기 시작한 것 같습니다."
무음살마제가 움직였다면 용혈궁의 일도 신마천궁이 관여하고 있다는 말이다. 게다가 천검보 분타에 대한 공격까지.
마침내 우려했던 신마천궁의 움직임이 본격적으로 시작된 것인가?
그런데 한 가지 의문이 있다. 놈들은 아직 모든 힘을 제대로 집결시키지 못한 것 같다. 만일 힘이 집결되었다면, 분타를 치는 정도에 그치지 않았을 테니까.
용혈궁의 일은 또 다른 경우다.
'이상하군, 생각보다 빨라.'

그런 상태라면 드러내 놓고 움직이지 않아야 옳다. 그런데 움직였다. 가능성은 한 가지.

놈들의 힘은 분산되어 있다.

청해에 있을 거라 짐작되는 총단의 절대 고수들, 호북에 잠입한 세력, 그리고 혈천교. 그렇게 분산된 힘이 서로 경쟁하고 있다.

생각대로 총단의 고수들이 아직 합류하지 못했다면 혼란은 있어도 당장 급박하니 흐르지는 않을 터. 생각할수록 자신의 생각이 맞을 것 같다. 그럼 할 일은 우선순위에 따라…….

'일단은 모용서하를 구하는 게 우선이다.'

설령 자신의 생각이 틀려도 어쩔 수 없다.

무조건 최우선은 모용서하다.

휘가 잠시 생각에 잠겨 있자 사공후도 말을 걸지 않고 가만히 휘를 지켜봤다.

그때 한쪽에서 말없이 서 있던 황의인이 휘의 앞으로 다가왔다. 휘가 생각을 정리하고 황의인을 바라보자 황의인이 허리를 깊숙이 숙이며 입을 열었다.

"만상문 제칠단의 후가위가 문주님을 뵙습니다."

"아! 그대가 용혈궁의 소식을 가져 왔소?"

"그렇습니다, 문주님!"

"혹시 모용 낭자의 이동 경로에 대해 알 수 있소?"

"황하를 건너기 위해 계속 남하하고 있습니다만 쉽지가 않은 듯합니다. 전해온 소식에 의하면 추적을 따돌리기 위해 동쪽으로 방향을 틀 거라 했습니다."

"동쪽으로? 그럼 산동으로 간단 말입니까?"

"계속 저희 형제들과 개방의 제자들이 따라붙고 있으니 곧 자세한 이동 경로를 알 수 있을 것입니다."

산동은 오룡회의 영역. 그리 갈 수만 있다면 일단은 용혈궁의 추적을 피할 수는 있을 것이다. 문제는 오룡회가 과연 어떻게 받아들일지 모른다는 것.

휘는 사공후를 바라보았다.

"사공 공자, 아무래도 먼저 가봐야겠습니다."

"예?"

"신마천궁의 첫 번째 계획은 혼란이었습니다. 사실 놈들의 목적은 어느 정도 달성되었다 할 수 있지요. 그래서 이제는 본격적으로 움직이려 하는 것 같습니다. 하지만 아직 놈들은 힘이 다 갖춰지지 않은 것처럼 보입니다. 가시거든 보주께 말씀드려 주십시오. 일단은 상황을 지켜보면서 힘을 모아야 할 때라고 말입니다. 말 안 해도 잘 알아서 하실 분이긴 합니다만……."

"그건… 그런데… 그럼 추마단은……?"

"잠시 '활동 중지 중'으로 하죠. 밝혀진 것이 정 없는 것도 아니니 나머지는 사공 공자가 알아서 하시든가."

"그럼 문주는……?"

"마누라 될 사람을 구해야겠습니다."

"……!"

"최대한 빨리 다녀오죠."

"……."

"사랑도 지키지 못하는 사람이 뭘 하겠습니까? 안 그렇습니까?"

사공후가 멍하니 휘를 바라봤다. 사공후뿐이 아니다. 휘의 말을 들은 대전 안의 모든 사람이 아연한 표정으로 휘를 바라봤다.

느닷없이 천하를 논하다 말고 사랑 타령이라니.

그러한 광경을 둘러보며 초평우가 당홍을 향해 말했다.
"어때? 우리 형님."
"역시……. 문주야. 멋져! 늑대도 저럴 거지?"

휘가 나갈 때까지 멍하니 서 있던 사람들은 휘가 나가자 그제야 바빠지기 시작했다.
"아미타불, 아무래도 본사에 가봐야 할 것 같습니다."
"무량수불, 장문인께서 상황이 변하거든 바로 연락하라 했으니… 그럼……."
"아! 이거 똥개 잡아먹을 시간도 없이 바쁘구먼, 나 먼저 가네!"
각우, 청산에 이어 호걸개마저 헛소리를 지껄이며 대전을 나섰다. 그러자 추마단 중 남은 사람은 젊은이들뿐이다. 각기 일파의 다음 대 주인이 될 사람들. 그리고 추마단 외에는 광령이수와 혁무성, 도정묵 등이 남았다. 조금은 어정쩡한 상황.
갑자기 대전 안이 조용해지자 사공후가 호영광과 위지현도를 번갈아 보고는 헛기침으로 말문을 열었다.
"험! 마침 이곳에는 사건의 중심에 놓인 세력의 다음 대 주인이라 할 수 있는 두 분이 있소. 아마 모르긴 몰라도 어느 정도는 결정권을 가지고 계실 거라 생각하오. 어찌하면 좋겠소?"
호영광이 굳은 눈으로 사공후를 바라보고는 위지현도에게로 눈길을 돌렸다.
"위지 형의 의견을 먼저 듣고 싶소."
위지현도가 천천히 고개를 끄덕이고는 입을 열었다.
"우리는 조양검문의 일에 대해 삼양신문에서 일정의 배상만 해준다면 더 이상 따지지 않겠소."

뜬금없는 배상 이야기에 호영광의 미간이 꿈틀거렸다. 위지현도의 생각은 기선을 잡겠다는 뜻. 그러나 자신의 생각도 이제는 대현산장의 혈겁이 천도맹의 짓이 아니라는 쪽으로 기울어 있다. 약간의 손해는 어쩔 수 없는 일.

"금전으로 해결된다면 응하겠소. 그러나 다른 것은 안 되오."

이미 돌아가는 상황은 삼양신문의 총단에 하루도 빠짐없이 전해졌다. 그렇다면 아버지 호령묵 역시 대현산장의 혈겁에 대해 의문을 품고 있을 터, 금전적인 해결이라면 아버지도 수긍할 것이다.

위지현도 역시 무리한 요구를 할 생각은 애당초 없었다. 그저 명분만 세울 수 있으면 되는 일이니까.

"좋소. 조양검문에서 죽은 사람의 가족들도 살아가기 위해서는 금전이 필요하니 그 요구를 받아들이겠소."

상황이 매끄럽게 흘러가자 사공후가 희미한 웃음을 지으며 입을 열었다.

"남궁 형과 제갈 형이 증인이 되어주시오."

"좋습니다. 하지요."

"알겠습니다."

남궁중산과 제갈효가 고개를 끄덕였다. 두 사람이라면 증인이 될 자격이 충분하고도 넘친다. 모든 일이 일사천리로 흘러간다.

만족한 듯 사공후가 네 사람을 향해 말했다.

"자, 그럼 본격적인 이야기를 나눠봅시다."

네 사람이 의아한 표정으로 사공후를 바라보았다.

"우리가 이렇게 모인다는 것도 쉬운 일이 아니오. 해서 말인데······. 모임 하나 만들어봅시다."

웬 모임?

"언제까지고 진조여휘라는 사람에게 끌려 다닐 수만은 없지 않겠소?"
순간 사공후를 제외한 네 사람의 얼굴이 굳어졌다.
자신들이 누군가? 칠패의 소주인과 오대세가의 소가주들이 아니던가. 그런데 추마단이 결성되는 순간부터 완전히 찬밥 신세가 되어버렸다. 더구나 휘를 떠보려다 흠씬 두들겨 맞은 호영광은 또 어떤가.
"음……. 사공 형의 뜻을 알고 싶소만."
호영광의 말에 사공후가 조용히 미소를 지었다.

6

붉은 장막에 붉은 주단, 혈의를 입고 붉은 가죽으로 덮인 태사의에 몸을 묻고 있던 신도연백이 나직이 되물었다.
"야율무궁이 하남을 쳤다고?"
"그렇사옵니다! 또한 들어온 정보대로라면 용혈궁의 일 역시 내공자의 뜻대로 되었다 합니다."
"천검보를 치고 용혈궁을 접수했다……?"
오체복지한 채 보고하는 중년인을 바라보던 신도연백의 눈에 혈광이 넘실거렸다.
"재미있군, 재미있어. 야율무궁이 나를 도와주는 꼴인가? 그가 내 생각을 안다면 화가 머리 꼭대기까지 솟겠군. 후후후후."
괴이하다. 본래대로라면 신도연백이 야율무궁의 성공에 좋아할 이유가 없거늘. 왜?
"교주, 어찌하올지 명을……."
"좋아! 이제 움직일 때가 되었어!"
중년인이 기대감이 가득한 표정으로 고개를 들자 신도연백이 좌측을 향해 말했다. 그곳에는 한 명의 혈포인이 조용히 서 있었다.
"혈성전과 혈무전은 이제부터 강서를 집중 공략한다!"
"알겠습니다."
"혈명전은 혈살전과 함께 용천문을 지워 버려라!"
우측의 구부정한 노인이 살소를 흘리며 고개를 끄덕였다.
"흘흘흘, 이제 시작인 거요, 교주?"
"피의 제전을 벌려라. 강서의 서쪽과 안휘의 남쪽을 공격해서 천도맹과 삼양신문이 움직이지 못하도록 만들어 버려라. 하나, 나중에 들어날 때 들어나더라도 우선은 최대한 우리의 정체를 숨겨야 한다는 것을 잊지 말도록!"
"존. 명!"
좌우 두 사람의 허리가 천천히 숙여지자 신도연백의 입꼬리가 슬며시 올라가더니 눈에서 혈광이 번뜩였다.
"그리고 산동에 연락해서 일단은 그들을 데리고 하남으로 움직이라 전하라."
밑도 끝도 없는 신도연백의 명령에 중년인의 눈초리가 파르르 떨렸다.
"그들을……? 알겠사옵니다. 즉시 연락을 취하겠습니다."
"후후후후, 야율무궁! 시작은 네가 먼저 했다 하나 최후에 웃는 자가 승자라는 것을 알아야 할 것이다. 후하하하!!"

      *   *   *

신도연백이 자신만만한 웃음을 터뜨리고 있을 때, 묵운산장에는 몇 명의 사람이 들어서고 있었다. 그들 중 몇 사람은 수염이 허연 노인들이었고, 그 노인들과 함께 온 백여 명의 무사는 하나같이 고수 아닌 자들이 없었다.
"어르신들께서 오시니 이제 좀 안심이 됩니다. 오는 길이 번거롭지는 않으셨는지요?"
"조금 거치적거리기는 했지만 그리 문제될 것은 없었네. 사천을 통하던 일행들은 조금 귀찮은 일이 있었다 하네만……."
"하하하! 어찌 어르신들을 그따위 것들이 막을 수 있겠습니까?"
"입에 발린 소리 말고 할 말이 있으면 해보시게."
풍염한 백염을 쓰다듬으며 덩치 큰 노인이 입을 열자 야율무궁의 표정이 살짝 굳어졌다.
"위 장로님께서 그리 말씀하시니 바로 본론으로 들어가겠습니다. 다름이 아니고, 본 궁의 제일 적이라 할 수 있는 진조여휘가 산동으로 올라가고 있습니다. 들리는 정보로는 모용서하를 구하기 위해서라고 합니다. 해서 이 기회에 그자를 제거할까 합니다."
"진조여휘? 혈랑마신을 병신으로 만들어 버렸다는 그 젊은 놈 말인가?"
위 장로라 불린 노인이 이마를 찌푸렸다.
"그를 죽이기 위해 우리의 힘이 필요하다 그 말인가 보군."
야율무궁이 괴이한 표정을 지으며 입을 열었다.
"그렇습니다. 다만… 두 분이 함께 가주시면 더 좋겠습니다."
"우리 둘이?"
뾰족한 턱을 쓰다듬던 갈의노인이 못마땅하다는 표정으로 인상을 썼다. 그러자 야율무궁이 한마디를 덧붙였다.
"용혈궁의 일을 끝낸 무음살마제 장로께서도 산동으로 움직이실 겁니다."
아연한 표정으로 말을 잊은 두 노인에게 야율무궁이 쐐기를 박았다.

"그리고 일을 확실히 하기 위해서 귀령팔마가 그자의 힘을 빼는 역할을 맡게 될 것입니다."

위 장로라는 노인이 헛웃음을 터뜨렸다.

"농담이라도 너무 지나친 것 같군."

"제 마음은 어르신들과 농담할 정도로 편하지가 않습니다. 다섯의 천살귀령과 혼원쌍도 장로님의 합공을 받아낸 자입니다. 솔직한 심정으로는 더 보낼 분이 있다면 보내고 싶은 마음입니다. 저는 철군명처럼 실수를 계속하고 싶지 않으니까 말입니다."

자신들을 얼마나 무시하면 저런 말을 할까 싶다.

너무도 어이없는 말에 부르르 몸을 떤 갈의노인이 노한 눈길로 야율무궁을 바라봤다.

"대공자……!"

"다른 자들은 죽든 살든 신경 쓸 것이 없습니다. 두 분과 무음살마제 장로님은 오직 진조여휘, 그자를 죽이기 위해서만 움직이십시오. 이것은 북천로주로서의 첫 번째 명입니다!"

야율무궁의 살기 가득한 명령에 위 장로라 불린 덩치 큰 노인의 눈이 가늘게 떨렸다.

'더 이상 피를 보며 살고 싶지 않았거늘. 허… 어째 자꾸만 피의 수렁에 더욱 깊이 빠져드는 것만 같구나. 이제 때가 된 건가……?'

7장
사랑을 위하여

1

 강호가 들끓기 시작했다.
 천검보가 정체 모를 집단의 공격을 받자 하남의 중소문파들은 숨을 숙이고 형세를 지켜봤다. 잘못 튄 불똥 한조각에 무너질 수도 있으니까.
 게다가 북쪽에선 용혈궁의 주인이 바뀌었다 한다.
 대체 무슨 일이 벌어지고 있는 것인가?
 강호에 발을 담근 무인들의 의문이 꼬리에 꼬리를 물었다.
 그렇게 강서와 안휘를 물들인 핏빛이 하남까지 덮어갈 때쯤, 사천에서 한 가지 소식이 전해졌다.
 당가와 아미, 청성을 중심으로 뭉친 사천무맹이 청해에서 넘어온 신마천궁의 무리들과 한바탕 전쟁을 치르고 있다는 소문이었다.
 단 삼 일 만에 삼백에 달하는 무맹의 고수들이 죽었다고 한다. 그 덕분에 호북쪽으로 나아가려던 적들의 발목을 잡기는 했지만 너무나 큰 손실에 사천이 초긴장 상태라는 소문이었다.

최근에 벌어지고 있는 혈겁들이 신마천궁의 짓이라는 것이 빠르게 번지고 있는 상황에서 사천의 혈사는 사람들에게 또 다른 경각심을 심어주기에 족했다.

대체 신마천궁의 힘이 어느 정도이기에 사천의 세력이 힘을 합했는데도 저리 많은 피해를 봤단 말인가?

강호의 모든 무인들은 촉각을 곤두세우고 신마천궁이라는 문파의 움직임을 주시하기 시작했다.

2

천계산을 출발해서 닷새를 달렸다. 말이 닷새지 제대로 쉬지도 못하고 달린 것이다. 순전히 초평우 때문이었다.

대현산장을 출발하는데 초평우가 호기롭게 말했다.

"음하하하! 사랑하는 사람을 구하러 가는데 조금 힘들어도 참고 달립시다! 까짓것 경공 수련도 되고 얼마나 좋습니까?"

그러고는 앞장서 달리는데 누가 불만을 말할 수 있을 것인가. 심지어 당사자라 할 수 있는 휘조차 못 들은 척 묵묵히 달리기만 하는 데야……. 잠깐씩의 휴식과 풍찬노숙(風餐露宿)을 하며 달린 지 하루가 지나고, 이틀이 지났다. 그때까지는 그럭저럭 열심히 달렸다. 최소한 늑대에게는 지지 않겠다는 마음으로.

그러다 나흘째, 팔공산을 돌아 회남(淮南)을 지나며 잠깐 휴식을 취할 때다. 마침내 초평우를 향한 당홍의 공격이 시작되었다.

"늑대, 다음부터는 앞장서지 좀 마."

"어? 어……."

풀 죽은 늑대. 여전히 휘는 먼 산만 바라보고 있다. 힐끔 휘를 돌아본 당홍이 한마디 더 했다.

"문주도 미안해하잖아. 다 늑대 때문이야. 게다가 얼굴 좀 봐."

휘의 손이 얼굴로 올라가려다 멈칫했다. 그러자 풍인강이 중얼거렸다.

"죄라면 사람이 늑대의 말을 들은 거겠지요, 뭐."

초평우가 도끼눈을 뜨고 풍인강을 흘겨볼 때였다.

"저기……. 문주, 저거 한 마리 잡아먹고 달립시다. 자고로 잘 먹어야 사랑하는 사람도 구한다고……. 불경에는 없지만… 어쨌든……."

횡설수설하는 영등의 눈을 따라가 보니, 어디서 나왔는지 길 잃은 들개 한 마리가 이빨을 드러내고 영등과 눈싸움을 하고 있었다.

오늘만큼은 아무도 영등을 탓하지 않았다. 다만 휘를 바라볼 뿐이다. 모두가 마른 음식에는 질려 있던 참이었으니까.

사람들의 눈길을 받은 휘는 아무 말 없이 쓰윽 사람들을 훑어보고는 슬며시 손을 들었다.

순간 손가락 끝이 붉게 물드는가 싶더니 천홍이 발출되었다.

퍽! 깽!

어이없는 일이었다. 천홍으로 개를 잡다니.

하지만 누구도 휘를 탓하는 사람은 없었다. 천홍에 죽든, 영등의 선장에 두들겨 맞아 죽든, 어쨌든 오늘은 포식을 할 수 있게 되었으니까.

천홍에 맞아 죽은 들개를 보며 영등이 불호를 외웠다.

"아미타불, 아미타불. 극락왕생……. 꿀꺽! 쩝."

오랜만에 기름진 고기를 먹고 힘을 내어 하루를 더 달리자 안휘성의 북단 숙주(宿州)에 이르렀다.

노을 진 석양을 등에 업고 숙주에 들어서자 길가의 객점에서 흘러나오는 향긋한 음식 냄새가 일행을 맞이했다. 며칠 동안 제대로 된 음식을 먹은 적이 없는 일행의 마음을 아는지 당장 뱃속에서 신호가 왔다.

꼬르르륵…….

"오늘은 편히 좀 쉬죠."

휘의 말은 천상의 복음이었다.

"옙!"

합창 소리가 숙주의 남문 거리를 울렸다.

남문을 지나 중앙에 이르자 숙주를 관통하고 있는 운하가 보였다. 옛날 수당 시절, 숙주의 운하는 강남의 물자를 북으로 운송하는 주요 운반로였다. 한때는 산동과 하북, 요녕을 지배하고 있던 고구려의 후예 이정기에게 빼앗긴 적도 있었지만, 지금도 여전히 운하는 맑은 물을 흘려내며 강남의 물자를 실어 나르고 있었다.

운하를 가로지르는 용교(埇橋)를 건너가자 양편으로 늘어선 객점과 주루의 깃발이 출진하는 군대의 군기처럼 펼쳐져 있었다.

그중에 유독 하나의 깃발이 눈에 들어왔다.

구정객잔(求情客棧).

사람들의 눈이 휘를 향했다.

평상시라면 낯간지러운 이름에 고개를 돌렸을 것이다. 그러나 오늘만큼은 누구도 그 이름을 낯간지럽게 생각하는 사람이 없었다. 오히려 당홍은 고개까지 끄덕이고 있다.

"좋은 이름이군요. 문주, 들어가시죠."

당홍이 앞장서자 초평우는 당연히 뒤따른다. 적인풍이 실소를 흘리자 풍인강이 휘에게 물었다.

"저기… 대형, 영호 낭자는 언제쯤 합류합니까?"

"곧."

객잔 안에는 객잔의 이름 때문인지는 몰라도 유난히 쌍쌍으로 앉아 있는 사람들이 많았다. 한데 놀랍게도 그중에는 휘가 아는 사람도 있었다. 주위를 둘러보던 풍인강이 먼저 그들을 발견했다.

"엇? 대형, 장 대협입니다."

휘는 풍인강의 눈길을 따라 구석을 바라보았다.

한쪽 구석에서 조용히 음식을 먹고 있는 세 명의 남녀가 보였다. 비록 옆모습만 보이지만 그중 한 사람은 분명 삼영검협 장군영이었다.

"웬일일까요?"

풍인강이 속삭이듯이 휘에게 물었다. 하지만 휘라고 해서 알 리가 없다.

어쨌든 본 이상 모른 척할 수도 없는 일, 휘는 장군영에게 인사를 하기 위해 일어서려 했다.

한데 그때였다. 백의 백염의 웅혼한 기상을 지닌 한 노인과 청의를 입은 빼빼한 중년인이 객잔으로 들어오더니 곧바로 장군영이 있는 탁자로 다가가는 것이 아닌가.

그들을 본 휘의 눈에 이채가 어렸다.

휘가 잠시 멈칫하는 사이, 장군영을 비롯한 세 명은 벌떡 일어서더니 공손한 자세로 두 사람을 맞이하고 있다.

어정쩡한 상황.

휘는 일어서려다 말고 다시 자리에 앉아 백의의 노인을 주시했다.

'강하다!'

고요히 가라앉아 있어 겉으로 드러나지는 않지만, 휘는 백의노인의 기가 지금까지 봐온 그 누구보다 강하다는 것을 알 수 있었다. 굳이 비교를 한다면, 칠패의 주인인 위지혁성이나 사공천보다 오히려 강하지 않을까 하는 생각이 들 정도다.

'누굴까?'

휘의 표정이 이상하다는 것을 느낀 것은 건너편에 앉아 있던 적인풍이었다. 그는 휘의 눈빛이 빛나는 것을 보고 고개를 돌려 백의노인이 있는 쪽을 바라다봤다.

일순간 그의 입에서 짤막한 탄성이 흘러나왔다.

"헛! 저분이……?"

휘는 적인풍을 바라봤다. 누구냐는 뜻을 담고. 그러자 적인풍이 놀란 표정으로 휘에게 전음을 보냈다.

"검성 화정월입니다, 문주! 저 양반이 황산에서 나오지 않은 지 십 년도 넘었다 들었는데……."

휘의 눈빛이 가늘게 떨렸다.

검성(劍聖) 화정월.

그도 말은 많이 들어봤다. 천하삼검 중 한 사람이며, 사공천과 동방백을 제치고 천하제일검으로 불리는 절대고수.

그가 황산에 칩거한 이후로 칠패의 그 누구도 황산에 대해 욕심 부리지 않았다는, 살아 있는 전설이 바로 검성이었다. 그런 검성이 지금 이름도 낯간지러운 객잔에 나타난 것이다. 참으로 놀라운 일이었다.

그런데 무엇 때문에 황산을 떠나 이 자리에 있는 것일까?

휘가 생각에 잠겨 화정월이 있는 쪽을 계속 바라보자 장군영의 맞은편에 앉아 있던 연녹색 경장을 입은 젊은 여인이 휘를 향해 고개를 돌렸다. 그녀는 기이하게 빛나는 눈빛으로 휘를 보더니 입술을 달싹거렸다.

"뭘 그렇게 뚫어지게 보는 거죠?"

그제야 자신의 실수를 깨달은 휘가 가볍게 고개를 숙였다.

"죄송합니다. 아는 분이 있어서 인사를 드릴까 하다 그만……."
여인이 의혹의 눈빛으로 다시 물어왔다.
"아는 분이라구요?"
"장군영 대협과 일면식이 있었습니다."

여인이 휘둥그레진 눈으로 장군영을 바라봤다. 그러자 장군영이 여인에게 물었다.
"연 사매, 왜 그런 눈으로 보는 거지? 내가 좀 생기기는 했지만 그렇게 쳐다보면 남들이 질투한다고. 게다가 사부님도 계시는 자린데."
"쳇! 누가 사형을 보고 싶어서 보나요? 이런 곳에서조차 사형을 안다는 사람이 있기에, 오지게 발도 넓구나, 해서 본 거지."
"응? 나를 아는 사람?"
장군영이 고개를 돌리더니 휘의 좌석을 쳐다봤다. 그러다 눈을 크게 뜨고는 입을 열었다.
"어? 저 사람은……?"
장군영은 화정월을 향해 고개를 숙이고 양해를 구했다.
"사부님, 저쪽에 제가 아는 사람이 있어서 잠시 자리를 비우겠습니다."
화정월이 의외라는 눈으로 장군영을 바라보았다. 자신이 있는 자리에서 몸을 일으킨다는 것은 단순한 일이 아니었다. 옆자리의 둘째 제자가 하는 소리만 들어봐도.
"사제, 경망되이 행동하지 말게. 사부님이 계시는 자리네."
청의중년인의 말에 장군영이 빙그레 웃었다.
"사형, 꼭 보고 싶었던 사람의 소식을 알고 싶어서이니 용서해 주십시오."

"보고 싶었던 사람?"
 청의중년인조차 장군영의 말이 의외라는 투로 되물었다. 그러자 화정월이 손을 들어 청의중년인을 말리고 고개를 끄덕였다.
 "잠시 인사를 나누겠다는데 굳이 말릴 것까진 없다. 다녀오너라."
 "예, 사부님."

 휘는 장군영이 다가오자 조용히 웃음을 머금고 몸을 일으켰다. 하지만 장군영은 휘에게는 신경도 쓰지 않고 풍인강을 향해 말을 걸었다.
 "오랜만이오."
 "예? 예, 장 대협. 오랜만입니다."
 풍인강은 엉거주춤 일어서며 얼떨떨한 표정으로 답했다.
 그때 장군영이 다시 물었다.
 "조 공자와 같이 안 다니시나 보구려."
 "예?"
 어렴풋이 이상하다는 것을 눈치챈 풍인강이 어색한 웃음을 지으며 휘를 가리켰다. 그러자 휘가 쓴웃음을 지으며 말문을 열었다.
 "그동안 잘 계셨습니까? 장 대협."
 고개를 돌려 의아한 눈으로 휘를 바라보던 장군영의 눈이 점점 커져간다.
 들어본 목소리, 풍인강의 손짓, 그리고 다른 무엇보다도 휘의 허리에 걸린 만양.
 "조…… 공자?"
 옆에서 풍인강과 초평우가 웃음을 참고 바라보자 휘는 간략하게 그때의 일을 설명했다.
 "그때는 제가 인피면구를 쓰고 있었기 때문에 지금의 얼굴과는 달랐지요. 그리고 본 이름은 진조여휘라 합니다."

"아!"

그제야 어찌 된 일인지 알았다는 듯 장군영의 입에서 탄성이 흘러나왔다. 그러다 일순, 장군영이 고개를 갸웃거렸다.

"그럼 지금 얼굴도 인피면구를 쓴 얼굴인가? 인피면구를 너무 이쁜 걸로 골랐군."

"…이건 진짭니다."

끝내 초평우와 풍인강의 입술을 비집고 웃음이 흘러나왔다.

"크크……."

"푸흐흐……."

장군영이 휘 일행과 희희덕거리며 즐겁게 웃고 있자 소산연은 궁금하지 않을 수가 없었다. 비록 실없는 소리를 잘하는 사형이지만 아무하고나 웃고 떠드는 사람이 아니다. 게다가 사형과 마주한 채 웃고 있는 사람들의 표정에도 가식이 없어 보인다.

'누구기에 사형이 저렇게 스스럼없이 웃고 떠들까?'

소산연이 생각에 잠겨 있을 때, 소산연의 옆에 앉아 있던 삼십대 후반의 황의장한이 나직한 목소리로 입을 열었다.

"놀랍군요. 하나같이 강한 사람들입니다."

소산연이 퍼뜩 정신을 차리고 옆을 바라보자 화정월이 고개를 끄덕였다.

"그래, 누군지는 알겠느냐?"

"예, 사부님. 저 중에 한 사람은 수류도 적인풍인 듯합니다."

청의중년인이 눈을 빛냈다.

"십대도객 중 수류도 적인풍 말이냐?"

"예, 사형. 사부님의 명으로 호북에 갔을 때, 얼핏 싸우는 것을 본 적이 있습니다."

"다른 사람은?"

화정월이 다시 물었다. 그러나 황의장한, 명지경은 다른 사람은 알아볼 수가 없었다.

"잘 모르겠습니다. 하나 기가 안으로 잘 갈무리된 것이 대단한 고수들인 듯합니다. 특히 여인의 무공은 적인풍에 비해 그리 떨어지지 않을 듯합니다."

"흠, 그래?"

무언가 여운이 있는 화정월의 말투에 청의중년인 전홍상이 또다시 눈을 빛내고 고개를 돌렸다.

화정월 일행이 나름대로 휘 일행에 대해 판단하고 있을 때였다. 장군영이 휘를 향해 말했다.

"가세. 내가 소개해 줄 분이 계시네."

장군영의 말에 휘는 멈칫했지만 곧 고개를 끄덕였다. 먼저 달려가 인사할 필요도 없지만 소개해 주겠다는데 굳이 뺄 필요도 없었다. 같이 갈 생각으로 옆을 돌아보자 적인풍이 전음을 보내왔다.

"다녀오시지요. 모두가 가서 시끌벅적해 봐야 저쪽도 그리 좋아하지 않을 것 같습니다."

틀린 말은 아니었다. 인사를 나누는데 굳이 우르르 몰려가는 것도 좀 어색할 거라는 생각도 들었다. 더구나…….

"오! 음식이 오는구려!"

장군영은 쳐다보지도 않고 주방 쪽에만 신경을 곤두세우고 있던 영등의 말처럼 앉자마자 시킨 음식이 막 나오고 있었다. 다른 사람들도 빛나는 눈동자를 모두 그쪽에 고정시킨 채 돌아볼 생각도 하지 않고 있었다. 가든지 말든지.

"그럼 식사들하고 계십시오."

"예, 다녀오십시오."

"어서 가세요."

"…맛있겠군. 꿀꺽."

건성으로 고개를 끄덕이는 사람들을 뒤로 하고 장군영의 뒤를 따라가던 휘와 소산연의 눈이 마주쳤다.

'가까이서 보니까, 더 잘생겼네.'

'음, 인피면구를 쓸 걸 그랬나?'

탁자 앞으로 다가간 장군영이 화정월을 향해 고개를 숙였다.

"사부님, 이 친구가 전에 말씀드린 적이 있는, 조휘…… 진조여휘란 친굽니다."

아마도 명운곡에서의 일을 말했던 듯하다.

그렇다면 황산검문이 나서지 않았던 이유가 뭘까? 장군영이 분명 그 일에 대해 이야기를 했을 텐데.

어쨌든 그것은 지난 일, 휘는 고개를 돌리는 화정월을 향해 포권의 예를 취하며 입을 열었다.

"진조여휘가 검성 화 노선배님을 뵈오이다."

조금도 흔들림없는 인사말에 화정월의 눈에 묘한 빛이 일렁였다.

하지만 다른 사람들의 반응은 또 달랐다. 휘가 화정월의 정체를 알면서도 평범한 예를 취하는 것에 노한 표정을 짓는 사람이 있는 반면, 흔들림없는 태도에 놀란 표정을 짓는 사람도 있었다.

명지경은 그중 전자였다. 눈썹을 꿈틀거린 명지경은 휘를 노려봤다. 감히 자신의 사부이신 검성께 평범한 포권이라니. 하지만 그는 곧 믿을 수 없는 일에 눈을 부릅떠야만 했다.
 사부이신 검성이 일어서고 있었다. 그러더니 마주 포권을 취하는 것이 아닌가.
 "만나서 반갑군. 화정월이라 하네. 검성이라는 말은 강호의 말 많은 친구들이 붙여준 쓸데없는 이름일세."
 "그분들이 어찌 쓸데없는 이름을 붙여 드렸겠습니까? 받으실 자격이 있으니까 붙여 드린 것이겠지요."
 "허허허, 글쎄……."
 놀란 것은 명지경뿐만이 아니었다. 황산검문의 나머지 세 제자도 멍한 눈으로 화정월과 휘를 바라만 볼 뿐이다.
 제일 먼저 정신을 차린 것은 역시 장군영이었다. 하지만 당황한 바람에 다른 사람을 소개한다는 것을 깜빡해 버렸다.
 "사부님, 앉으시지요."
 화정월은 고개를 끄덕이며 휘를 향해 말했다.
 "음, 그래. 자네도 앉게나."
 "예."
 두 사람이 자리에 앉자 장군영도 자신의 자리에 가 앉았다. 고개를 모로 꼬며.
 '뭘 빼먹은 것 같은데…….'
 잠시 어색한 침묵이 흐르자 궁금함을 참지 못한 소산연이 넌지시 휘에게 물었다.
 "이봐요. 난 소산연이라 해요. 저 엄벙덤벙한 장 사형은 언제 알았어요?"
 그제야 장군영은 자신이 뭘 실수했는지 알 수 있었다. 그러나 이미 배는 떠난 뒤였다.

"명운곡에서 뵈었습니다."

"어머? 그럼 북천산에서 창산이마를 꺾었다는 그 공자?"

휘가 쑥스럽게 고개를 끄덕였다.

"창산이마와 싸웠다는 사람을 말한다면 아마 맞을 겁니다."

"우와! 이거 영광이네요."

소산연이 유난히 수다를 떨자 장군영이 떨떠름한 표정으로 입을 열었다.

"웬일이람? 조용한 산사의 풍경을 제일 좋아한다는 우리 막내 사매가 저렇게 수다를 떨 때가 다 있고?"

소산연이 장군영을 흘겨보지만 그 정도의 눈빛에 기죽을 장군영이 아니었다.

"진조여 공자, 여자의 변신은 무죄라지만 항상 한 번쯤은 의심을 해야 한다네."

"사형!"

장군영과 소산연이 별것도 아닌 걸로 눈싸움에 돌입하자 전홍상이 휘를 향해 말했다.

"나는 전홍상이라 하네. 군영의 둘째 사형이 되지."

"반갑습니다, 진조여힙니다."

"자네에게 물어보고 싶은 게 있네만……."

"물어보시지요."

"흠, 그럼 한 가지만 묻겠네. 사문이 어떻게 되는가? 창산이마를 이길 정도의 젊은 고수를 키운 곳이 어딘지 매우 궁금하군."

전홍상의 질문이 떨어지자 투닥거리던 소산연과 장군영도 홱 고개를 돌리더니 휘를 바라보았다. 궁금해 미치겠으니 빨리 말해보라는 재촉의 눈빛으로. 그때였다.

사랑을 위하여 223

휘의 일행이 있는 곳에서 적인풍의 목소리가 들려왔다.
"문주님! 방을 잡아도 되겠습니까?"
휘는 딱히 뭐라 말하기도 어려운 상황에서 적인풍의 목소리가 들리자 고개를 돌렸다.
"예, 그러세요. 오늘은 이곳에서 쉬고 내일 아침 일찍 떠나지요."
"알겠습니다, 문주님!"
다시 고개를 돌린 휘는 자신을 바라보는 사람들의 눈빛에 놀라움이 떠올라 있는 것을 볼 수 있었다. 문득 머리를 스치는 생각.
'훗! 생강은 오래 묵을수록 맵다더니, 적 호법님도 원…….'
사실 하루 묵고 가기로 이미 이야기가 끝나 있던 터였다. 그러니 방을 잡아야 한다는 것은 당연한 일이었다. 그럼에도 적인풍이 또 물은 것은 다름이 아니었다. 그는 휘를 아랫사람 대하듯이 말하는 황산검문 제자들의 말투가 마음에 들지 않았던 것이다.
어찌 되었든 질문을 해도 좋다 했으니 답은 해야 했다.
"사부님께선 고씨 성에 봉자 천자를 쓰시는 분입니다. 그리고 저는 지금 만상문을 맡고 있지요."
한마디로 만상문의 문주라는 말.
일문의 문주, 그것도 십대도객 중 한 사람인 적인풍과 그에 비해 크게 뒤떨어지지 않는 고수들을 호위로 거느린 문주.
그것만으로도 사람들의 인식은 일순간에 달라지고도 남았다.
전홍상이 헛기침을 하며 조금은 조심스러워진 목소리로 입을 열었다.
"허험, 그러신가? 한데 만상문이라……. 내가 강호 활동을 등한시해서인지 처음 들어보는 것 같아 미안하군."
"생긴 지 얼마 되지 않았으니 모르실 수도 있지요. 괘념치 마십시오."
휘가 여전히 차분한 목소리로 전홍상의 말에 답하자 묵묵히 지켜보고 있던 화정월이 입을 열었다.

"앞으로는 자주 듣게 되겠군. 문주를 보니 말이야."

그저 지나가는 말 같아도, 칭찬에 인색한 화정월의 입에서 이 정도의 말이 나왔다는 것은 엄청난 칭찬이었다. 황산검문의 제자들은 자신들의 귀가 잘못되지 않았나 의심을 할 정도였다. 과연 저 정도의 칭찬을 들은 적이 언제였는지 기억이 가물거릴 정도였으니…….

하지만 화정월에 대해서 잘 모르는 휘는 빙그레 웃음을 지을 뿐이다.

"과찬이신 줄은 알지만 검성께서 그리 말씀하시니 힘이 솟는 것 같습니다. 그런데… 한 가지 물어도 될지요?"

"흠, 물어보게."

휘는 화정월의 눈을 똑바로 바라보며 물었다.

"오랫동안 황산에서 나오시지 않던 분이 이곳까지 오신 데는 이유가 있을 듯합니다. 괜찮으시다면 제가 알 수 있는지요."

휘의 질문에 분위기가 급진직하로 가라앉았다. 장군영나서 굳은 얼굴로 휘와 사부인 화정월을 번갈아 보며 입을 열지 못했다.

분위기가 가라앉자 소산연이 전음으로 휘에게 말했다.

"이봐요, 그건 비밀이라구요."

비밀이라…….

사실 답을 듣지 못해도 상관은 없었다. 단지 생각지도 않았던 검성의 움직임이 마음에 걸려 물어봤을 뿐, 검성이 움직였다는 것을 안 것만으로도 적지 않은 수확을 얻은 것이니까.

그러나 화정월은 별일이 아니라는 투로 가볍게 물음에 답했다.

"산동에 볼일이 있어 가는 것이네."

전홍상이 놀란 표정으로 화정월을 바라보았다.

"사부님……."

"됐다. 어차피 숨긴다고 숨겨지는 것도 아니지 않느냐? 가는 곳 정도 말한다 해서 별일이 있을 리도 없고 말이다."

"하오나……."

전홍상이 안절부절못하고 전전긍긍하자 화정월이 고개를 돌려 휘를 보고 말했다.

"그래, 내가 가는 곳은 말했네만, 자네는 어디를 가는 길인가?"

휘가 말했다.

"제 마누라 될 사람 구하러 가는 길입니다."

"……."

좌중이 조용해졌다. 너무도 어이없는 대답에 할 말을 잊었다는 표정들이다. 단지 소산연만이 괜히 심통난 표정을 지을 뿐.

"허, 허, 허허허. 재미있군, 재미있어."

그러다 화정월의 입에서 대소가 터져 나오자 황산검문 사람들은 아연한 얼굴로 꿀 먹은 벙어리가 되어버렸다.

오 년인가? 아니, 십 년인가? 언제였지? 사부님의 저런 웃음소리를 들은 적이?

홍소를 짓고 있는 검성과 꿀 먹은 벙어리들을 앞에 놓고 휘가 말을 이었다.

"그렇게 재미있는 일은 아닙니다. 지금 쫓기고 있거든요."

웃음을 멈춘 화정월이 물었다.

"쫓긴다? 누구에게 말인가?"

휘가 굳은 얼굴, 고저없는 무심한 목소리로 입을 열었다.

"용혈궁의 배덕자, 신마천궁의 살귀, 북두검회의 검귀들, 그들이 모두 굶주린 들개 떼처럼 그 사람을 쫓고 있습니다."

꿀 먹은 벙어리들이 처음에는 어리둥절한 눈으로 휘를 바라보더니, 시간이 지나자 휘의 말이 이해되는지 점차 경악으로 부릅떠졌다.

휘가 말한 자들은 하나같이 강호를 뒤흔들고 있는 대세력들이다. 대체 휘가 말한 여인이 누구기에 그런 세력들이 들개 떼처럼 뒤쫓는단 말인가.

화정월조차 굳은 눈으로 휘를 직시했다.

"오던 중에 용혈궁의 주인이 바뀌었다는 소문은 들었네. 혹시 그와 관련된 일인가?"

"광룡이라 불리던 분이 그녀의 조부가 되시지요."

"허, 정말 소문대로 모용 형이 돌아가셨단 말인가?"

휘가 조용히 고개를 끄덕였다.

"본 문의 형제들이 용혈궁을 주시하고 있었지요. 아마… 틀림이 없을 것 같습니다. 저 역시 돌아가시지 않았기만을 간절히 바랍니다만……."

화정월이 안타까움과 분노가 섞인 표정으로 입을 열었다.

"모용 형과는 이십여 년 전 만난 적이 있었지. 정말 화통한 분이었는데……. 대체 어떤 자들이 감히?!"

"제가 파악한 바로는 몸이 성치 않은 상황에서 무음살마제에게 당한 듯합니다."

화정월의 눈이 굳어졌다.

"무음살마제?"

"그가 움직였다는 것은 신마천궁이 움직였다는 말이나 진배없습니다. 그렇다면 용혈궁 역시 신마천궁의 주구 아니면 동맹 관계라 봐야 할 것입니다."

이야기가 묘하게 흐른다. 갈무리된 거대한 힘을 느끼고 호기심에 가볍게 상대한 말대꾸가 점점 무게를 더해가더니 분위기를 짓누른다. 그럼에도 빠져나오기가 쉽지 않다.

사랑을 위하여 227

화정월도 한계에 다다른 자신의 인내심에 고소를 짓지 않을 수 없었다.

'강호의 일에 관여치 않으려 했거늘······. 거참.'

강호의 일에서 손을 뗀 지 십수 년, 그는 더 이상 강호의 일에 관여치 않으려 했다. 산동에 가는 일도 그렇다. 절친한 친구의 간절한 부탁이 아니었다면 절대 황산을 떠나지 않았을 것이다.

그런데 눈앞의 젊은이가 그런 자신의 결심을 무너뜨리려 한다. 아니, 젊은이의 이야기가 도저히 빠져나올 수 없는 수렁처럼 자신을 빨아들이고 있다.

끝내 화정월이 입을 열었다.

"자세히 말해줄 수 있겠나? 특히 신마천궁에 대해서······."

이제는 더 놀랄 일도 없다는 듯 조용히 앉아 있던 황산검문의 제자들이 모두 화들짝 놀라 화정월을 바라다봤다.

단순한 말이 아니다. 말해달라는 것은 관여할 수도 있다는 말.

마침내 검성이, 황산이 움직이려는 것인가?

기대감을 잔뜩 품은 네 쌍의 눈이 휘를 향했다. 그러자 휘가 차근차근 당금 강호의 일에 대해 말을 시작했다. 자신이 싸운 이야기 등 개인적인 이야기는 뺀 채, 중요한 이야기만 간략하게 추려서. 그럼에도 하나하나가 놀랄 만한 이야기였다.

비록 황산검문이 은자(隱者)들처럼 강호의 일에 관여치 않고 지내왔다 해도 장군영처럼 몇몇 제자는 강호를 활보하고 있었다. 그렇기에 알고 있던 내용도 있었지만, 그 속속들이 깊은 내용은 대부분이 처음 듣는 내용들이다.

일각, 짧다면 짧은 시간. 그러나 황산검문의 사람들에게 이 일각은 천지가 바뀌는 것처럼 긴 시간처럼 느껴졌다.

"……곧 전쟁이 시작될 것입니다. 아무도 결과를 장담할 수 없는 전쟁이 말입니다."

휘의 말이 끝났지만 아무도 숨소리 한 번 크게 내지 못했다.

"너무… 오래 안주했었나 보군. 천도맹과 강북무림의 갈등이 심상치 않다는 것은 알았지만 설마 그런 내막이 있었을 줄은 몰랐네. 음……. 신마천궁이라……."

이마를 살짝 찌푸린 화정월이 휘를 쳐다봤다.

"어쨌든 그 일은 차근차근 생각해 볼일이고……. 그래, 자네는 이제 어찌할 생각인가? 그런 자들이 자네의 내자될 사람을 쫓는다면 구하는 것이 쉽지는 않은 터인데."

휘가 말했다. 심해의 깊은 어둠을 간직한 눈빛으로 화정월을 바라보며.

"쫓는 자들을 막아야겠지요. 황하의 누런 황톳물을 붉게 물들이는 한이 있어도 말입니다."

그 말을 끝으로 잠시 침묵이 찾아왔다.

어이없어 하는 사람, 황홀한 눈빛으로 바라보는 사람, 앞에 놓인 차가 식는 줄도 모르고 깊은 생각에 잠긴 사람까지, 천차만별의 표정들이다.

휘는 앞에 놓인 차를 후루룩 들이키고는 몸을 일으켰다.

"너무 쓸데없는 말만 늘어놓아 식사를 방해한 것 같습니다. 그럼 이만 가보겠습니다."

그러자 화정월이 조용히 입을 열었다.

"내가 도와줄 일이 있을지 모르겠지만, 도움이 필요하면 언제든 연락하게나."

"말씀만으로도 감사합니다. 그럼."

진정이 담긴 표정으로 고개를 숙인 휘가 조용히 돌아섰다. 뒤돌아서서 일행에게로 걸어가는 휘의 입가에 씨익, 웃음이 걸렸다.
'검성의 도움이라……. 완전 대박이군!'

휘가 일행과 함께 객방으로 올라가자 그제야 명지경이 어이없다는 투로 말했다.
"신마천궁은 몰라도 용혈궁이나 북두검회의 추적이라면 설령 칠패라 해도 막기가 쉽지 않을 텐데, 아직 젊어서 그런지 너무 세상을 모르는 것 같군요."
전홍상도 고개를 끄덕였다.
"그러게 말이다. 창산이마를 눌렀다고 너무 자신의 힘을 과신하는 것 같군. 솔직히 말해서 나는 저자가 창산이마를 눌렀다는 것이 믿어지지가 않는다."
"제가 직접 본 것입니다, 이사형."
장군영이 무슨 소리냐는 듯 입을 열자 소산연이 아직도 꿈에서 헤어나지 못한 듯 몽롱한 표정으로 말했다.
"너무 멋져요. 세상에, 사랑하는 여인을 구하기 위해 거대 세력과 맞선 남자라니. 아! 나는 언제나……."
하지만 이어진 장군영의 한마디에 소산연의 꿈은 바위에 부딪친 유리잔처럼 와장창 깨져 버렸다.
"꿈 깨라."
으드득!
"사형! 정말 그러기에요? 도와는 주지 못할망정!"
그때였다. 조용히 식은 찻물을 마저 들이킨 화정월이 나직한 목소리로 말했다.
"만일 그들이 진조여휘라는 아이를 힘으로 막으려 한다면, 분명 황하가 피로 물들 것이다."

"예?"

화정월은 자신의 말에 의혹의 눈빛으로 바라보는 제자들을 향해 한마디를 더 보탰다.

"그의 무공은 결코 나의 아래가 아니다. …언제고 그와 한 번 검을 논하고 싶은 것이 솔직한 내 마음이다. 허허허, 호승심이 생기다니…….
참으로 오랜만에 느낀 감정이구나."

또다시 침묵이 찾아왔다.

화정월은 결코 빈말을 하는 사람이 아니다.

검성 화정월이 하늘이 무너진다고 하면, 하늘이 무너진다.

다른 사람은 몰라도 황산의 사람들은 모두가 알고 있는 사실이다.

그리고 고수는 고수를 알아본다 하지를 않던가.

검성 화정월은…… 천하제일검인 것이다.

　　　　　　＊　　　＊　　　＊

객방에 들어가자 누군가가 휘를 기다리고 있었다.

거지였다. 개방의 거지.

"모용서하 낭자가 황하를 건넜습니다."

"아! 다행입니다. 그럼 현재 상황은 어떻습니까? 놈들의 움직임은?"

직접적인 휘의 질문에 개방의 사결제자인 추운개는 멈칫하며 머리를 긁적였다.

"그런데… 그게… 모용 낭자를 쫓던 자들도 황하를 건너는 바람에 아직도 안전한 상황은 아닙니다. 다행히 광룡을 따르던 용혈궁의 무사들이 추적대의 발길을 지체시키고, 모용 낭자를 보호하던 아홉 명의 고수가 정체불명의 고수들을 붙잡고 시간을 끄는 바람에 황하를 건너기는 했습니다만, 놈들이 워낙 악착같이 쫓는지라……."

추운개의 말에 휘가 굳은 표정으로 물었다.

"추적하는 놈들의 수효는 어느 정돕니까?"

"용혈궁과 북두검회의 정예무사들 이백 정도가 황하를 건넜습니다. 그리고 그들을 북두검회의 부회주와 용혈궁의 구룡단주 막양이 지휘하고 있습니다."

"음……."

휘의 입에서 절로 침음성이 흘러나왔다.

공손척과 사광룡, 그리고 모용서하와 유모. 그들로서는 감당할 수 없는 힘이다. 뒤에서 광룡을 따르던 무사들이 돕고 있다 해도 산동으로 넘어온 이상은 그들의 도움을 바랄 수도 없는 상황.

놈들은 광룡의 직손인 모용서하를 죽여야 수하들의 단결을 이끌어낼 수 있을 터이니 결코 추적을 포기하지 않을 것이다.

휘가 생각에 잠기자 적인풍이 추운개에게 물었다.

"오룡회에선 그들이 넘어온 것을 알고 있소?"

"그게 좀 이상합니다. 분명 알고 있을 텐데, 아직까지 아무런 반응이 없습니다."

"반응이 없다? 확실히 이상하군."

"저……."

추운개가 머뭇거리며 말을 끌자 적인풍이 추운개를 바라보며 고개를 끄덕였다.

"가지고 있는 생각이 있으면 말해보시오."

"요즘 오룡회의 분위기가 심상치 않습니다. 뭔가 일이 터진 것 같은데…… 본방에서도 나름대로 알아보려 했지만 워낙 철저히 숨기고 있는 터라 알아내지 못하고 있습니다."

"일이 터졌다?"

"예, 그런데… 그게… 진조여휘 공자의 숙부이신 유정룡 대인과 관계된 일 같습니다."

생각에 잠겨 있던 휘는 유정룡이라는 이름이 나오자 번쩍 고개를 들고 추운개를 쳐다봤다.

"분명 숙부님과 관계된 일입니까?"

"아직 확실하지는 않습니다만, 유 대인이 별관에 감금되다시피 한 이후로 오룡회의 총단격인 제남의 창천보는 완전히 외인 출입 금지 구역이 되어버렸습니다. 게다가 어지간한 일에는 아예 신경조차 쓰지 않고 철저히 정보가 새는 것만을 단속하고 있습니다. 그러다 보니 이번 일에도 쉽게 움직이지 못하는 것 같습니다."

"그럼 오룡회 중 다른 곳은 어떻습니까?"

"천기보나 풍운장은 북쪽에 치우쳐 있어 어차피 용휼궁의 침습을 안다 해도 바로 움직일 수는 없을 것입니다. 그리고 신검보 역시 동쪽 청주에서 오려면 시간이 걸릴 것이고… 움직인다면 비룡방 정도인데, 무엇 때문인지 그들도 관망만 하고 있는 실정입니다."

"한마디로 오룡회 전체가 지금 벌어지고 있는 일을 지켜보고만 있다 이 말씀이군요."

"저희들이 생각한 바로는 그렇습니다."

휘는 추운개의 말을 재빨리 정리해 보고는 주위에 서서 듣고만 있던 사람들을 향해 말했다.

"가서들 쉬십시오. 내일 아침부터는 조금 바빠질지 모르겠습니다."

"저……. 형님, 그냥 지금이라도 출발하는 것이……."

초평우가 머뭇거리며 서두르자는 뜻을 내비치자 휘는 천천히 고개를 저었다.

"지금 서둘러서 간다면 시간은 단축할 수 있을 것입니다. 하지만 그뿐입니다. 조금 일찍 도착한다 해도 지친 몸으로는 별다른 도움이 될 수 없습니다. 더구나 추적을 피하기 위해서 이동로를 계속 바꾸며 움직이고 있을 테니 자칫 꼬리만 쫓아다니다 지쳐 버릴 수가 있습니다. 내일 정도면 확실한 이동 경로가 나올 겁니다. 일단 쉬세요."

적인풍도 휘의 말이 틀리지 않다고 생각했다.

"문주의 말이 맞네. 모두 가서 몸을 최상의 상태로 만드는데 전력을 다하게. 며칠 잠을 안 자고 움직여도 될 수 있을 정도로."

8장
강가에서 꾼 꿈

1

어둠 속에 보이는 건 강가의 뿌연 안개뿐.
안개 사이로 밤의 정적을 깨는 물새들의 울음소리만이 내기를 찢으며 들려온다.
그나마 반가운 소리다.
밤에 돌아다니는 물새들의 습성상 인기척이 가까이서 느껴지면 울지를 않는다. 그러니 물새들이 울고 있다는 것은 사람의 기척이 없다는 것과도 같다. 추적자가 아직 가까이 오지 않았다는 말이다.
무거워진 몸을 이끌고 한적한 어촌의 외딴 오두막에 스며든 사람들의 얼굴에는 지난 며칠간의 도주로 인해 지친 기색이 역력하했다.
모용서하는 창백한 얼굴로 나무와 갈대로 얼기설기 엮은 벽에 기대어 휴식을 취하고 있는 사람들을 바라보다 고개를 돌려 반쯤 부서진 문 사이로 밖을 내다보았다.
'모두가 지쳤어.'

그럴 수밖에, 지난 열흘간은 죽음과 삶의 경계에 발을 걸친 도주의 연속이었다. 한시도 마음 편하게 쉬어본 적이 없다. 그 모두가 자신을 살리기 위함이었다.
자신이 죽는다면 적들의 추적도 끊길까?
날이 갈수록 주기가 빨라지는 고통을 생각하면, 이래 죽으나 저래 죽으나 마찬가지인 것 같기도 하다.
죽어버릴까?
그런 생각을 안 해본 것도 아니다. 하지만 죽을 수도 없다.
시간을 벌기 위해 용혈궁에 남은 할아버지.
자신을 지키기 위해 황하에서 목숨을 바친 용혈궁 무사들.
그들을 생각한다면 감히 그런 생각을 품을 수가 없다.
그리고… 그 사람을 보기 전에는 죽고 싶지가 않다. 남이 자신의 속마음을 안다면 욕을 할지 몰라도, 솔직한 마음은 죽더라도 그 사람의 품에서 죽고 싶을 뿐이다.
"휘……."
무심코 그 사람의 이름이 입 밖으로 새어 나오자 모용서하는 황급히 손을 들어 입을 가렸다.
모용서하의 옆에 누워 있던 수설란의 어깨가 가늘게 떨렸다. 그녀는 어렴풋이나마 아가씨의 마음을 알고 있었다. 마음이 여린 아가씨가 얼마나 마음고생이 심할지, 생각만으로도 그녀는 눈물이 절로 나올 지경이었다.
'힘내세요, 아가씨. 힘내서 악착같이 살아야 합니다. 그래야 사랑하는 사람도 볼 수가 있죠.'
진조여휘를 만난다 해도 병을 고칠 수 있을지 장담할 수는 없다. 다만 지푸라기라도 잡고 싶은 심정일 뿐이다. 살 수만 있다면, 아가씨가 살 수만 있다면, 수설란은 자신의 목숨을 적에게 내준다 해도 조금도 아깝지가 않았다. 만일 그런 경우가 온다면… 수설란은 망설임없이 몸을 던지겠다는 생각이었다.

한 시진은 족히 지난 것 같다.
모용서하는 강에서 스멀거리며 피어오르는 안개를 바라보다 스르르 눈을 감았다. 그녀의 의지가 아니었다. 흐르는 물소리가 자장가처럼 그녀의 눈꺼풀을 내리누른 것이다.
하지만 그녀의 두 눈에는 여전히 강가에서 피어오르는 안개가 보이고 있었다.
안개는 시간이 갈수록 더욱 짙어져만 간다. 그러다 결국은 강조차 보이지가 않았다. 꿈인지 현실인지 분간이 가지를 않는다.
'내가 지금 꿈을 꾸고 있는 것일까? 아니야, 이건 꿈이 아니야.'
모용서하는 꿈이 아니란 것을 확인하기 위해 고개를 돌렸다.
보였다, 누워 있는 사람들이.
공손 할아버지, 할아버지의 제자들인 사광룡 숙부님들. 그리고…….
'어멋?'
한 명이 없다. 유모가 없다. 분명 자신의 옆에서 잠들었는데…….
그때였다. 밖에서 무슨 소리가 난다.
'유모가 밖에 나갔나?'
하지만 밖을 바라보니 소리가 난 것은 유모 때문이 아니었다. 짙은 안개 속에서 튀어나온 물새 한 마리가 자신을 바라보고 있었다. 왠지 슬퍼 보이는 물새 한 마리.
"너는 왜 그렇게 슬픈 표정을 짓고 있는 거니?"
대답이 없다. 부리를 열어 뭐라 하는 것 같은데 들리지가 않는다. 커다란 물새의 눈에 어린 슬픔이 짙어지는 것처럼 느껴진다. 부리는 계속 여닫히고 물새의 두 눈에선 슬픔이 방울이 되어 볼을 타고 흐른다.

모용서하는 물새를 향해 물었다.

"왜 너는 울지를 못하는 거니? 왜 소리를 내지 못하는 거니? 나에게 하고 싶은 말이 뭐니?"

그때였다. 볼을 타고 흐르던 이슬방울이 습하게 젖은 땅에 뚝 떨어지자 물새가 갑자기 말을 했다.

"나도 울고 싶어. 그런데 울 수가 없어."

"어머?!"

모용서하는 느닷없이 물새가 사람의 말을 하자 깜짝 놀라 소리쳤다.

"어떻게 물새가 말을… 설마… 꿈?"

퍼뜩 정신을 차린 모용서하는 앞을 주시했다.

없다. 물새가 없다. 고개를 돌리자 곤히 잠든 수설란이 보였다.

"휴, 꿈이었구나……."

안도의 숨을 내쉬던 그녀는 문득 든 생각에 창백한 얼굴이 더욱 하얘졌다.

들리지 않는다. 아무 소리도.

대기를 찢을 듯이 시끄럽게 울어대던 물새의 울음소리마저도.

"일어나세요!"

그리 큰 소리는 아니었지만 모용서하의 목소리에 모두가 벌떡 일어났다.

"무슨 일이냐, 서하야?"

공손척이 모용서하를 바라보며 물었다.

"소리가 들리지 않아요. 그렇게 시끄럽게 울어대던 물새 소리가."

"물새?"

순간 공손척의 표정이 딱딱하니 굳어졌다. 그말이 무슨 말인지 모를 그가 아니었다.

"심가야, 밖을 살펴봐라."

사광룡 중 첫째인 일룡 심평호가 공손척의 말이 떨어지기 무섭게 안개가 자욱한 밖으로 뛰쳐나갔다. 그러자 모용서하가 빠르게 입을 열었다.

"팔방금쇄진에 아무런 이상이 없는 걸로 봐서, 아직 거리는 좀 있는 것 같아요."

"진세가 미치는 영향이 어느 정도라고 했지?"

"반경 이십 장 정도 넓이로 설치했어요. 적이 이십 장 안에 들어왔다면 진세가 발동되어서 제가 알 수 있었을 거예요."

"그럼 적이 왔다면 이십 장 밖에 있다는 말이겠구나."

"아무래도……."

모용서하가 대답을 하려는데 심평호가 굳은 얼굴을 한 채 안으로 들어왔다. 공손척이 물었다.

"어떠냐?"

"주위를 둘러봤는데 별다른 기척은 느껴지지 않았습니다."

"인기척이 없다고?"

"그런데… 멀리서도 물새 소리가 들리지 않습니다."

모용서하가 이를 지그시 깨물고 말했다.

"물새는 밤이 다 가고 새벽까지 울어요. 그런데 그런 물새가 갑자기 벙어리가 된 것도 아닌데 모두 울음소리를 멈췄어요. 그 이유가 뭐겠어요?"

두말할 필요가 없었다. 모두가 아는 사실이니까. 하지만 모용서하의 생각은 다른 사람들보다 한 걸음 더 나아가 있었다.

"사람들이 근처에 다가온 것은 분명해요. 문제는 그들이 움직이지 않고 있다는 것이지요. 왜 그럴까?"

모용서하가 떨리는 목소리로 말을 이었다.

"아마 철저히 준비해서 한 번에 끝내겠다는 생각일 거예요."

공손척이 무겁게 고개를 끄덕였다.

"맞다. 놈들은 이번에야말로 꼭 우리를 죽이겠다는 생각을 한 것 같다. 아무래도 오룡회가 마음에 걸리는 거겠지."

"아……."

모용서하가 침음성을 흘리자 공손척이 그녀의 어깨를 토닥거렸다.

"하지만 우리가 먼저 놈들의 생각을 안 이상 그리 쉽게 놈들의 뜻대로 되지는 않을 것이다. 너무 염려 말아라."

"할아버지……."

"놈들은 아직 우리가 모르는 것으로 알 확률이 높다. 물새 소리가 없는 것을 보고 우리가 알고 있을지도 모른다 생각은 하겠지만 특별한 움직임이 없으면 놈들의 생각도 흔들릴 것이다."

모용서하가 공손척의 말에 눈을 빛냈다.

"그건 맞아요. 그렇다면 방법을 생각해 봐요. 음… 일단 진이 펼쳐져 있으니 잠깐의 시간은 벌 수 있을 거예요. 놈들 중에 진을 아는 자가 있어서 뚫리기야 하겠지만 그래도 금방 뚫리지는 않을 거예요."

공손척이 말을 받았다.

"강으로 들어가 이동을 하자. 놈들은 설마 배도 없는데 강으로 이동할 줄은 모를 것이다."

수설란이 걱정되는 듯 모용서하를 쳐다봤다.

"하지만 그럼 아가씨의 몸에 무리가 갈 텐데요."

"유모, 걱정 말아요. 계속 이동할 것은 아니니 잠깐만 참으면 돼요. 그리고 금양단이 한 알 남았으니 나중에 복용하면 괜찮아질 거예요."

마지막 금양단이다. 비상시 쓰려고 남겨 둔 건데 이제는 어쩔 수가 없다.

마음을 정리한 모용서하가 굳은 목소리로 입을 열었다.

"아무리 포위망이 두터워도 적들의 수를 생각하면 오백 장을 넘지는 않을 거예요. 그때부터는 육지로 올라와서 전력으로 빠져나가는 겁니다. 후위는 네 분 숙부님이 받쳐 주시고, 전면은 할아버지가 나서주세요."

공손척이 고개를 끄덕였다. 배수(背水)의 상황, 다른 방법이 없다.

"좋다, 모두 각오들 하거라! 가자!"

2

휘가 개방으로부터 모용서하 일행의 이동로에 대해 들은 것은 산동에 들어선 지 두어 시진이 지나서였다.

풀잎을 스치며 나는 듯 달리던 일행이 용추산의 호호령을 넘어갈 때였다. 고갯길의 정상에 상인으로 보이는 한 사람이 바위 위에 앉아 있다가 휘 일행이 다가가자 큰 소리로 물어왔다.

"혹시 오시는 분들은 만상의 형제 분들이 아니십니까?"

휘가 답하려 하자 적인풍이 먼저 입을 열었다.

"나는 만상문의 적인풍이라 한다. 그대는 누구인가?"

상인 차림의 장한은 적인풍의 말에 황급히 허리를 굽혔다.

"적 호법님을 뵈오이다. 저는 만상문 제십이단의 이조 조장 양칠이라 합니다. 문주님을 뵙고자 합니다."

십이단이라면 용혈궁을 감시하던 감시조다. 그런 십이단의 사람이 휘를 찾아왔다면 그 이유는 단 하나, 모용서하의 일 때문일 것이다. 더구나 감시조의 인물이 직접 왔다는 것은 모용서하 일행이 그리 멀지 않은 곳에 있다는 뜻.

"내가 진조여휘요. 수고가 많소."

휘가 앞으로 나서자 양칠은 무릎을 꿇고 코가 땅에 닿게 허리를 숙였다.

"삼가 문주님을 뵈옵니다!"

"일어서시오."

"예."

양칠이 일어서자 휘가 물었다.

"현재 상황은 어떻소."

"새벽녘부터 추격전이 벌어졌습니다. 워낙 은밀히 도주하는 중이라 저희들도 따라잡기가 힘든 형국입니다. 게다가 추적자들이 워낙 많고 강해서 별다른 도움도 못 주고 그저 뒤만 쫓고 있습니다. 가까이 접근했다가 하마터면 그들에게 모두 죽을 뻔한 위기도 두어 번 있었을 정돕니다. 개방 덕분에 겨우 살긴 했습니다만, 그놈들에게 두 명의 형제를 잃었습니다."

휘의 눈빛이 싸늘하게 빛났다.

"빚을 졌으면 갚으면 됩니다. 형제들의 빚은 제가 꼭 갚지요."

양칠이 주먹을 불끈 쥐고 말을 이었다.

"형제들도 하늘에서 기뻐할 것입니다."

"도주하는 사람들의 현재 위치는 어딥니까?"

"지금쯤 거야현에서 제정현 사이에 계실 것입니다. 문주님께서 거야에 도착할 때쯤이면 자세한 위치를 알 수 있을 것입니다."

"거야까지 얼마나 됩니까?"

"이곳에서 이백 리 정도 됩니다."

"이백 리라……. 두 시진은 잡아야겠군요."
"평지인데다 길이 그리 험하지 않으니 서두른다면 조금 단축될 수도 있습니다, 문주님."
"그대가 앞장서시오."
"예!"

3

콰광!
주르륵, 뒤로 물러선 북두검회의 무사를 향해 공손척의 쌍장이 떨쳐졌다.
"내가 바로 벽룡이다! 이놈들아!"
떠더덩! 쾅!
"커윽!"
"으헉!"
두 자루의 검이 썩은 나뭇가지처럼 부러져 나가고, 그 주인들은 입에서 피분수를 뿜으며 나가떨어졌다.
공손척은 나가떨어진 자들을 보지도 않고 몸을 돌렸다.
상황이 급박하다. 놈들은 이번 기회가 아니면 다시는 기회가 없다는 듯이 몰아치고 있다. 그리고 사실이 그러했다. 오룡회가 보고 있지만은 않을 게 분명한 만큼, 놈들을 여기서 떨칠 수만 있다면 상황은 분명 자신들에게 유리하게 진행될 것이다.
문제는 둘러싼 추적자들에게서 벗어나기가 쉽지 않다는 것.
어둠을 뚫고 강가의 오두막을 떠난 지 세 시진, 끝내 놈들에게 꼬리를 잡혔다. 다행히 적의 주력은 아니었기에 쫓아오는 놈들을 따돌리기도 하고, 몇 안 되면 해치우기도 하면서 달린 게 두 시진째, 그러다 이름 모를 계곡을 지나던 중 추적대 주력의 일부와 마주쳤다.

적의 수효는 오십 명 정도.

모용서하를 둘러싼 사광룡이 달려드는 놈들을 뚫고 빠져나가려 하지만 놈들의 수가 워낙 많다. 자신과 사광룡의 손에 의해 쓰러진 자가 이십여 명이 되는 데도 조금도 줄어들 생각을 않는다.

아니, 오히려 더 늘어나는 것만 같다. 퍼져서 자신들을 찾던 추적자들이 이곳으로 모여드는 것이 분명하다.

"여기서 빠져나가야 한다! 힘들 내!"

공손척의 고함에 사광룡의 얼굴이 일그러진다. 그들이라고 왜 모를까. 빠져나가고 싶은 마음이야 자신들도 간절하다. 하지만 달려드는 놈들이 한둘이래야 빠져나갈 것이 아닌가. 더구나 놈들의 무위도 만만치가 않은데.

제기랄! 별수없나?

"서하야! 바짝 붙어라!"

심평호가 달려드는 적의 가슴에 일검을 내치고는 뒤도 안 돌아보고 소리쳤다.

"주궁, 만상, 좌우를 받쳐라! 상도는 뒤를 맡아! 공손 숙부와 내가 앞을 뚫겠다! 못 따라오는 사람은…… 놓고 갈 것이다! 죽을힘을 다해라!!"

놓고 갈 것이다. 놓고 갈 것이다…….

소리치는 심평호의 목소리가 가늘게 떨려 나왔다. 악다문 입에서는 금방이라도 이 부서지는 소리가 들릴 것만 같다.

자신의 입으로 형제들을 놓고 간다는 말을 해야 하다니!

'빌어먹을!'

심평호의 외침에 천상도가 뒤로 빠지고, 임주궁과 탁만상이 좌우로 갈라졌다.

"간다!!"

심평호가 일갈을 지르며 앞으로 뛰어들었다. 그러자 이미 앞서 있던 공손척이 앞을 향해 쌍장을 휘둘렀다. 시퍼런 강기가 쌍장에서 뿜어지자 앞을 가로막던 두 명의 갈의무사들이 비명도 지르지 못하고 자신들의 무기와 함께 무너져 내렸다.

"젠장! 강기를 쏘아내고도 겨우 두 명밖에 못 잡다니!"

불만도 잠깐, 공손척의 신형이 무너져 내린 두 무사 사이로 뛰어들었다. 심평호가 재빨리 뒤따르고 모용서하가 그 뒤를 따랐다.

"유모! 뭐해? 빨리 와!"

뒤를 따르던 수설란이 조금씩 뒤처지자 모용서하가 뒤를 보며 소리쳤다.

"제 걱정 말고 달려요, 아가씨!"

"그래, 달려라 서희야! 유모의 무공도 낮지 않으니 너무 걱정 말고!"

유모와 탁만상이 동시에 소리친다. 모용서하도 안다. 유모의 무공이 능히 일류고수 수준이라는 것을. 하지만 불안한 마음이 든다, 왠지는 모르지만. 분명 이유가 있을 텐데……

쩌정! 콰광! 떵!

전방을 뚫고 달리던 심평호의 어깨에서 피가 솟는 것이 보인다. 하지만 본인은 그걸 모르는지, 아니면 알면서도 어쩔 수 없는지, 모든 정신을 앞으로만 쏟은 채 달리고 있다. 달리면서 검을 내치고, 달리면서 일장을 휘갈긴다.

"뚫리면 안 된다! 곧 부회주님께서 오실 것이다! 막아라!"

북두검회의 무사로 보이는 자가 악을 쓰며 소리쳤다. 그자를 향해 임주궁의 넉 자 대도가 떨어져 내렸다.

쾅!

임주궁의 대도와 부딪친 북두검회 무사의 몸이 주르륵 세 걸음을 물러섰다. 의외의 결과에 임주궁의 시커먼 얼굴이 더욱 검어졌다. 전력을 다한 자신의 도를 검으로 받고 겨우 세 걸음이라니.

"제법이구나! 어디 한 번 더 받아봐라!"

고오오!

또다시 임주궁의 일도가 떨어져 내리자 북두검회의 무사는 검을 내밀고 신중하니 임주궁의 일도를 막아갔다. 일순,

콰앙! 쩌정!

굉음이 울리더니 검 부러지는 소리와 함께 북두검회 무사의 이마가 쩍 갈라졌다. 이마가 갈라진 자는 추적대의 조장급 인물, 그의 수하로 보이는 자들은 일도에 검과 사람을 쪼개 버린 임주궁의 무식한 도식에 주춤거리며 덤벼들지를 못하고 있다. 그러자,

"자식! 감히 어디서……!"

임주궁이 어깨를 으쓱하며 질린 안색으로 쉽게 덤벼들지 못하고 있는 자들을 훑어봤다. 그때다.

"야이, 미친놈아! 빨리 와!!"

탁만상이 벌게진 얼굴로 냅다 소리쳤다. 임주궁이 처진 바람에 자신은 물론 모용서하까지도 위험에 노출된 것이다.

'아차!'

뒤늦게 임주궁이 달려가 모용서하의 오른쪽을 막아섰다. 그러자 뒤로 조금 더 처진 수설란이 걸음을 늦추고 천상도에게 말했다.

"가세요. 어서……."

"유모……?"

"저에게 방법이 있어요. 그러니 어서 가세요."

속삭이듯 빠르게 말을 마친 수설란이 품속에서 주머니 하나를 꺼내 들었다.
"정말 괜찮겠소?"
"어서 가요!"
천상도가 머뭇거리다 할 수 없이 일행의 뒤를 따라가자 혼자 남은 수설란이 주머니에서 열두 개의 붉은 막대기를 끄집어냈다. 그러고는 재빨리 앞을 향해 뿌려 댔다.
뿌려진 붉은 막대기가 마치 망치로 내려친 듯 땅에 박혀 들자, 수설란은 다시 열두 개의 막대를 뒤를 향해 뿌렸다. 또다시 막대기가 땅을 파고 들었다. 순간, 수설란이 마지막으로 금빛 막대기를 하나 꺼내 들더니 자신의 발밑에 내리꽂고는 자신의 모든 내력을 주입하기 시작했다. 순간!
후우우웅…….
기이한 바람 소리가 계곡을 따라 울려 퍼졌다.
동시에 사람들의 눈을 의심게 하는 괴이한 광경이 펼쳐졌다.
막 수설란을 공격하기 위해 달려들던 무사들이 갑자기 옆으로 몸을 돌리더니 제자리 뛰기를 하고 있었다. 수설란과 삼 장 정도 떨어져 있던 두 명의 무사는 사방을 둘러보며 빙빙 돌고, 이상함을 느끼고는 그들을 향해 달려들던 다섯 명의 무사가 갑자기 무릎을 꿇고 덜덜 떨고 있다.
순식간에 뒤를 쫓던 무사들 중 십여 명이 힘 한 번 못 쓰고 진세에 갇혀 버렸다. 그러자 다른 사람들도 함부로 수설란이 있는 곳으로 다가가지 못한 채 우왕좌왕할 뿐이다.
그 시간은 천금의 시간이었다. 게다가 나중에 멋모르고 달려들던 사람들까지 근 이십여 명이 진세에 갇혀 버렸으니, 진세 하나의 힘으로 추적대의 뒷벽이 무너진 것과도 같았다.
그러나 수설란이 진세를 펼쳐 후위를 막아낸 것을 보고 절규하는 사람이 있었다. 모용서하였다. 그녀는 무심코 뒤를 돌아보았다가 수설란이 귀신조차 가둔다는 귀원금망진을 펼치는 것을 보고 놀라 소리쳤다.

"안 돼! 유모!"

귀원금망진은 펼치기가 간단한 반면 진세를 펼치기 위해서는 사람이 필요하다. 그것도 일류 이상의 내력을 지닌 사람이. 그래야만 진세의 중심을 지킨 채 진세 안에서 일어나는 모든 변화를 통제할 수 있으니까.

문제는 시간이다. 펼칠 수 있는 시간은 수설란의 내력을 생각해 볼 때, 한 시진 정도. 그러나 그것도 평상시 이야기다. 지금처럼 지친 상태에서는 잘해야 이각 정도…….

이각이 지난다면, 갇혀 있던 사람들은 진세의 영향에서 자유로워질 것이다. 그리 되면… 과연 수설란은 어찌 될 것인가.

"어쩔 수 없다! 가자, 서하야!"

모용서하가 놀라 소리치며 수설란을 향해 달려가려 하자 천상도가 모용서하의 앞을 막아섰다.

"유모를 놔두고 어떻게 가요, 숙부!"

"그럼 모두가 죽겠단 소리냐? 지금 공손 숙부와 우리 형제들이 목숨을 걸고 너를 지키겠다는 것이 안 보인단 말이냐?! 유모의 뜻을 생각한다면 어서 달려라!"

모르는 것이 아니다. 누구보다 잘 알고 있다. 하지만…….

"유모……."

글썽거리는 모용서하의 눈이 수설란을 향했다. 그때다. 수설란이 모용서하를 바라보더니 고개를 끄덕였다, 환하게 웃는 얼굴로.

'가세요, 아가씨. 어서!'

천상도도 재촉했다. 진세에 막혀 있던 자들이 진세의 주위를 돌고 있다. 시간이 없다.

"서하야!"

천상도의 안타까운 목소리에 모용서하는 수설란을 향해 고개를 끄덕이고는 뒤돌아섰다.

그녀는 어리석은 여인이 아니다. 슬픔에 젖어 다른 사람들의 목숨까지 나 몰라라 할 사람이 아니다. 오히려 자신의 목숨을 내놓아 다른 사람을 구할 상황이 된다면 자신 역시 수설란과 같은 행동을 취했을 것이다.

하지만… 그래도… 슬픈 것은 어쩔 수가 없다.

"가요, 숙부! 가요. 유모가 빨리 가래요. 유모가……. 흑흑!"

수설란이 진세를 펼쳐 막은 덕분에 잠시나마 후위의 걱정을 덜자, 앞을 뚫고 나가는 사람들도 혼신으로 내달렸다.

조금 전과는 완전히 다른 상황, 공손척과 심평호의 공세가 더욱 힘을 더해가고, 좌우를 맡은 임주궁과 탁만상도 몸을 사리지 않고 자신들의 무기를 휘둘렀다.

마지막이라 해도 좋을 기회다. 수설란이 몸을 던져 만든 기회다. 무엇을 아낄 것인가!

콰광! 떠덩! 퍼버벅!

"으악! 케엑!"

일시지간 적들에게서 혼란이 느껴졌다. 앞을 가로막은 자는 이제 이십 명 정도, 그 정도로는 공손척 일행을 막을 수 없다는 것을 누구보다 추적대들이 잘 알고 있다. 엉거주춤 뒤로 물러서는 자마저 보인다.

"덤벼드는 놈들은 모두 죽여 버려!!"

공손척이 으르렁거리며 소리치자 물러서는 자들이 더욱 늘어난다. 피 칠갑을 한 채 악귀처럼 덤벼드는 공손척 등에게 질렸다는 표정이 역력하다.

한 번 물러나기 시작하자 썰물이 빠지듯 뒤로 물러난다. 그러다 가까이 마주치자 아예 옆으로 달아나는 자들도 있다. 이미 기세는 공손척 등에게 넘어왔다.

빠르게 계곡을 빠져나온 사람들은 삼십여 장의 간격을 두고 뒤따라오는 추적대는 아랑곳하지 않고 숲 속을 치달렸다.
달리는 사람들의 얼굴은 하나같이 굳어 있었다.
일단 숲을 빠져나가 큰 성으로 들어가야 한다. 큰 성으로 들어가면 아무리 용혈궁이나 북두검회라 해도 함부로 움직이기는 힘들 것이다.
"거야로 가자!"
심평호가 공손척의 말에 고개를 끄덕였다.
"알겠습니다. 한데 왜 오룡회는 움직이지 않는 것이지요?"
"지금까지 움직이지 않은 걸 보니 뭔가 꿍꿍이가 있을지도 모른다. 혹시라도 모용후와 오룡회가 손을 잡기라도 했다면 더 큰일이잖느냐?"
공손척의 말에 말이 없던 모용서하가 고개를 저었다.
"그랬다면 오룡회에서 먼저 나서서 우리를 잡으려 했을 거예요."
맞는 말이다.
"그건 그렇다만……."
고개를 끄덕인 공손척이 모용서하의 창백한 얼굴을 바라보았다.
"몸은 좀 어떠냐?"
"아직은… 견딜만 해요."
약간 떨리는 음성, 공손척은 모용서하의 몸이 그리 좋지 않음을 알 수 있었다. 그러나 모른 척하기로 했다.
추적대가 백여 장 뒤에서 쫓아오고 있거늘, 아픈 것을 알고 있으니 약 먹고 운기하란 말도 할 수 없지 않은가 말이다. 그러다 본진이 도착하면 꼼짝없이 당할 수밖에 없는 상황인 것이다.

일행이 계곡을 빠져나와 일각 가량을 달렸을 때다. 저만치 숲이 끝나는 곳에서 움직이고 있는 검은 그림자들이 보였다.

"놈들이… 다."

공손척의 입에서 침음성이 떨려 나왔다.

맙소사! 놈들은 우리가 나오기를 기다리고 있었다.

뒤에도 적, 앞에도 적이다. 우측은 절벽으로 막혔고, 좌측은……. 끝이 보이지 않는 커다란 호수가 펼쳐져 있다.

"뚫고 나갑시다. 방법이 없습니다.

이를 지그시 깨문 심평호가 걸음을 옮기자 공손척도 쌍장에 내력을 가득 끌어올리고 앞으로 나아갔다. 죽고 사는 것은 하늘에 맡긴 채.

"누가 죽어가더라도 옆을 돌아보지 마라! 앞만 보고 달려라!"

공손척의 비장한 목소리만이 숲 속에 울릴 뿐이다.

일각이 지났다.

공손 할아버지의 입가에 핏물이 흐르는 것이 보인다.

심 숙부의 어깨에 꽂힌 부러진 검날이 덜렁거리고 있다. 누구 하나 성한 사람이 없다. 오히려 자신의 몸만이 멀쩡할 뿐이다. 미안한 마음에 눈물이 흐른다. 자신을 위해 몸을 던지는 할아버지, 숙부들에게 미안한 마음뿐이다. 그런데 유모는… 유모는 어떻게 되었을까.

자신은 신녀문의 문주다. 그런 만큼 한 자 반 길이 짧은 검을 움켜쥐고 간간이 적들의 검을 쳐내는 자신의 무공도 약한 것은 아니었다. 그러나 내력을 쓸 때마다 몰려오는 한기는 자신의 내부를 야금야금 얼려가고 있었다.

창백한 안색이 이제는 백지장처럼 하얘졌다. 검을 잡은 손도 잘게 떨리고 있다. 견디기 어려운 상황. 그렇다고 못 견디겠다고 말할 수도 없다.

절망이다. 이제 진짜로 모두가 죽는 건가?

스윽!

검날이 귀밑을 스치고 지나간다. 반사적으로 뻗은 검이 상대의 목을 파고들었다.

피가 튄다. 시뻘건 선혈이 뭉클거리며 솟아난다.

"그르륵……."

쓰러지면서도 원망하는 눈이 자신을 향해 있다.

눈이 마주치자 모용서하의 손이 가늘게 떨렸다. 자신의 손에 죽어간 사람이 벌써 다섯 명째. 자신이 사람을 죽이다니…….

'미안해요, 정말 미안해요.'

자신이 살기 위해 남을 죽여야 하는 현실이 원망스럽기만 하다.

하지만 어쩌랴, 그렇다고 죽어줄 수도 없지를 않은가.

모용서하가 자신의 손에 의해 피를 뒤집어쓴 채 죽어가는 사람을 바라보고 있을 때였다.

"공손척!"

광량한 목소리가 대기를 뒤흔들고, 바로 이어 공손척의 대답이 들렸다.

"너는 우한망?!"

일격일격에 달려드는 자들을 내치며 빠르게 나아가는 공손척의 앞으로 흑염의 노인이 다가가고 있었다. 그의 손에는 검신만 넉 자에 달하는 장검이 들려 있었다.

"오랜만이구나! 너를 잡는다 해서 내가 자청해서 나왔다. 죽을 각오는 되어 있겠지?"

우한망. 절혼귀검이라 불리는 검의 고수. 공손척과는 개인적인 악연까지 있는 자였다. 하필이면 그런 자를 이런 곳에서 만나다니…

"네놈이 이곳에는 웬일이냐?"

"흐흐흐. 내가 바로 북두검회의 부회주다, 공손척. 내 동생을 죽인 원수를 드디어 갚을 수 있게 됐구나. 우하하하!!"

잠시 멈칫하는 사이 백여 명의 추적대가 빠르게 사광룡과 모용서하의 주위를 에워쌌다.

죽었든, 부상으로 움직이지 못하든, 널브러진 자만 삼십여 명. 그러나 점점 모여드는 추적대의 무사들은 늘어만 간다. 그나마 아직 용혈궁의 주력은 오지 않은 듯 그저 흩어져 있던 무사들만이 하나둘 모여들고 있을 뿐이다.

하지만 상황은 달라질 것이 없다. 사광룡은 지쳐 헐떡이고, 공손척도 껄끄러운 상대를 맞이하고 있다.

길은 없는 것인가? 절망뿐인가?

4

능선을 넘자 드넓게 펼쳐진 평원에서 시원한 바람이 불어왔다.

저 멀리 평원의 끝에는 깎아지른 듯한 백 장 높이의 절벽이 보이고, 그 앞엔 한껏 푸르름을 자랑하는 송림이 절벽과 호수 사이에 펼쳐져 있었다.

그런데 숲과 평원이 만나는 곳, 짝을 찾아 몸짓을 뽐내는 짐승들과 자연의 싱그러움만이 가득해야 할 그곳에선 지나가던 새들도 피해갈 정도로 짙은 살기가 뿜어지고 있었다.

못해도 족히 백 명이 넘어 보이는 자들이었다.

한결같이 무기를 꺼내 들고 빙 둘러서 있는 그들의 전신에선 금방이라도 누군가를 죽일 것 같은 살기가 대기를 난도질하고 있었다. 그들이 서 있는 곳의 중앙, 악다구니를 써대는 고함 소리와 무기가 부딪치는 충돌음이 끊임없이 들려온다.

절벽에 반사된 메아리 소리에는 간간이 비명 소리마저 섞여 듣는 이의 간담을 서늘하게 하고 있다.

"찾았군."

무심한 한마디가 휘의 입에서 나오자 뒤에 늘어서 있던 일행들은 흠칫 어깨를 떨었다.

"호수가 붉게 물들더라도, 죽여야 한다면 모두 죽일 것이다."

여전히 고저가 없는 조용한 말투. 백 명이 넘는 사람을 죽이겠다는 사람의 말투치고는 너무도 감정이 없다. 그것이 적인풍의 등줄기에 소름을 돋게 했다.

적인풍은 입을 다물고 고개만 돌려 휘를 바라보았다. 그러자 휘가 말했다.

"갑시다. 누구도 나를 말릴 생각은 하지 마시오."

일 보에 삼 장을 미끄러지는 휘를 따라 적인풍이 신형을 날렸다. 그 뒤로 초평우와 당홍이 나란히 달리고, 풍인강과 영등이 그 뒤를 따랐다.

그들을 안내해 온 만상문 십이단의 양칠과 개방의 추운개는 휘가 끼어들지 말라는 말에 능선에 그대로 남아 있었다. 끼어들어 봐야 자신들로서는 한 사람도 상대하기가 벅찬 상황. 도움은커녕 방해만 될 테니까. 그 대신 두 사람은 평생 써먹을 이야깃거리를 직접 두 눈으로 보는 행운을 얻을 수 있었다.

숨을 십여 번 쉬는 사이, 휘의 신형은 거대한 포위망의 외곽에 다다라 있었다. 가히 땅을 스치며 날아가는 모습이 물 위를 스치는 제비와도 같았다.

뒤따라가던 사람들이 아연한 눈을 크게 뜨고 바라봤을 때는, 이미 휘가 만양을 빼어 든 채 포위망 위로 날아오르고 있었다.

휘를 맨 처음 발견한 사람은 뒤늦게 추적대의 본대와 합류한 북두검회의 무사 다섯 명이었다. 그들은 거대하게 둘러진 포위망의 한쪽에 서서 중앙에서 벌어지는 싸움을 구경하려 목을 빼 두리번거리고 있었다. 그러던 중 옆에서 동료가 내지르는 소리에 모두가 고개를 돌렸다.

"헉! 뭐……."

퍽!

난데없는 붉은 빛줄기가 보이는가 싶더니 동료의 이마에서 피가 튀었다.

"어? 이봐!"

그러나 이마가 쪼개진 자가 대답할 리가 없다.

고개를 돌리자 십 장 앞에서 손을 뻗고 있는 자가 보였다.

그에게 뭔가를 물으려 할 때다. 그가 몸을 날렸다.

찰나간에 십 장을 단축하고 자신들에게 떨어져 내리던 자가 연붉은 검을 뽑는 것이 보였다. 검첨에서 붉게 맺힌 구슬이 쏘아지고, 순간!

"아! 멋진… 헉! 피해!"

환하게 피어오르는 선홍빛 혈련화에 네 사람이 일제히 탄성을 터뜨렸다. 그것이 그 네 사람의 마지막 목소리였다.

퍼버버벅!

이미 피를 뒤집어쓸 각오를 했다.

열 명이든, 백 명이든, 내 앞을 막는 자는 모두 죽이리라!

휘의 신형이 떨어져 내림과 동시, 한순간에 다섯 명이 쓰러지자 그제야 휘의 존재를 눈치챈 자들이 소리를 지르며 뒤돌아섰다.

"적이다! 적이 뒤에 나타났다!"

그것이 또한 그들의 불행이었다.

쿠웅!!

한 번 발 굴음에 뒤돌아섰던 자들 중 휘의 앞에 서 있던 자들이 피를 토하며 그대로 무너져 내린다. 무너져 내리는 그들을 향해 휘의 주먹이 휘저어졌다.

콰우우!

천붕신권이 회선결에 따라 펼쳐지자 대기가 비틀리며 세 명의 검수를 집어삼켰다.

"크악!"

"우웩!"

삼 장 밖으로 튕겨지는 그들을 따라 휘의 신형이 빠르게 포위망 안으로 진입했다. 뒤따라온 적인풍 등도 각자의 무기를 빼 들고 휘의 좌우로 늘어서 가로막은 무사들 사이로 뛰어들었다.

비록 북두검회의 무사들이나 용혈궁의 무사들이 정예라 하지만, 쏘아진 화살촉처럼 치고 들어가는 휘 일행을 막기에는 역부족이었다.

광풍폭우가 좌우에서 몰아치고 가운데서는 번개가 떨어졌다. 붉은 번개가!

번쩌쩌적! 콰르릉!

간간이 울리는 천붕의 뇌성벽력.

그때마다 처절한 비명과 함께 곤죽이 된 무사들이 자신의 부서진 무기를 끌어안고 무너져 내렸다.

뇌수가 허연 속살을 드러내고, 붉은 핏물이 그 속을 적셨다.

휘를 막는 자들은 휘의 잔혹한 손속에 치를 떨어야만 했다.

천붕이 떨어지니 머리가 으깨지고, 천홍이 쏘아지니 이마에 한 송이 혈련화가 피어난다.

피했다 싶으면 스쳐 간 검강의 기운에 앞에 거치적거리는 것은 무엇이든 갈라져 버렸다. 갈라진 목을 부여잡고 쓰러지는 무사들의 눈빛이 암울한 절망 속에 힘없이 스러졌다.

일말의 용서도 없는 휘의 일권, 일검. 곁에서 다가가던 자들의 눈이 거세게 떨렸다.

누군가가 악에 받쳐 소리쳤다.

"아, 악마! 악마 같은 놈!"

악마다! 이 순간 휘는 악마가 되었다.

사랑을 지키기 위해서 악마가 되기로 했다!

퉁!

튕겨지는 천홍의 붉은 빛이 멈춘 곳에선 한 사람의 생이 이슬처럼 땅바닥을 나뒹굴었다. 그런에도 휘의 표정에선 여전히 북풍한설이 휘날리고 있다.

휘의 좌우로 달려가며 광풍폭우처럼 북두검회의 무사들을 향해 도검을 휘두르는 사람들의 눈도 굳어졌다.

이곳은 전장이다. 사람이 사람을 죽이는 전장인 것이다!

죽이지 않으면 죽는 곳이란 말이다!

그런데 일말의 자비도 보이지 않는 휘의 손속은 그들 모두의 가슴을 무겁게 했다. 초평우가 광풍도를 휘두르며 소리쳤다.

"죽기 싫으면 비키란 말이다! 이 멍청이들아!"

풍인강도 소리쳤다.

"네놈들로는 막을 수 없는 분이다! 아직도 모르겠냐?! 어서 도망쳐!"

죽어가는 자를 위해서가 아니다.

휘를 위해서다.

휘의 가슴에, 얼굴에, 그늘이 지는 것을 염려해서다.

굳은 표정으로 달려드는 자들의 검을 휘어 감고 수류만천의 초식으로 한꺼번에 두 명의 적을 갈라 버린 적인풍의 얼굴이 딱딱하니 굳어 있다.

적인풍을 피해 물러서다 당홍에게 멋모르고 검을 휘두르던 무사 하나가 당홍의 검에 목이 꿰뚫린 채 맥없이 무너졌다. 푸확! 갈라진 목 부위에선 피분수가 솟구치지만, 찌른 검을 회수하는 당홍의 눈은 휘를 향해 있다.

숨이 붙어 있는 무사들은 바닥을 엉금엉금 기었다. 공포가 그들의 머릿속을 휘젓고 있었다. 전장을 벗어나려 기를 쓰는 그들의 표정이 절박하기만 하다.

그렇게… 짙푸르던 평원이 시뻘겋게 물든 것은 순식간이었다.

휘 일행이 전장에 뛰어들자마자 순식간에 삼십여 명이 고혼이 되었다. 그런데도 남아 있는 적은 아직도 백여 명에 달했다. 그리고 그 중앙에 그녀가 있다, 모용서하가. 그녀를 지키려는 사람들에 둘러싸여.

나아가던 휘의 신형이 슬쩍 흔들리는가 싶더니 일순간에 다섯으로 갈라졌다. 오보천환에 앞을 막아섰던 무사들의 안색이 사색으로 굳어졌다.

번쩍!

붉은 번개가 막아선 자들의 머리 위로 떨어지고. 단천락!

쩌저정!!

"커억! 끅! 케엑!"

단천락의 일검에 부러진 검을 움켜쥔 채 무너지는 다섯 명의 무사. 뒤이어 대기를 좌우로 갈라 버린 붉은 번개, 절혼광!

일시에 서너 명의 무사들이 허리와 목이 잘린 채 쓰러졌다. 하지만 그들의 뒤로도 몇 겹의 무사들이 두려움을 참고서 검을 겨누고 있다.

그나마 용혈궁의 복장을 한 자들은 주춤거리며 물러서지만, 북두검회의 무사들은 두려워하면서도 물러서는 자가 없다. 불을 보고 달려드는 불나방처럼 죽음을 보고서고 계속 달려든다.

아직도 모용서하와의 거리는 삼십여 장.

악에 바쳐 거세게 몰아치는 추적대의 공격에 조금씩 뒤로 물러선 사광룡의 등이 어느새 모용서하에 거의 맞닿아 있다. 한쪽에선 전신에 피를 뒤집어쓴 공손척이 우한망과의 접전에서 연신 밀리고 있고.

풍전등화의 위기!

이런! 더군다나 모용서하의 몸이 떨리고 있다.

두려움 따위가 아니다. 이를 악문 채 빛을 발하는 눈동자에 서린 것은 오직 안타까움뿐이다. 그녀의 눈이 자신이 있는 곳을 바라보고 있다.

시간이 없다!

일일이 막는 자들 모두를 죽이며 포위망을 뚫는 시간이면 중앙의 상황도 끝날지 모른다.

'나를 악마라 했던가?! 그래, 원한다면 악마가 되어주마!!'

이를 악물었다.

최대한 빠른 시간에, 모두가 진저리를 칠 만한 충격을 줘야 한다.

절혼광에 쓰러진 자들의 몸을 스쳐 가던 휘의 신형이 느닷없이 허공으로 솟구친 것은 그때였다.

"멈춰라!!"

십 장 허공, 우뚝 멈춰선 휘가 대갈을 터뜨리며 천중무의 일보를 내딛었다.

쿠궁! 대기가 터져 나간다.

동시에 만양이 뻗어나갔다.

콰과과과!

만양의 끝에 뭉친 붉은 구슬, 천홍이 점점 커져 간다. 강기의 덩어리, 수백 수천의 실처럼 가느다란 강기가 뭉치고 있었다.

어느 순간!

"내 여자를 건드리는 자는!"

콰아아앙!!

굉음이 천지를 진동하고!

"어느 누구고 용서치 않을 것이다!!"

화아아악!!!

하늘에서 터진 붉은 빛, 선홍빛 시뻘건 번개! 폭멸혼!!

광풍을 동반한 폭멸혼의 번개가 전방을 휩쓸었다.

일순간 부챗살처럼 퍼진 폭멸혼에 넋을 놓고 바라보던 무사들이 휩쓸려 버렸다.

일시에 낫에 잘린 보릿대처럼 우수수 무너지는 무사, 무사들.

이마에 구멍이 난 자, 목이 잘린 자, 복부에 구멍이 뚫린 채 아연한 표정을 짓고 있는 자. 단 한 수에 이십여 명이 비명도 없이 무너져 버렸다.

악다구니를 써대던 전장이 침묵에 묻혀 버렸다. 서로를 죽이지 못해 안달하던 모두가 일시지간 몸이 굳어 움직이지 못하고 있다. 휘가 천천히 허공에서 내려설 때까지도.

뻥 뚫린 군상들 사이에 내려선 휘가 미끄러지듯 걸음을 옮기자 그제야 앞을 막고 있던 자들이 정신없이 뒤로 물러섰다. 용혈궁의 무사들이 먼저 물러서자, 북두검회의 무사들도 뒤따라 물러선다. 한 걸음 다가가면 세 걸음 물러선다. 물러서는 무사들의 눈에서 스며 나오는 짙은 죽음의 공포.

휘가 앞을 주시하며 만양을 홱 뿌렸다.

"덤비면 죽는다! 누구든!"

일갈에 물러서면서도 휘의 앞을 막고 있던 자들이 일제히 옆으로 갈라 섰다. 거대한 해일에 쓸린 모래벽처럼 좌악 갈라진 무사들, 그들 사이로 그녀가 보인다.

휘가 자신도 모르게 입을 열었다.

"서하… 내가 왔소!"

모용서하의 눈이 한껏 커졌다.

그분이다, 그분이 오셨다. 오! 세상에, 어떻게?!

절망이라 생각했는데, 이제는 살 수 없을 거라고 생각했는데…….

문득 창백한 그녀의 얼굴에 상황에 어울리지 않는 홍조가 어렸다.

내 여자… 내 여자…….

휘가 모용서하를 향해 걸음을 옮겼다. 이제 눈앞에 그녀가 있다, 사랑하는 그녀가.

몇 걸음만 걸으면 그녀의 손을 잡아볼 수 있으리라.

휘가 격한 감정을 누르고 모용서하에게 다가갈 때였다.

물러서는 자들 사이에서 느닷없이 검은 구름이 일더니 한순간에 휘를 향해 몰아닥쳤다.

안개가 밀려오듯 소리없는 은밀한 움직임. 묵운(墨雲)에서 느껴지는 살을 에는 듯한 살기, 귀기. 전신의 솜털이 곤두선다.

그 살기에서 느껴지는 암울한 기운.

휘의 눈에서 한광이 번뜩였다.

'신마천궁의 살귀들이다!'

느낌이었다. 몇 번 대해보면서 감각에 새겨진 느낌.

츠팟!!

팔방에서 몰려들던 묵운 사이로 번개가 번쩍였다.
"조심!!"
뒤따라오던 적인풍이 대경해 소리쳤다.
느닷없이 몰려든 묵운 속에서 번쩍이는 검광, 도광. 가공할 살기에 온몸이 떨려오자 자신도 모르게 악을 썼다.
하지만 휘의 신경은 그 묵운에 있지 않았다.
어디선가 전해지는 세 가닥의 가공할 기세.
'또 다른 누군가가 있다.'
그러나 일단은 눈앞의 적이 먼저.
휘는 우수를 늘어뜨린 채 빙글 한 바퀴 몸을 회전시켰다
순간 만양이 묵운을 찢어발기며 붉은 번개를 토해냈다.
쩌저저적!!
절혼광에 묵운이 가로로 길게 갈라지고,
떠더덩!
신음 소리도 없이 세 명의 흑의인이 묵운 속에서 튕겨졌다. 동시에 휘의 신형이 시커먼 묵운 속으로 스며들었다.
쾅! 츠츠츰! 팍!
찰나간 잘려진 팔뚝이 시뻘건 선혈을 동반한 채 허공으로 튀어 오른다. 그러나 비명은커녕 신음 소리조차 없다.
들리는 소리는 오직 살기 찬 칼바람 소리와 바라보던 이들이 기세의 폭풍을 피해 분분히 물러나는 발 끌리는 소리뿐.
툭! 떼구르르……
누군지도 모를 주인없는 머리 하나가 묵운 속에서 튕겨 나왔다.
시뻘건 핏줄기가 허공으로 치솟고, 하늘에선 붉은 번개가 대지에 내리꽂혔다.

단천락에 이어 유성탄비격!

만양에서 천홍의 붉은 구슬이 튕겨지자 소리없이 묵운의 한쪽이 무너져 내린다.

흩어지는 시커먼 구름, 베어진 팔다리가 시뻘건 대지 위에 여기저기 널려 있는 광경이 어슴푸레 보이기 시작했다.

그 중앙에 우뚝 서서 연붉은 만양을 늘어뜨린 휘의 주위로 회오리처럼 휘돌던 음산한 묵운이 가라앉고 있다.

장내가 침묵에 잠겼다.

침묵 속에 긴 머리를 휘날리며 휘가 고개를 들었다.

전신에 난 십여 군데의 상처에서 붉은 선혈이 배어 나오지만 휘는 움직일 수가 없었다. 다른 사람은 인지하지 못하고 있지만 그만은 알고 있기 때문이다.

이들이 다가 아니다. 이자들과는 비교도 되지 않을 정도의 강자들이 접근하고 있다. 그것도 하나가 아닌 셋.

휘가 이를 악물었다.

악귀처럼 몸을 던진 흑의인들은 모두 여덟, 이들의 목적은 자신을 죽이는 것이 아니었다.

이대도강(梨代桃僵), 오직 휘의 손실을 최대화시키는 것이 목적이었다. 살을 주고 뼈를 베겠다는 뜻. 그리고 이제 이어질 공격자들이 바로 자신을 죽이려는 진정한 고수들이다.

"형님! 피가……."

"모두 물러서요!"

휘의 전신에서 배어 나오는 피를 보고 초평우가 떨리는 목소리로 입을 열자 휘가 짧게 소리쳤다.

다가서려던 적인풍도 흠칫하며 걸음을 멈췄다. 문득 그의 신형이 뒤를 향해 홱 돌려졌다. 가공할 기운이 몰려오는 기세를 그제야 느낀 것이다.

"마, 맙소사! 모두 조심해라!!"

적인풍이 자신의 도를 움켜쥔 채 전신의 공력을 끌어올리고 전면을 주시했다. 당홍과 풍인강, 초평우와 영등도 느낀 듯 스멀거리며 등줄기를 타고 오르는 살기에 입술을 깨물었다.

그때!

"와라!"

휘의 입에서 대갈이 터져 나왔다. 일순간,

콰아아아!!

좌측에서 폭풍 같은 기세가 휘를 향해 덮쳐들었다.

탈백마도 좌치양은 믿을 수가 없었다.

말은 들었다. 혈령마신이 무너지고 무음살마제가 물러났다 했었다. 음양쌍도가 천살귀령을 데리고 덤볐다가 천살귀령만 잃고 쫓기듯 도망쳤다 했던가?

그래도 믿을 수가 없었다. 구정마원의 넷이 나서고도 한 사람을 상대하지 못하다니. 그것도 스무 살이 조금 넘는 어린놈에게.

하지만 눈앞에서 자신과 싸운다 해도 승패를 장담할 수 없는 귀령팔마가 겨우 생채기 몇 군데 내고 모두 전멸을 해버리자 그는 소문을 믿지 않을 수가 없었다. 아니, 전율이 일고 있었다.

몸을 날리기도 전에 도를 잡아가는 손이 그의 마음을 대변했.

거리는 오 장, 좌치양은 자신도 모르게 소리를 질렀다.

"놈! 나는 좌치양이라 한다. 이곳에서 살아나갈 생각을 말아라!!"

휘의 입가로 싸늘한 웃음이 걸렸다.

상대는 셋, 하나같이 초절정 이상 절대의 고수들이다.

한쪽을 적인풍 등 다섯 명이 막는다 하지만 문제는 그들의 능력으로는 적을 오래 상대할 수는 없다는 것. 관건은 자신이 얼마나 빨리 두 명을 처리할 수 있냐에 달려 있다. 정확한 방향조차 잡히지 않는 절대의 고수들을.

그런데 한 명이 고맙게도 자신의 위치를 친절하게 알리며 공격하고 있다. 그렇다면……

'무리를 해서라도 최대한 빨리 하나를 처리한다!'

후우웅!

만양이 좌치양의 목소리가 들리는 쪽으로 휘둘러졌다.

십성의 내력이 담긴 시뻘건 천홍이 환하게 피어나고, 일순 아홉 개의 혈련화가 좌치양의 전신을 덮어갔다. 천심화(天心花)!

좌치양의 두 눈이 경악으로 부릅떠졌다. 찰나간에 시야를 가득 메운 혈련화, 그 혈련화에서 전해지는 가공할 기운에 그는 도를 쥔 손이 떨려 올 지경이었다.

하지만 머뭇거릴 시간이 없다.

거리는 삼 장, 아차 하는 순간이면 목숨이 사라진다.

좌치양의 도에서 시퍼런 강기가 일렁이는가 싶더니 천심화를 향해 십팔도가 그어졌다.

쩌저저저적!

일시지간, 그가 사십 년 이상을 매달려 온 탈백마혼도법의 다섯 초식이 줄줄이 펼쳐진 것이다.

콰콰광!!

이 장의 간격을 두고 두 사람의 붉고 푸른 강기가 폭발하듯이 터져 나간다.

주춤거리며 뒤로 물러서는 좌치양, 그런 좌치양을 향해 다시 만양을 내뻗는 휘. 언뜻 휘의 입가에 희미한 미소가 어렸다. 그 순간!

콰앙!!

만양의 끝에서 폭멸혼이 쏘아졌다. 수백 개의 강기 다발이 일시에 터져 나갔다.

좌치양은 이를 악물고 시퍼런 도강으로 도벽을 만들었다.

최강의 수비라는 도벽이다. 한여름 소나기조차 한 방울도 뚫고 들어올 수 없는 도벽. 그러나 도벽은 단 일초의 폭멸혼에 의해 산산조각으로 부서져 버렸다.

그나마 위력이 줄어든 게 다행이라면 다행이었다. 위력이 줄어든 폭멸혼이 좌치양의 전신을 쓸고 지나갔다.

"크으읍!"

다시 일 장을 더 물러선 좌치양의 옷자락이 걸레조각처럼 찢어졌다. 찢어진 옷자락 사이로 비치는 시뻘건 선혈, 축 늘어진 왼팔, 그의 부상은 결코 가볍지 않았다.

힘겹게 들어올린 탈백도를 휘에게 겨누지만 그의 눈은 이미 거세게 흔들리고 있었다.

그때였다. 휘가 겨눈 만양의 끝에 붉은 점이 걸렸다. 미세한 강기를 모아 놓은 듯한 선홍빛 붉은 점이.

귀천무종(歸天無終)! 광섬사결의 최후 초식!

혼백을 찍어 누를 것만 같은 귀천무종의 압력에 좌치양의 안색이 하얗게 탈색되었다. 그는 저 밑도 끝도 없어 보이는 초식을 어떻게 막아야 할지 생각이 나지 않았다.

무의식적으로 탈백마령혼을 펼쳤다. 자신의 탈백마혼도법 중에서도 가장 강력한 삼초식 중 하나인 탈백마령혼을.

하지만 붉은 점이 상대의 검끝에서 사라졌다 싶은 순간, 자신의 눈앞에 붉은 꽃이 피어나고, 그 붉은 꽃이 뇌리를 하얗게 태워 버렸다 느꼈을 때, 그는 자신의 몸을 가누지 못한 채 비틀거리며 주저앉아야만 했다.

그때, 문득 좌치양의 눈에 상대의 뒤를 덮쳐 가는 아지랑이가 보였다.

"그… 놈을…… 죽여……. 끄으……."

그게 마지막이었다. 한때 감숙무림을 공포로 몰아넣었던 탈백마도 좌치양이 산동의 들판에서 덧없는 생을 마감한 것이다.

하지만 휘는 좌치양의 죽음을 보며 감상에 젖을 시간이 없었다.

좌치양을 최대한 빨리 물리치기 위해 십성의 힘을 연속으로 끌어내 썼다. 그것도 절대에 이른 고수를 상대하며. 그러다 보니 한순간 내력이 반은 빠져나갔다. 문제는 내력을 찾을 시간이 없다는 것.

엎친 데 덮친 격으로 뒤에서 덮치고 있는 자가 눈앞에서 죽어간 자보다 더 강하다는 것이 본능적으로 느껴진다.

소리도 없고, 기세조차 대기에 숨기고 있을 정도다. 그리고 일순간 하늘을 가르며 떨어져 내리는 만도!

휘가 이를 갈았다.

"무음살마제! 당신이었군!"

확! 돌아서는 휘의 신형이 좌우로 갈라졌다.

찰나간 다섯 개의 환영을 남기고 물러서는 휘.

그러나 상대는 무음살마제였다. 오보천환을 누구보다 잘 알고 있는 자.

"켈! 악귀 같은 놈! 죽어라!!"

쩌저적!!

만도가 휘의 그림자를 쫓아 휘어져 들어온다. 평상시라면 충분히 피하고 반격까지 할 수 있는 상황, 그러나 묵운에 싸인 귀령팔마와 좌치양을 죽이느라 손실된 내력이 만만치 않다.

무음살마제도 그것을 알고 전력을 다해 휘를 죽이려 하는 것.

파바박!

만양의 연붉은 그림자를 뚫고 들어온 도강이 휘의 어깨를 스쳤다.

쩍 벌어진 어깨가 붉게 물들고, 어깨를 스친 도강이 빙글 휘어지더니 세 개의 환영을 난도질하며 사그라뜨렸다.

그사이 휘의 몸에 두어 군데의 상처가 더 생겼지만 찰나간에 휘와 무음살마제의 간격은 삼 장으로 벌어졌다.

그럼에도 오보천환을 펼쳐 만도의 영향권을 빠져나온 휘의 두 눈은 더욱 깊게 가라앉았다.

피륙의 상처는 문제가 아니다. 상대는 무음살마제, 절대의 고수. 단순히 초식의 싸움을 할 상대가 아닌 것이다.

재빨리 천양과 지음의 기운을 끌어내 풍령의 기운으로 다스렸다. 잠깐의 시간이었지만 적지 않은 내력이 복구되었다. 그러나 이 정도로는 아직 상대를 어찌할 수가 없다.

더구나 휘가 내력을 다스리도록 두고 볼 무음살마제가 아니다. 휘의 내력이 복구되면 죽이기는커녕 도망가야 할지도 모른다는 것을 누구보다 잘 아는 그였으니까.

눈을 치켜뜬 무음살마제가 손에 들린 만도를 허공으로 내던졌다. 이기어도인가?

승기를 잡았을 때 끝장을 내버리겠다는 듯 던진 만도에 어린 기세는 하늘조차 쪼개 버릴 것만 같았다.

"켈켈켈! 어디 이것도 받아봐라!!"

허공을 쩍 가르며 둥근 도강이 날아온다.

휘의 눈썹이 꿈틀거렸다. 내력이 조금 회복되기는 했지만 아직 무음살마제를 제압할 정도는 아니다. 조금만 더 시간이 주어진다면 좋으련만,

시간은 그의 뜻대로 기다려 주지를 않는다.
그렇다고 하늘만 탓할 수는 없는 일.
이기어도처럼 허공을 자유자재로 날며 다가오는 도강를 바라보는 휘의 눈이 무저의 심해처럼 깊어졌다.
'좋아! 내가 누구냐?! 세 아버지를 둔 진조여휘가 바로 나다!!'

적인풍은 또다시 악몽을 꾸는 것만 같았다. 다시는 꾸고 싶지 않은 악몽을.
절정의 경지에 올라선 자신과 당홍, 그리고 능히 절정에 근접했다는 고수 세 명을 더하고도 한 사람을 어쩌지 못하고 있었다.
오히려 하나하나 늘어만 가는 상처가 가슴을 답답하게 했다.
이제는 해볼 만하다 생각했거늘, 다시 무음살마제를 만난다면 전과 다른 결과를 보여주리라 다짐했거늘. 젠장!
"으이아! 덤벼! 늙은이!"
초평우도 답답한 마음이 자신과 같은 것 같다.
"죽여 버리겠어! 죽이겠다구!!"
초평우의 옆에서 바늘 끝처럼 가느다란 강기를 찔러대고 있는 당홍의 일그러진 표정도 역시 자신과 다르지 않은 듯하다.
그때 들리는 휘의 목소리.
"무음살마제! 당신이었군!"
역시 그들이었다. 구정마원의 노괴물들!
적인풍이 문득 든 생각에 이를 악물고 소리쳤다.
"문주님께서 무음살마제를 쓰러뜨릴 때까지 우리가 이 늙은이를 맡는다!"
놓치면 휘가 위험해진다. 자신의 경험대로라면 눈앞의 늙은이는 무음살마제에 못지않은 고수다. 이런 고수가 자신들의 손을 떠나 무음살마제와 함께 휘를 공격한다면?

그래선 안 된다. 묵운에 싸인 적들을 베고, 탈백마도 죄치양을 죽이느라 이미 적지 않은 내력을 소모한 휘다. 지금으로선 무음살마제 한 명만도 벅찬 상황.

"죽기를… 각오하라!!"

적인풍의 목소리가 들린다. 늦으면 정말로 저들은 자신을 위해 목숨을 던질 것이다. 그때는 자신이 이긴다 해도 늦다.

휘의 눈에서 신념의 불길이 타올랐다.

손에 들린 만양도 시뻘건 불길을 토해냈다.

천양의 기운이 만양의 검신을 불길처럼 타고 흐르더니 코앞에 닥친 만도의 둥근 도강을 맞이해 갔다.

쾅!

불길이 사방으로 퍼져 나간다. 부서진 천홍의 파편들.

충격으로 떠오른 만도를 잡은 무음살마제가 다시 떨어져 내렸다. 아지랑이처럼 흐느적거리는 그의 신형은 눈으로 쫓아가기가 힘들 정도다. 그러나 휘 역시 오보천환을 익힌 신법의 대가.

스으으…….

흩어지는 듯하던 휘의 신형이 무음살마제를 쫓아 허공으로 솟구쳤다. 솟구친 휘의 신형이 확 퍼지듯 순식간에 수십의 환영을 남기고, 수십의 환영이 일제히 만양을 내려쳤다.

"켈켈켈! 그따위 수에 속을 내가 아니다!"

무음살마제의 쇠를 긁는 듯한 조소 소리가 허공에서 메아리친다.

그때다.

휘의 입이 악다물리고, 만양을 쥔 손에 불끈 힘이 들어갔다.
'놈이 방심하고 있다! 기회다!'
"타아앗!!"
만양에서 아홉 송이의 혈련화가 피어났다. 천심화!
천심화의 중앙에 생성된 커다란 혈련화가 어느 한곳을 향해 쏘아져 간다.
"어헛!"
허공에서 들리는 다급한 소리. 생각보다 훨씬 강력한 휘의 공격에 당황한 목소리다.
만일 자신의 생각과 달리 휘가 내력을 거의 다 회복했다면?
그렇다면 자신이 그동안 속았단 말인가?
마지막 한 수를 노리기 위해서 지금껏 참고 있었단 말인가? 온몸에 상처를 입으면서까지?
무음살마제가 잠시 잠깐 자신의 판단에 혼란을 겪으며 천심화에 마주쳐 갈 때다. 무음살마제를 덮쳐 가던 천심화의 아홉 송이 혈련화가 중앙의 커다란 혈련화를 중심으로 뭉치기 시작했다.
그것은 찰나간의 변화였다.
미처 무음살마제가 놀랄 틈도 없었다.
중앙의 혈련화가 좀 전보다 배는 커져 버렸다.
대천화(大天花)! 천화단심기로 펼칠 수 있는 오천화의 마지막 꽃이 휘의 손에서 이백 년 만에 모습을 드러낸 것이다.
쾅!!
"우욱!"
"음……."
무음살마제와 휘가 동시에 튕겨졌다.

피를 토하는 무음살마제의 노안이 붉게 물들었다. 엄청난 힘이 폭발하며 자신의 천살만강을 부수고 내부의 장기까지 흔들어 버린 것이다.

무음살마제의 눈이 가늘게 떨렸다. 아무래도 속았다는 생각이 옳았던 것 같다. 놈은 힘을 숨기고 자신이 달려들기만을 기다렸던 듯하다. 참으로 질리는 놈이다. 어찌 저런 인간이 있는지 의문일 정도다.

무음살마제가 어깨를 떨며 자신도 모르게 주춤 두어 걸음 물러섰다. 그러나 마지막 기회일지도 모른다 생각하고 있던 휘로선 이 기회를 놓칠 수 없었다.

혼신의 힘으로 남은 기운을 모조리 끌어올렸다. 천양이 독맥을 치닫고, 지음이 기해에서 솟구쳤다. 전에 비하면 반이 겨우 넘는 정도의 내력. 풍령의 기운으로 두 기운을 합치자 그럭저럭 두어 번의 공격은 가능할 것 같다.

한데 설령 두어 번의 공격으로 무음살마제를 어찌한다 해도 정체 모를 고수 한 명은 어찌한단 말인가.

휘는 고개를 흔들었다.

지금은 나중 일을 생각할 때가 아니다. 무음살마제를 어찌지 못하면 나중 일도 없다. 싸움이 한창인 모용서하 쪽도 그렇고, 적인풍 등 만상문의 형제들 역시도 모두 죽을지 모른다.

휘가 무음살마제를 바라보며 소리쳤다.

"무음살마제! 너는 죽는다!!"

찰나 신형이 흔들리더니 만변무변 부동환, 오보천환의 마지막 변화가 펼쳐졌다.

움직이지도 않은 것 같은데 십오 장의 거리가 일시에 좁혀졌다. 이미 기세를 잃은 무음살마제로선 여전히 흔들리지 않고 공격하는, 그런 휘가 더욱 두려워졌다.

무음살마제가 주춤 물러설 때였다. 일순간 휘의 신형이 사라졌다.
"헉!"
눈을 부릅뜬 무음살마제는 허공을 직시했다. 그곳에 휘가 있었다, 만양을 높게 쳐든 휘가.
자신도 만도에 혼신의 내력을 주입했다. 여기서 당할 수는 없다는 마음에. 그러나 이미 기세는 휘에게로 넘어가 있었다.
휘는 만양을 귀천무종을 펼치려 만양을 내뻗었다. 만양의 검첨에 붉은 점이 형성되고 붉은 점이 금방이라도 튕겨질 듯 요동을 친다. 내력이 달리는 것인지……
속으로 이를 악물었다.
'이번에 강한 타격을 줘야만 한다! 모두가 죽고 사는 것이 이 한 수에 달려 있다! 어떻게든 귀천무종을 펼쳐 내야만 한다!'
그때였다. 어떻게든 모든 힘을 끌어내 억지로라도 귀천무종을 펼치려는 휘의 머릿속을 울리는 음성.

"휘아야. 네가 가진 꽃을 네가 피워냈더냐? 아니면 스스로 피어났더냐?"
"그 선이 본래 선이더냐? 아니면 다른 것을 그렸는데 선이 된 것이더냐?"

왜 구 노인의 말이 지금 생각나는지는 알 수가 없었다. 분명 자신의 무공은 구 노인을 훨씬 앞질러 있거늘, 구 노인의 말이 자신에게 무슨 도움이 될 수 있단 말인가.
그런데 묘하다. 참으로 알 수 없는 일이다.
자신의 몸이 그 말을 따라 움직이려 하고 있다.
광섬사결의 마지막 초식을 귀천무종이라 이름 붙였었다.
그러나 끝이 없으니 돌아옴도 필요없는 것.

그것은 선도 아니었고 점도 아니었다. 그저 스스로의 마음일 뿐!

무종무상(無終無常)!

문득 그 이름이 생각났을 때다.

만양의 검첨에 머물러 있던 붉은 점이 사라졌다.

무음살마제를 바라다봤다. 그의 가슴에 머물러 있는 붉은 점이 보인다.

퍽!!

뭐가 뭔지도 모르는 사이, 작은 소음이 들리더니 무음살마제의 가슴이 움푹 파였다. 순간, 홉떠진 무음살마제의 눈이 휘를 향했다.

"이, 이, 이건… 무슨……."

휘는 자신이 펼치고도 완전히 달라진 귀천무종의 위력에 말을 잊었다. 그러다 무음살마제가 무너지며 묻는 말에 무심코 입을 열었다.

"무종무상……."

무음살마제마저 쓰러지자 나머지 한 명의 덩치 큰 노인, 마우(魔牛) 위경은 곤혹스럽기 그지없었다.

귀령팔마들이 죽고 좌치양이 죽을 때만 해도 놀라긴 했지만 그럴 수도 있다 생각했다. 진조여휘란 젊은 놈이 혈령마신을 꺾었다는 것을 알고 있었으니까. 그러나 무음살마제마저 당할 줄이야.

커다란 칼을 들고 설치는 초평우를 일수에 떨쳐 내고 위경은 물 흐르듯 뒤로 물러섰다.

"보고도 믿을 수 없는 일이군."

"헉헉헉, 보고도 믿을 수 없는 눈깔은 뭐 하러 달고 다니오? 아예 빼버리지!"

위경이 어이없는 눈으로 초평우를 바라보았다.

'뭐가 어째?'

감히 자신에게 저따위 말투라니!

피를 보는 것이 달갑지는 않았지만 아무래도 훈계 정도는 내려야 할 듯싶었다.

위경이 초평우를 향해 손가락을 뻗으려 할 때다.

"그 손가락을 그대로 뻗으면 나의 검이 얼마나 매운지도 맛봐야 할 거요, 노인장."

나직하게 울리는 휘의 목소리. 위경은 손을 더 뻗지 못하고 휘를 향해 고개를 돌렸다. 문득 그의 두 눈에 묘한 빛이 떠올랐다.

"아직도 힘이 남았나 모르겠군."

휘가 싸늘한 조소를 입가에 흘리며 말했다.

"믿지 못하겠으면 시험해 보면 알 거요!"

위경은 피식 웃음을 지으며 주위를 둘러보았다.

"많이도 죽었고. 아마 자네 손에 죽은 자들이 대부분인 것 같은데……."

"그래서 죄라도 묻겠다는 것이오?"

위경이 설레설레 고개를 저었다.

"나는 이런 피냄새가 싫어. 그래서 여기도 올까말까 망설였었지. 한데 이제는 일도 대충 끝난 것 같기도 하고……. 해서 갈까 하네만, 보내는 주겠지?"

어쩌면 그 말이 사실일지 모른다는 생각이 들었다.

"문주님, 기이하게 그는 실수를 자제했습니다. 만일 그가 실수를 마음먹고 썼다면 우리 중 두어 명은 죽었을 겁니다. 그리고 저 사람에 대해서 어디선가 들어본 기억이 납니다."

조금 전에 들려온 적인풍의 전음도 그렇지만 자신이 판단해 봤을 때도 뭔가가 조금 이상했다.

그의 능력을 봐서 충분히 가능한 일이었다, 다섯 중 두셋을 죽이는 것쯤은. 그런데 기이하게도 저자는 한 명도 죽이지 않았다. 의외의 상황, 정말 저자는 이곳에 오는 것을 원치 않았던 것인가?

한데 그때, 눈앞에 있는 노인의 정체가 생각난 듯 적인풍이 조용한 목소리로 입을 열었다. 하지만 그 내용은 결코 간단치가 않았다.

"천하에 마우 위경 노선배가 간다는데 누가 막는단 말입니까?"

"마, 마우 위경?!"

"소림의 백팔나한진을 두 주먹만으로 부숴 버렸다는 사십 년 전의 마도제일권?"

아연한 표정을 짓는 사람들은 본 척도 하지 않고 위경은 눈을 빛내며 적인풍을 응시했다.

"어찌 알았나?"

"우리 다섯 명을 상대로 여유있게 싸울 수 있는 권법의 고수는 두어 명에 불과합니다. 게다가 그 주먹, 분명 마우천마권의 흔적으로 보입니다만."

"흠, 제법이군. 강호에 나오지 않은 지가 사십여 년이나 되었는데 주먹만으로 나를 알아보다니."

위경이 주위 풍경에 어울리지 않게 흐뭇한 표정을 지을 때였다.

"더 이상 싸우지 않겠다면 그만 가보시오."

휘가 위경을 바라보며 싸늘한 목소리로 말하자 위경이 눈살을 찌푸리며 무음살마제를 가리켰다.

"저 친구의 시신은 내가 가져가도 되겠지?"

"물론 가져가도 되오. 한데 한 가지, 마우 위경 노선배가 신마천궁에 몸을 담다니, 그간 강호의 소문이 잘못되었나 보군요. '마우 위경은 비록 마도의 인물이지만 악한 사람은 아니다'라고 알고 있었습니다만."

위경의 눈매가 가늘게 떨렸다.

"사람에게는 나름의 고충이 있는 법이라네. 신마천궁에도 그런 사람이 몇 있지. 훗……."

피식 웃음을 지은 위경이 무음살마제의 시신을 안고 뒤돌아섰다. 그리고 바람에 몸을 싣고 빠르게 전장을 벗어났다.

휘는 사라져 가는 그를 잠깐 보고는 바로 몸을 돌렸다. 그런 휘의 눈꼬리가 가늘게 떨리는 것을 본 사람은 아무도 없었다.

"후후후……. 내력이 반도 남지 않은 몸으로 나 위경을 쫓아내다니, 내가 싸우려 했으면 어쩌려고 그랬나? 이번에는 그냥 가지만 다음에는 절대 그냥 물러서지 않을 것이야. 하하하!"

위경이 전음을 듣고 휘는 확신할 수 있었다. 위경은 휘의 상황을 정확히 알고 있었다는 것을.

'빚을 진 것인가? 그것도 신마천궁의 사람에게? 후우……. 진짜 우습지도 않은 일이군.'

하지만 위경도 모르는 사실이 있었다. 그나마 그 반도 휘가 억지로 끌어올린 내력이란 것을.

휘는 위경이 떠나가자 모용서하가 있는 곳을 향해 한걸음 내딛었다. 십여 장 밖에 둘러서 있던 무사들이 촤악 갈라졌다.

피는 멈춰 있었지만 전신이 피로 물든 휘의 모습은 추적대의 무사들에게는 악귀와도 같았다.

귀령팔마나 좌치양, 그리고 무음살마제와의 싸움은 그야말로 번갯불에 콩 튀겨 먹듯 빠르게 시작해 빠르게 끝나 버렸다. 그러나 그 짧은 시간에 일어난 사건은 무사들의 사고를 정지시켜 버렸다.

세상에! 단 한 사람에게 탈백마도 좌치양과 무음살마제가 죽다니!

사광룡을 몰아치던 자들도 싸움을 멈추고 자신들도 모르게 뒤로 물러섰다. 하지만 그들은 북두검회와 용혈궁의 내놓으라 하는 간부급 고수들, 일반 무사들과는 그 격이 달랐다.

그 때문에 그들은 더 이상 물러설 수가 없었다, 자존심 때문에라도.

"너는 웬 놈이냐?!"

그 한마디가 북두검회의 비검당주 완운백이 이승에서 남긴 마지막 말이었다.

후우웅!

아무런 대꾸도 없이 휘의 만양에서 천홍이 튕겨졌다. 거리는 십 장. 찰나간에 십 장을 단축한 천홍이 완운백의 이마를 파고들었다. 순간, 완운백은 피하지 않고 자신의 검으로 천홍을 후려쳤다.

쾅! 쩡그렁!

"꺼억!"

목을 쥐어짜는 신음 소리, 완운백의 검을 부러뜨린 천홍이 그대로 완운백의 이마에 틀어박히더니 한 송이 붉은 혈련화가 피어났다.

"막으면, 죽는다고 했다!"

이후론 누구도 휘의 앞을 막지 않았다.

저벅저벅, 무거운 걸음 소리가 정적을 깨뜨리며 둘러선 사람들의 고막을 울렸다.

한쪽에서는 공손척과 우한망의 대결이 막바지를 향해 치달리고, 휘는 태연히 인의 장막 사이로 난 길을 따라 중앙으로 들어간다. 그 뒤를 적인풍과 당홍, 추평우와 풍인강, 영등이 따라간다.
 휘는 모용서하와 사광룡의 삼 장 앞에서 걸음을 멈췄다.
 "오셨군요."
 떨리는 모용서하의 목소리에 휘가 빙긋 웃었다.
 "왔소. 너무 늦지나 않았는지 모르겠군."
 "조금 늦긴 했지만… 그래도 잘 오셨어요."
 모용서하도 힘겹게 웃음을 지었다. 하얀 얼굴에 피어오른 웃음에는 슬픔과 기쁨이 범벅이 되어 있었다.
 그때였다.
 "커윽! 네놈이……."
 "크크……. 맛이… 어떠냐……."
 '아차!'
 짧은 순간이나마 모용서하를 만난 기쁨에 공손척의 싸움을 잊었다. 물론 끼어들기도 애매한 상황이긴 했지만, 그래도 최악의 상황이면 구했어야 하는데.
 고개를 돌리자 공손척과 우한망의 모습이 보였다. 두 사람의 싸움은 모든 것이 끝나 있었다.
 우한망의 검이 공손척의 오른쪽 가슴 위쪽을 관통한 채 등 뒤로 두 자는 빠져나와 있었다. 선혈이 검신을 따라 주르륵 흘러내린다.
 무릎을 꿇다시피 한 채 우한망의 가슴 정중앙에 깊숙이 좌수를 박고 있는 공손척의 입가에 비릿한 조소가 맺혔다. 그는 우한망의 검에 어깨를 내주고, 우한망이 득의한 틈을 타 그대로 밀고 들어가 좌수로 결정을 내버렸다.
 그 찰나의 선택이 승부를 갈라 버렸다.
 일그러진 우한망의 입에서 폭포수 같은 핏물이 넘어온 것은 휘와 모용서하가 고개를 돌렸을 때였다.

"할아버지!"

모용서하가 달려가려 하자 공손척이 천천히 몸을 일으켰다. 한 사람은 일어서고, 한 사람은 쓰러진다. 비틀거리며 일어선 공손척이 휘를 보고는 씨익 웃었다.

"자식이 어디서 감히……. 으음……."

떨리는 손을 들어 가슴에 박힌 검을 잡아 뽑는 공손척의 이마에 굵은 고랑이 파였다.

"제길… 꽤나 아프군. 얼마 만에 검을 꽂아봤는지……. 크으……."

떵그렁.

검을 내던진 공손척이 더 이상 피가 나오지 않도록 재빨리 혈도를 점했다.

휘는 속으로 안도의 숨을 내쉬고는 고개를 돌리더니 조용히 입을 열었다.

"다 죽여 버릴까요?"

공포에 짓눌린 자들이었지만 악에 바치면 무슨 짓을 할지 몰랐다. 그 때문에 조금 전에는 더 이상 손을 쓰지 않고 놔뒀었다. 그러나 이제는 상황이 달라졌다.

모용서하도 곁에 있고, 공손척도 무사하다. 상대는 육십여 명, 결코 자신들의 상대가 아니다.

그런데 휘의 말에 공손척이 고개를 저었다.

"저 중에 반은 용혈궁의 사람들이다. 어쩔 수 없이 온 자들도 상당수다."

모용서하가 고개를 끄덕였다.

"할아버지 말씀이 맞아요. 그들이 머뭇거리지 않고 달려들었다면…

우리는 벌써 죽었을 거예요."
 문득 물러서던 자들이 생각났다. 그들은 대부분이 용혈궁의 무사들, 그들이 물러서자 북두검회의 무사들도 물러섰었다.
 그들이 북두검회의 무사들보다 겁이 많아서가 아닐 것이다. 싸우고 싶지 않아서였을 것이다. 어쨌든 며칠 전만 해도 모용서하와 공손척은 그들이 우러러보던 사람들이었으니까.
 그렇다. 죄는 높은 자리에서 더 높은 것을 바라보며 욕심을 낸 자들에게 있지 일반 무사들에게 있는 것이 아니었다.
 휘가 말했다.
 "물러서는 자는 죽이지 않겠다! 그러나 덤비는 자는 죽인다! 판단은 그대들이 알아서 하도록!"
 나직하면서도 무거운 음성이 고막을 터뜨릴 듯이 방원 일백여 장에 울려 퍼졌다.
 사광룡을 공격했던 고수들의 어깨가 부르르 떨렸다. 자존심이 상하는 것이다. 그러나 목숨은 자존심보다도 더 중했다, 적어도 더 많은 욕심을 지닌 그들에게는.
 남은 사람은 육십여 명, 그러나 상대 쪽은 상상할 수 없는 고수가 합류했다. 도저히 가망이 없는 싸움. 결단은 빠를수록 좋다.
 북두검회의 무진검단주 융호가 일그러진 얼굴로 말했다.
 "조, 좋다! 오늘은 물러서지! 하지만 언제고……."
 "말이 많군. 나는 진조여휘! 가서 그대들의 주인에게 말하라! 언제고 내가 오늘의 일을 따지러 갈 테니 기다리라고!"
 융호가 눈을 부릅떴다.
 "그대가 무슨 자격으로……?"
 휘가 새겨들으라는 듯 머리를 내밀고 소리쳤다.

"자격? 내 마누라될 사람의 집안일이다! 알겠냐?!"

그걸로 모용서하와의 관계가 확정되었다. 얼굴이 벌게진 모용서하야 어떻게 생각하든지.

사상자들을 잘 챙겨가라는 휘의 친절한 충고에 북두검회와 용혈궁 무사들이 사상자들을 떠메고 떠나가자, 선혈로 붉게 물든 평원에는 삼십여 명만이 남았다. 그중에는 떠나가지 않은 용혈궁의 무사들도 있었다.

심평호가 거의 잘리다시피 한 어깨를 움켜쥐고 차갑게 물었다.

"너희들은 왜 안 가는 것이냐?"

용혈궁의 무사들 중 삼십대의 장한이 앞으로 나섰다. 그는 무릎을 꿇더니 비감에 찬 표정으로 입을 열었다.

"저는 비룡당의 제삼대주 정한수라 합니다. 본래부터 지금 벌어진 일을 못마땅하게 생각하고 있었습니다. 그러니 돌아가지 않겠습니다. 죽어도 소궁주님의 손에 죽겠습니다."

심평호의 이마가 꿈틀거렸다.

"그런 놈들이 추적대와 같이 왔단 말이냐?"

"추적대와 같이 와야 벗어날 수 있다고 생각했기 때문입니다. 그리고 잘하면 도울 수도 있을지 모른다 생각했습니다."

그때 모용서하가 말했다.

"심 숙부, 제가 볼 때 저분들은 우리를 향해 직접 검을 겨누지 않았어요. 오히려 뒤에서 변죽만 울리고 북두검회의 움직임을 방해한 것같이 보이던데……."

정한수가 고개를 푹 숙였다.

"직접적인 도움을 줄 수가 없기에, 그저 할 수 있는 만큼만 했습니다. 죄송합니다. 같이 싸우지를 못해서……."

뒤에 늘어섰던 무사들도 일제히 무릎을 꿇으며 외쳤다.

"용서해 주십시오, 소궁주!"

무슨 소리냐는 듯 모용서하가 손을 가로저었다.

"싸웠다면 다 죽었겠지요. 어찌 그걸로 당신들을 탓할 수 있겠어요. 그만 일어나……. 아……."

그 순간, 말을 하던 모용서하가 갑자기 이마를 짚더니 스르르 쓰러졌다. 느닷없는 상황에 깜짝 놀란 휘가 신형을 날리며 재빨리 손을 뻗었다.

"서하!!"

휘가 쓰러지는 모용서하를 끌어안자, 그제야 모용서하의 몸이 좋지 않다는 것을 생각한 공손척이 자책감 섞인 목소리로 소리쳤다.

"이, 이런! 서하야!"

"어찌 된 일입니까? 몸이 얼음장처럼 차갑습니다."

"또다시 한기가 몸을 침범한 것 같네. 큰일이군. 그렇지 않아도 그 때문에 걱정이 태산 같았는데, 지금 와서 발작을 히디니……."

"그럼 어떻게 해야 합니까? 복용하던 약 같은 것도 없습니까?"

"약? 아! 금양단!"

금양단이란 말에 휘의 눈이 번쩍 뜨였다. 삼 장여 떨어진 곳에서 멀뚱히 돌아가는 상황을 지켜보던 초평우와 풍인강도 눈을 크게 뜨고 모용서하를 주시했다.

"금양단을 복용하고 운기해야 하는데 그럴 시간이 없어서 아직 복용하지 못했네."

공손척의 말을 듣던 휘가 급히 입을 열었다.

"그럼 지금이라도……."

"그것만으로는 안 되네. 서하가 한 말대로라면, 다시 발작을 할 경우 금양단만으로는 힘들지 모른다 했네……."

"그래도 일단 먹여야죠."

"그, 그건 그렇지……."

급히 모용서하의 품속을 뒤지려던 공손척이 멈칫하더니 휘를 바라보았다.

"자네가 찾아보게."

"예?"

누가 찾으면 어때서?

"어서!"

"예, 그러… 죠."

휘가 서둘러서 모용서하의 품속에 손을 집어넣었다. 그러다 무엇 때문인지 잠시 멈칫하고는 떨리는 손으로 보자기에 싸인 자그마한 함을 하나 꺼내 들었다.

"여, 여기 있습니다."

힐끔 휘를 묘한 눈빛으로 바라본 공손척이 빼앗듯이 함을 건네받고는 주위를 둘러보았다.

"뭐 해?! 주위에 잠시 쉴 만한 곳이 있나 찾아봐! 집이든, 동굴이든, 어서!!"

적인풍이 공손척의 말뜻을 알아듣고는 재빨리 소리쳤다.

"나는 이쪽으로 가볼 테니, 자네들은 저쪽으로 가서 찾아보게!"

그제야 당홍과 초평우, 풍인강, 영등이 사방으로 흩어졌다.

부상이 심한 사광룡마저 움직이려 하자 정한수가 벌떡 일어섰다.

"저희가 찾아보겠습니다. 모두 나와 함께 소궁주께서 쉬실 곳을 찾으러 가자!"

"예!"

반 각도 안 되어 뒤쪽의 숲 속으로 들어갔던 정한수와 용혈궁의 무사들이 가쁜 숨을 몰아쉬며 뛰어나왔다.

"제법 큰 동굴이 있습니다, 어르신!"

모용서하에게 금양단을 으깨어 복용시킨 후 내력을 주입시키고 있던 휘가 번쩍 눈을 떴다. 모용서하에게 내력을 주입하는 동시에 자신의 내력도 일주천을 시켰다. 하지만 아직은 완전치 않은 몸, 모용서하를 위해서도, 자신을 위해서도, 안정적으로 운기를 할 수 있는 장소가 필요했다.

"일단 강제로 금양단의 약효를 퍼지게는 했습니다. 가시죠."

휘의 부상을 몰라볼 공손척이 아니었다. 그러나 우선은 모용서하의 치료가 더 급하다 보니 그저 미안한 마음만 들 뿐이다.

"음? 그래, 가세!"

"따라오십시오!"

정한수가 다시 몸을 돌리더니 숲으로 향하자, 휘는 모용서하를 조심스럽게 들쳐 안고 정한수의 뒤를 따라갔다. 뒤에 남은 심평호기 공손척의 뒤를 따라가며 머뭇거리고 있는 용혈궁의 무사들에게 말했다.

"몇 사람은 여기에 남아서 돌아오는 분들을 모시고 오게."

그 말에 용혈궁 무사들의 눈이 반짝 빛을 발했다.

'아! 우리를 받아주기로 했다!'

"예! 걱정 마십시오!"

5

동굴은 정한수의 말대로 제법 깊고 넓었다. 게다가 안으로 들어가자 마른풀을 깔고 있는 용혈궁의 무사들이 보였다. 사소한 것이지만 휘는 고개를 끄덕이지 않을 수가 없었다. 급박한 가운데서도 마른풀을 깔 생각을 하다니, 그 마음씀씀이가 고맙게 느껴졌다.
 공손척도 휘와 같은 생각을 했는지 고개를 끄덕이며 말했다.
 "그놈 제법인데? 정신없는 와중에 저런 생각을 하다니."
 용혈궁의 무사들이 허리를 숙이고는 밖으로 나가자 휘가 마른풀 위에 모용서하를 조심스럽게 눕혔다.
 금양단을 복용했음에도 그녀의 안색은 나아질 기미가 보이지 않고 있었다.
 "노선배님, 서하의 병이 뭔지 아십니까?"
 "그게… 유모만……. 어이쿠!"
 말을 꺼내던 공손척이 놀라 소리치자 휘가 어리둥절한 눈으로 공손척을 주시했다.
 "왜 그러십니까?"
 "서하와 유모만이 아는데… 유모는… 진세로 놈들을 가두느라 못 빠져나왔네."
 "그럼 빨리 사람을 보내봐야지요."
 "으음……. 유모가 있던 곳에서 적들이 달려왔었네. 아마……."
 그 말뜻을 못 알아들을 휘가 아니었다. 이미 유모는 변을 당했단 말일 것이다. 그렇다면 결국 모용서하의 병에 대해 알고 있는 사람은 모용서하 본인뿐.
 이를 지그시 깨문 휘가 공손척에게 말했다.
 "제가 성수곡에서 약간의 침술과 의술을 배웠습니다. 딱히 의술이라고 할 것도 못되지만 한번 진맥을 해보겠습니다."
 휘의 말에 공손척도 자신이 아는 바를 다 말해주었다.
 "듣기로는 서하의 한기를 누그러뜨리는데 강한 양기를 지닌 남자가 필요하다고 했네."

"전에도 그렇게 들었지요."

"그게 무슨 뜻인지 아나?"

"예? 그야 양강의 무공을 지닌 남자를 말하는 것 아닙니까?"

"그러니까 그게 무슨 뜻인지 아난 말일세."

"……?"

"남자, 남자가 필요하단 말일세. 그것도 양기가 강한 남자!"

"…설마?"

공손척이 고개를 끄덕였다. 그러자 휘가 모용서하와 공손척을 번갈아 쳐다보고는 난감한 표정으로 입을 열었다.

"그, 그럼……."

"자네 마누라라며?"

공손척의 일격에 휘는 아연한 표정으로 모용서하를 향해 고개를 돌렸다. 그때 공손척이 마지막 결정타를 날렸다.

"마누라와 관계를 맺는 것은 절.대. 당.연.한. 일이네."

"노, 노선배… 님?"

"나는, 나가 있겠네. 힘! 아이구 삭신이야. 그러고 보니 내 몸도 말이 아니군. 이거 당분간은 꼼짝없이 손녀사위가 주는 밥이나 먹고……."

궁시랑, 궁시랑…….

잠시 후, 밖으로 나간 공손척의 목소리가 숲을 울리며 들려왔다.

"지금부터 동굴 입구에서 십 장 안은 절.대.금.지.다! 십 장 안으로 들어온 놈은 내 손에 죽을 줄 알아라!"

불빛이 없어도 휘에게는 대낮처럼 밝아 보였다.

동굴 안에는 가느다란 숨소리를 흘리며 누워 있는 모용서하, 그리고 자신. 단둘뿐이다.

손을 뻗어 얼굴을 만져 봤다. 차가운 기운 때문인지 마치 한옥을 쓸어내리는 기분이다. 부드럽고 말랑한 한옥을.
"둘뿐이란 것이 이렇게 이상한 기분일 줄은 몰랐군. 후우……."
언뜻 얼굴이 달아오르는 느낌이 들었다.
"이러고 있을 때가 아닌데……. 에휴……."
한숨만 자꾸 나온다. 하지만 정말 이러고 있을 때가 아니다. 휘는 마음을 가다듬고 모용서하의 손목을 잡았다. 손목의 내관혈을 통해 가느다랗게 만든 천양을 흘려 넣자 모용서하의 숨결이 마치 자신의 숨결처럼 느껴진다. 모용서하와 하나가 된 느낌이었다.
그런 상태로 천천히 모용서하의 전신을 누비기 시작했다. 문제가 있다면 분명 어디선가 이상이 감지되리라.
일각에 걸쳐 진기를 이동시키는 사이에도 모용서하의 몸은 점점 차가워져만 간다. 그럴수록 휘의 마음도 안정을 잃어갔다.
'제발, 제발……. 어디냐. 어디가 이상이 있는 것이냐?'
진기를 통해 상부를 훑어봤지만 아무런 이상도 느껴지지 않는다. 점점 아래로 내려가 봤다. 음맥을 따라 내려가며 가슴 한가운데 중정혈에서부터는 세밀히 살펴봤다.
구미, 거궐, 중완, 신궐…….
'음?'
배꼽인 신궐에 이르자 뭔가 알 수 없는 기운이 휘가 주입한 천양의 기운이 흐르는 것을 막는다. 차가운 기운, 모용서하의 몸보다도 더 차갑게 느껴지는 기운이다.
천양의 기운을 조금 더 강하게 주입해 봤다. 막아서던 기운이 천양에 밀리기 시작했다.
'그럼 그렇지. 어디서…….'

하지만 바로 아래 음교에 이르자 또다시 강한 반발에 진행이 멈춰 버렸다. 그제야 휘는 차가운 기운의 근원이 어딘지 이해할 수 있었다. 그리고 한 가지 사실을 깨달았다.

'병이 아니다!'

지금까지는 병이라 생각했었다. 공손척도 아프다고만 했고, 자신이 봐도 멀쩡한 사람이 한기를 뿜으며 쓰러진 것은 아파서였을 거라 생각했으니까. 그런데 이제 보니 병이 아니다.

"이런 멍청한……."

그렇다면 망설일 것이 없다.

휘는 천양의 기운을 한껏 키운 다음 음교혈에서 반발하는 한기를 무시하고 곧장 단전으로 천양을 밀어 넣었다.

풀쩍!

모용서하의 몸이 풀쩍 튀어 올랐다. 휘의 감긴 눈꼬리도 파르르 떨렸다.

'엄청난 기운!'

이제 원인을 알았다. 무엇 때문인지는 몰라도 모용서하의 단전에는 엄청나게 강한 한기가 자리를 잡고 있다, 제 주인의 몸을 얼려 버릴 정도의 기운이.

그 기운을 약화시키거나 소멸시키지 않는다면, 모용서하의 몸은 정상으로 돌아오지 않을 것이다. 그렇다면 어떻게든 한기를 소멸시켜야 한다. 그래야만 살 수 있다. 내 사랑하는 사람이…….

휘는 천양의 기운을 거두어들이고 이를 악물었다.

"그래서 양기가 강한 남자가 필요했던 것인가? 남자의 양기로 서하의 한기를 누그러뜨리기 위해서?"

모용서하를 바라보는 휘의 눈이 가늘게 떨렸다.

"그래, 내 생명이 단축된다 해도 당신을 살리겠다. 서하, 내가 어떻게 해서든 당신을 살릴 거야. 그러니 당신도 살려고 노력을 해!"

휘는 지그시 모용서하를 바라보다 천천히 손을 뻗어 모용서하의 앞섶을 벌렸다.

한 꺼풀, 두 꺼풀, 모용서하의 옷이 양파껍질처럼 벗겨져 나갈수록 휘의 손에 이는 떨림도 커져만 갔다.

"후우……."

전쟁이다. 자기 마음과의 전쟁. 차라리 손을 맞대고 싸우는 게 낫지 싶다.

하지만 네 번째 옷이 벗겨져 나가고, 백옥보다 하얀 살결이 드러나자 휘는 눈을 부릅뜨고 생각을 바꿨다.

"그래도… 이 전쟁이 낫겠군."

모용서하의 살결에는 어느새 하얀 기운이 서려 있었다. 마치 서리라도 낀 것마냥. 그래도 너무나 아름다웠다, 만지기가 겁날 정도로.

떨리는 손으로 천천히 가슴을 싸맨 천을 끌러냈을 때다. 둥근 가슴이 툭, 튀어나왔다.

"헉!"

뭐가 이리 크지? 분명 아까 만졌을 때는 저렇게 크지 않았는데……. 그리고 저 연분홍 붉은… 너무… 예쁘다.

뚫어지게 가슴을 바라보던 휘는 고개를 세차게 저었다.

'시간이 없는데 대체 내가 무슨 짓이야!'

가만히 천양의 기운을 휘돌리자 마음이 차츰 가라앉았다.

그 후로 휘의 모용서하의 옷을 벗기는 속도가 빨라졌다. 순식간에 하체의 옷까지 벗겨낸 휘는 자신도 천천히 옷을 벗기 시작했다.

그리고…….

더듬거리며 모용서하의 몸을 만졌다.

맙소사! 그랬던가? 눈을 감고 있었던 것인가? 도저히 눈 뜨고는 손이 떨려서 안 되겠으니 아예 눈을 감아버린 것인가?

하지만 그 다음이 문제였다. 음양비결 중에 음양상지조화결로는 모용서하의 한기를 몰아내기에 역부족일 듯했다. 그렇다면…….

"음양합기조화결을 펼쳐야 하는데……. 크흠, 뭐, 공손 노선배도 마누라에게 손대는 것은 죄가 아니고 절.대. 당.연.이라 했으니……."

그런데 어떻게 하지? 그 그림대로 해야 하나?

눈을 감고 한참을 망설였다. 모용서하의 몸은 점점 차가워져만 가는데.

"아버지! 도와줘!"

ㅡ이놈아, 뭘 도와줘! 네가 알아서 해야지!

ㅡ마누라도 건사 못하는 놈은 그걸 잘라 버려야 돼!

ㅡ그냥… 혀! 이형!

그래! 그냥 하는 거다! 하다 보면 어떻게 되겠지. 자연의 섭리라던데. 그럼 일단 음양비결상의 그림대로…….

결심을 한 휘는 천천히 모용서하의 몸 위로 올라갔다.

차갑다. 너무 차가워서 뼛속까지 한기가 스며드는 것만 같다.

젠장! 서하는 이런 몸으로 언제 죽을지 모르는 상황인데 망설이고만 있었다니. 멍청하다, 아무리 생각해도 자신이 멍청한 것만 같다.

가슴이 맞닿자 서하의 둥근 가슴이 일그러진다. 휘의 얼굴도 일그러진다. 붉게 달아오른 채.

하지만 여기서 멈출 수는 없었다. 처음이 어려워서 그렇지 일단 가슴이 맞닿자 그 다음은 조금 나았다. 천천히… 천천히…….

그렇게 손가락 끝에서 발끝까지 온몸을 일치시켰다. 키 차이로 발을 조금 구부리기는 했지만, 그 정도는 어차피 어쩔 수가 없었다. 마침내 음양합기조화결의 기본자세가 갖춰진 것이다.

쿵쾅거리는 심장 소리가 왠지 크게만 느껴진다. 모용서하가 정신을 잃은 것이 다행이라는 생각이 들 정도다.

잠깐 사이에 전신이 얼음구덩이에 빠진 것처럼 차가워진 두 사람. 그런 와중에도 모용서하의 살결이 느껴지자 휘는 정신이 몽롱해졌다. 자신이 생각해도 어이가 없는 일이다.

휘는 정신을 재차 가다듬고 오직 한 가지만을 생각하기로 했다.

'음양비결, 음양합기조화결. 다른 생각은 말고 음양비결만 생각하자. 천지음양, 음양합기, 음과 양이 만나 천지조화를 이루니……'

그리고 천양의 기운을 서서히 끌어올린 다음 전신으로 퍼뜨렸다. 그제야 서리가 내려앉을 듯 차갑던 몸에 조금씩 온기가 돌기 시작했다.

뜨거운 기운이 화악 퍼져 나가자 뿌연 수증기가 두 사람의 몸에서 가득 피어올랐다. 하지만 눈을 감고 있는 휘는 그런 상황을 알 수 없었다. 오직 눈만 감고 음양합기조화결만 외우며 그 운행법에 따라 천양의 기운을 돌릴 뿐이다.

서서히 모용서하의 몸에 천양의 기운을 흘려 넣었다. 천양의 기운이 모용서하의 몸속으로 들어가자 그녀의 기운도 휘의 기운과 맞물려 돌기 시작했다.

그때였다. 문득 모용서하의 손끝이 가늘게 떨린다 느껴졌다. 하지만 무아지경으로 음양비결을 운기하고 있는 휘는 미처 깨닫지 못하고 있었다.

그리고 모용서하의 하얗던 볼이 붉게 달아오른 채, 눈꺼풀이 가늘게 떨리고 있는 것도 몰랐다. 그저 음양비결에만 충실할 뿐이다.

'바보… 멍청이……'

어느 순간!

"…아!"

모용서하의 입에서 자신도 모르게 가느다란 신음이 흘러나왔다.

육체의 본능, 대자연의 섭리, 서서히 온기가 돌아오자 휘의 몸이 반응하기 시작한 것이다. 아래서부터…….

붉게 달아오른 모용서하의 입에서 단내가 흘러나왔다.

그런데도 휘는 그저 모용서하의 심장이 크게 뛰는 것이 반갑기만 했다. 자신의 노력으로 모용서하의 몸이 좋아지는 것만 같아 기쁘기만 했다.

그럼 이제 두 번째 그림대로 가야 할 때다.

'두 번째 그림은……. 웅?'

휘는 그제야 자신의 하체가 묵직해진 것이 느껴졌다. 두 번째 그림으로 가기 위한 준비가 완벽해졌다는 말.

잠시 후, 뿌연 수증기 속에서 가느다란 비음이 들렸다.

"…으음……."

그리고 뒤이은 질문.

"…깼… 소?"

"…예."

"지금부터…… 음양합기……. 읍."

"쉬……."

휘의 입술과 모용서하의 입술 사이에는 오직 손가락 하나만이 있을 뿐이다. 코와 코가 마주친 채 휘가 말했다.

"하지 말라면 안……."

"바보……."

"그럼, 해도……."

"멍청이······."
"······."
"그걸··· 물어보는 사람이 어딨··· 어요?"
그런 말까지 듣고 물어볼 멍청이는 없다. 휘는 물어보지 않기로 했다. 그리고 자신이 하고자 하는 일을 했다.
"아아······!"
다행히 휘가 진기로 음파를 차단하는 수고를 한 바람에 소리는 새어나가지 않았다. 밖에서 귀를 한껏 열고 주먹을 움켜쥐고 있는 몇 사람에게는 불행(?)한 일이었지만.

"홍매, 안 들리는데?"
"늑대, 신경 꺼. 음파를 차단한 것 같으니까. 음, 그런데 뭘 물어본 것이지······?"
"그럼··· 홍매도 들었······?"

음양합기조화결의 네 번째 그림으로 넘어간 휘는 이제 완전 황홀 무아지경이었다. 모용서하 역시 조금도 다르지 않았다. 오직 본능에 충실할 뿐이었다. 그래도 악착같이 정신의 반은 음양합기조화결을 떠올린 채.
그렇게 이각이 흘러 다섯 번째 그림을 따라 하려 할 때였다.
문득 드는 이상한 생각에 휘는 정신이 번쩍 들었다.
'기해혈의 지음이 스스로 움직이면서 서하의 한기를 끌어들이고 있다!'
처음에는 그저 비슷한 기운이기 때문에 거부반응이 없는 거라 생각했다. 그런데 언뜻 스친 생각대로라면 그게 아니다. 비슷하기만 하다고 합쳐질 지음의 기운이 아닌 것이다.

그러고 보니 조금 전에는 워낙 다급해서 미처 생각을 못했지만, 전에 서하를 만났을 때나, 조금 전에나, 자신이 지닌 지음의 기운이 뭔가에 반응을 했었다.
'혹시……?'
휘는 흡자결을 이용해 단순히 휘돌리기만 하던 기운을 천천히 빨아들여 봤다. 그렇게 빨려든 기운을 자신의 기해에 넣어봤다.
기해의 지음이 요동을 친다. 싫어해서가 아니다. 마치 오랫동안 헤어졌던 형제를 만난 듯 서로 엉키며 즐거이 합쳐지고 있다.
어쩌면 자신의 생각이 맞을지도 모른다는 생각이 들었다. 휘는 점점 더 흡자결을 강하게 운용했다. 이제는 음양합기조화결이 문제가 아니었다. 만일 생각대로 모용서하의 한기를 모조리 빨아들일 수 있다면 굳이 다른 방법이 필요가 없는 것이다.
"으음……. 아!"
흡자결에 한기가 빨려 나가자 모용서하의 입에서 터져 나오는 비음이 더욱 커져 간다. 동시에 차갑던 몸도 점점 온기가 돌기 시작했다.
휘는 자신감을 가지고 흡자결을 계속 운용했다. 그런 한편으로는 음양합기조화결도 잊지를 않았다. 어쨌든 음양비결에 적힌 내용대로라면, 음양합기조화결을 한번 끝낼 때마다 남녀 간에 서로 기가 상통되어서 무한한 복을 얻을 수 있다고 했으니까.
까짓것 화살 한 대에 세 마리 토끼를 한꺼번에 잡는 것이다.
임도 보고 뽕도 따고, 그리고 몸의 내상도 완치를 하고.

길고도 짧은 한 시진이 지나자 두 사람을 감싸던 수증기가 완전히 사라졌다.
여전히 휘는 모용서하의 위에 누워 있었다.

온몸이 붉게 달아오른 모용서하가 나직이 입을 열었다.
"대체… 무슨 일이 있었던 거죠?"
"당신이 물어보지 말고 하라고 해서……."
모용서하가 눈을 흘겼다.
"그거 말고요."
"아! 내가 당신의 기를 빨아들인 것 말이오?"
끄덕끄덕.
"나도 그게 좀 이상하오. 내 지음의 기운과 당신의 기운이 마치 형제라도 되는 것처럼 합쳐져 버렸소."
"저도… 전부터 이상하다 생각했는데……. 그 기운이 뭐죠?"
휘는 자신이 발견한 옥병 속의 액체를 아버지들이 영양제라며 먹인 이야기를 해줬다. 그러자 모용서하의 눈이 휘둥그렇게 커졌다.
"혹시… 그 옥병이…… 철령침목에 들어 있지 않았나요?"
"어? 어떻게 알았소?"
"맙소사! 그렇게 찾던 만년옥지액이…….'
"귀한 거요?"
"귀한 거냐구요? 풋! 만년한옥에서 천 년에 한 방울씩 생성되는 게 바로 만년옥지액인데, 그게 귀하지 않으면 뭐가 귀하겠어요?"
"음, 그럼 아껴두었다가 당신에게도 주는 건데……."
"하아……. 어차피 이제는 지령음기가 당신의 기운하고 합쳐져 버렸으니……."
"지령음기? 그게 당신의 단전에 들어 있던 기운이오?"
"그래요. 증사조님께서 부군께 얻었다는 불완전한 지령음기를 신녀문의 문주에게 대대로 전했는데, 만년옥지액의 영능을 빌려야만이 완벽한 지령음기가 된다고 하셨어요. 그래서 나중에는 살기 위해서라도 만년옥지액을 찾으러 다녔죠. 사조님이 천신만고 끝에 만년옥지액을 찾았는데 그만 음양대제에게 빼앗기고 말았대요. 그 후, 사문의 제자들이 음양대제를 찾아 나섰지만 어디에서도 그의 모습을 봤다는 사람이 없었어요. 그렇게 해서 결국은 만년옥지액을 찾지 못한 채 그게 어머니를 거쳐 저에게까지 온 거예요."

"그, 그럼 음양대제의 만년옥지액을 내가……?"

"그런 것 같아요. 천고의 보물은 연이 닿는 사람에게 전해진다더니, 정말 그런가 봐요."

"미안하게 됐구려."

"어차피 지령음기도 휘… 랑이 다 흡수해 버렸는데요 뭐. 사실 만년옥지액을 찾아 지령신주를 단련하는 것이 증사조님의 염원이었지만, 이제는 차라리 잘된 일 같아요. 더 이상 고통을 당할 사람이 없으니까요."

묵묵히 말을 듣고 있던 휘의 눈이 흡떠졌다.

"짐깐! 조금 전에… 지령신주라고 했소?"

"예, 증사조님의 부군께서 돌아가시기 전에 무슨 일이 있어도 이어야 한다고 하셨다고 해요. 어떤 신비문파의 뿌리와 같다 하셨어요."

"신비문파? 설마, 삼… 령문……?"

"아! 맞아요, 삼령문. 어머? 어떻게 휘랑이……?"

"이런 일이… 세상에… 어쩐지 기운이 비슷하다 했더니……."

휘가 가늘게 떨며 믿을 수 없다는 눈빛으로 모용서하를 바라보자 모용서하도 어이없는 눈으로 휘를 마주봤다. 한 뼘도 안 되는 공간을 두고서.

쪽!

"고맙소."

느닷없는 휘의 도발에 모용서하가 더듬거리며 말했다.

"저… 언제 내려갈 거예요? 아직… 안 끝났어요?"

"음? 무겁소?"
"…아뇨……."
"그럼… 조금 더 치료를……."

9장
창천보의 비사

1

산동의 성도 제남에서 창천보의 위치는 절대라 할 수 있을 정도로 대단했다.

거대한 장원의 넓이도 넓이고 무림에서의 위치도 위치지만, 창천보는 본래 무관을 배출하던 집안인지라 현재 제남일대관군의 주요 직급에 있는 자들은 거의 모두가 창천보 출신이라 할 수 있기 때문이었다.

그런데 언제부턴지 거대한 창천보의 대문이 잠기더니 삼십만 평에 달하는 창천보 전체가 금지 구역이 되어버렸다.

왜? 무엇 때문에?

무인들은 무인대로, 일반 양민들은 일반 양민대로 창천보에서 무슨 일이 일어났는지 추론하느라 날 새며 술을 마시기 일쑤였다.

그런 창천보에 다섯 명의 손님이 찾아온 다음날, 마침내 창천보의 대문이 활짝 열리자 사람들은 창천보에 귀를 기울이고 '왜?'에 대한 답을 찾으려 동분서주했다. 그러나 들려오는 소리는 아무것도 없었다.

비록 문은 열렸으나 입은 열리지 않은 것이다.

2

"일단 금제는 해두었네만, 어찌하겠나?"

백설 같은 백염을 늘어뜨린 노인의 물음에 의자에 깊숙이 몸을 묻고 있던 당당한 체구의 노인이 깊은 한숨을 내쉬었다.

"일이 이 지경이 되다니… 참으로 면목이 없네, 정월. 몇 사람의 욕심이 강호를 혼란에 빠뜨리게 생겼으니. 으음… 일단 잡아들여야겠지. 안 되면 죽여서 시신이라도 확인해야겠네."

"그리 간단한 일이 아니네. 숭양, 귀혼의 이매에 침범당한 자들이 십여 명이라 했던가?"

백염노인, 검성 화정월이 이마를 찌푸리자 거구의 노인이 눈에서 불을 뿜었다.

"정확히 열셋이네. 본 보에서 일어난 일이니, 내 무슨 수를 써서라도 해결할 것이네."

화정월이 고요히 가라앉은 눈으로 창천보의 전대 주인이자 창천일신이라 불리는 상관숭양을 바라보았다.

"오룡을 움직일 생각인가?"

"아무래도 그래야겠지. 그들도 책임이 없다 할 수 없으니까."

"그로 인해 더욱 큰 혼란이 온다면 어찌하겠나?"

"이미 혼란은 시작되었네, 놈들이 움직이면서부터. 자네도 알다시피 놈들의 수는 기껏 열셋이지만, 그 열셋이 모두 절정의 고수조차 오시할 수 있는 괴물들일세. 더구나 광기에 제정신이 아닌 놈들이야. 천하제일검이라는 자네조차 둘을 겨우 금제했을 뿐이 아닌가?"

"으음……."

믿어지지 않게도 화정월의 입에서 침음성이 흘러나왔다. 황산의 제자들이 봤다면 턱이 빠질 정도의 놀라운 일이었다.

그러나 사실이 그러한 만큼 화정월은 마음이 무겁기 그지없었다.

설마 자신이 나서서 둘을 제압하는 것조차 힘들 정도일 줄은 꿈에도 생각지 않았던 일인 것이다, 그것도 이 년 전만 해도 평범한 일류고수였던 자들을.

"약점이나, 그 외 그 귀혼이라는 괴물들에 대해 연구된 것은 더 없나?"

"후우……. 이제와 말이네만, 그걸 연구하기 위해 한 사람을 데려왔네. 그런데 오히려 독이 되고 말았어. 그자가 해석한 고대 문자의 해석본을 누군가가 빼돌리는 바람에 그만 그 괴물들의 혼을 조종하는 방법이 유출되고 말았다네."

"귀혼을 조종한다고? 그 위험하기 짝이 없는 괴물들을?"

"그러니 수단 방법을 가릴 여유가 없다는 말이네. 단순히 날뛰는 거라면 찾아서 없애 버리면 되지만, 누군가가 조종을 한다면 괴물들은 조종자의 의지에 따라 움직이게 될 것이 아니겠나? 아무래도… 계획된 일 같아……."

"무서운 일이군……. 허!"

진정 무서운 일이다. 둘을 겨우 제압했지만, 셋이었다면 제압할 수 없었을 것이다. 그 말인즉, 괴물들의 힘은 검성 화정월이 네 명이나 있는 거와 같다는 말이었다.

그나마 자신의 무공 특성이 귀기를 제압하는 탕마의 검이었기에 가능한 일이었다. 상관숭양이 직접 서신을 보내 초청했던 것도 또한 자신의 검이 탕마검이라는 것을 알기 때문이었다.

화정월이 생각에 잠겨 있자 상관숭양이 다시 입을 열었다.
"개중에는 내 손자녀석도 둘이나 끼어 있다네."
"대체 어쩌다가……?"
"다 욕심 때문이었지, 내 욕심 때문에……."

큰손자인 상관욱이 못난 것은 아니었다. 아니, 산동에서는 제일이라 할 정도로 뛰어났었다. 그러나 상관숭양은 그조차 양에 차지 않았다. 비슷한 또래들은 칠성이라 불리며 강호의 별처럼 반짝이는데, 자신의 다음 대를 이어야 할 상관욱은 칠성에 끼지를 못한 것이 못 미더워 보인 것이다.

그 바람에 자주 비교를 하고 수련에 수련을 강행시켰다. 그런데 삼 년 전이었다. 태산에서 괴이한 동굴이 발견되었다. 그런데 수백 년간 사람의 손을 타지 않은 그 동굴의 벽면에는 수많은 문자와 그림들이 음각으로 파여 있었고 한쪽에는 혈도를 표현한 듯한 석상들이 갖가지 모양으로 서 있었다. 창천보에선 동굴 발견 사실을 비밀로 하고 은밀히 동굴의 벽에 새겨진 글자와 그림들을 탁본해서 창천보로 가져왔다. 석상 역시도…….

다른 이유가 아니었다. 그 글자들은 고대의 무공을 적은 것이고, 석상은 진기의 흐름을 표시한 거란 판단 때문이었다. 그럴 만도 한 것이 글자와 함께 새겨져 있던 그림들이 대부분 초식을 펼치는 모습 등이 새겨져 있었던 것이다. 그것도 매우 뛰어난 무공 초식이.

어떻게 알았는지 동굴이 발견된 지 한 달도 되지 않아 오룡의 주인들이 모두 달려왔다. 산동에서 발견된 것은 같이 나누어야 한다는 과거의 맹약을 지키라는 무언의 압박이었다.

하지만 그것이 불행의 시작이었을 줄이야…….

일 년이 지나자 문자의 비밀이 조금씩 벗겨지기 시작했다. 역시 무공의 구결임이 분명한 듯했다. 오룡의 주인들은 성급하게 자신들의 아들, 손자들을 창천보로 보내고 비밀 연공실을 만들어 그곳에 집어넣었다. 한 곳 당 세 명씩. 마침내 산동에서 칠성에 필적하는, 아니, 칠성을 뛰어넘을 후인들이 열다섯이나 탄생할 거라는 기대감과 함께.

그러나 육 개월도 지나지 않아 무언가 잘못되고 있다는 사실을 깨달았다. 다름이 아니었다. 연공실의 기재들이 단순한 식사가 아닌 생식을 넣어 달라 요청을 한 것이다. 그것도 생고기로.

처음에는 그저 생고기면 됐다. 하지만 한 달도 지나지 않아 그들은 살아 있는 동물을 원했다. 그리고 다시 삼 개월…….

그들의 또 다른 요구를 들은 사람들은 아연히 벌린 입을 다물지 못했다.

"살아 있는 사람을 넣어줘!"

도저히 받아들일 수 없다는 사람과 아무래도 심마에 들어 그런 것 같으니 후계자라 할 수 있는 혈육들을 살려야 하지 않겠냐 하는 사람으로 편이 갈렸다. 그러나 신검보주가 한 가지 제안을 함에 따라 반대하던 사람들도 일단은 두고 보기로 하고 뒤로 물러섰다.

그의 제안은 간단했다. 어차피 죽을 사형수들을 돈을 주고 사서 연공실에 넣어주자고 한 것이었다.

그때라도 멈췄어야 할 것을…… 설마 무슨 일이야 있겠냐 하는 방심이 엄청난 화를 불러왔다.

기재들이 연공실에 들어간 지 이 년이 지나 문을 열었을 때다. 연공실의 기재들이 모두 마성에 젖어 혈육도 못 알아보고 괴이한 말만 했다. 나중에야 이매가 침범해서 혼을 잃었다는 것을 알았지만 그때만 해도 무슨 일인지 몰라 그들을 다시 가두어두고서 고문의 해석에 박차를 가했다. 미처 해석하지 못한 부분에 분명 뭔가가 있으리라 생각하고서.

그러나 시일이 지나면서 해석이 벽에 부딪치자 오룡의 주인들은 외부의 전문가를 한 명 몰래 데려왔다. 그 사람이 바로 유정룡이었다.

유정룡은 육 개월 만에 고대문자를 해석하고 기재들이 미친 원인까지 밝혀냈다.

"이 괴이한 공부는…… 귀신의 힘을 끌어들이는 사악한 공부요."

청천벽력이었다.

오룡의 주인들은 고민에 고민을 거듭하다 일단은 유정룡의 입을 닫을 필요성을 느꼈다. 그러나 언제 또 그의 학식이 필요할지 몰라 일단 가두어두고서 항마의 검을 지닌 화정월을 초빙했다. 귀혼을 제압하려 해도 너무나 강하여 오룡의 누구도 상대하지 못했던 것이다. 그렇다고 수백 명이 달려드는 소란을 피우면 소문이 날 수밖에 없으니까.

그런데 화정월이 오기도 전, 누군가가 연공실의 문을 열고 이매가 깃든 기재들을 데리고 달아나 버렸다. 완전히 미쳐서 통제가 되지 않는 두 명만을 남겨둔 채.

오룡의 주인들은 그제야 일이 이상함을 눈치채고는, 창천보의 문을 걸어 닫고 조사를 하던 중 유정룡이 해석한 해석본이 사라졌다는 보고를 받기에 이르렀다. 유정룡을 찾아가자 유정룡이 심각한 얼굴로 말했다.

"없어진 것은 귀혼이라는 이매망량을 다스리는 법을 해석해 놓은 것이오."

그리고 같은 날 올라온 또 다른 보고는 이 일이 우연히 일어난 일이 아님을 확신하는 계기가 되었다.

"동굴을 발견했던 한소동이라는 자가 흔적도 없이 사라졌습니다."

분명 보를 나가는 자에 대해 철저히 관리하라 했으니, 무공도 없는 걸로 알려진 자가 몰래 나가는 것은 거의 불가능한 일. 결국 한소동이라는 자가 귀혼을 데리고 나간 자라는 결론이 내려졌다. 모든 것이 계획적일 가능성이 커진 것이다.

화정월이 도착해서 남아 있던 두 명의 귀혼을 제압하기까지 상관숭양은 제대로 잠을 잘 수조차 없었다. 자칫 자신의 욕심으로 인해 삼백 년 창천보의 영광이 뿌리째 뽑힐 상황이 눈앞에 닥쳤으니, 말해 무엇하랴.

눈을 감은 채 상관숭양의 말을 듣고 있던 화정월이 천천히 눈을 떴다.
"죽이지 않고는 방법이 없네. 현재는……."
"문제는 죽이는 것도 쉽지가 않다는 것이지."
"오룡을 움직일 생각이라면 최대한 숫자를 줄여야 하네. 당금 강호에 혈풍이 불고 있다 들었는데 오룡까지 대대적으로 움직이면 분명 강호가 요농을 질 게야."
"나도 많은 수를 움직일 생각은 없네. 수하들은 놈들을 찾는데 동원할 뿐이야. 혁이가 고수들만 이끌고 쫓아간 것도 그 때문이네."
"흠……."
잠시 방 안이 침묵에 잠겼다.
생각에 골몰하던 화정월은 문득 떠오른 생각에 상관숭양을 향해 물었다.
"그건 그렇고… 오던 중에 들었네만, 광룡이 당하고 용혈궁이 모용후에게 넘어갔다고 하더군. 혹시 그 일에 대해 알고 있었나?"
"어렴풋이 흐름이 이상하다는 것은 알고 있었네. 하지만 보다시피 나도 정신이 없는 터라 관여하지는 않고 지켜보기만 했지."
"잘했군."

뜬금없는 말에 상관숭양의 얼굴에 의아한 표정이 떠올랐다.
"무슨 말인가?"
"아주 재미있어 보이는 친구가 그러더군. 누구든 마누라 구하려는 자신의 앞을 막으면 황하를 붉게 물들이더라도 용서치 않겠다고 말이네."
"허! 자네에게 이런 소리를 하게끔 만든 사람이 누군지 정말 궁금하군."
어이없어 하는 상관숭양을 바라보며 화정월이 눈을 빛냈다.
"제자에게 들어보니 그 친구가 천도맹의 십팔마마공에 대한 사건을 맡아 대충 해결을 본 것 같더군. 어떤가? 그 친구에게 도움을 청해보는 것이. 젊지만 능력이 있는 친구야."
"젊다고? 몇 살인데 그러나? 사십은 넘던가?"
"글쎄… 스물서넛 정도?"
"헛! 자네 입에서 친구라는 말이 나온 것도 놀랄 일인데, 뭐라?"
"한 번 검을 맞대보고 싶은 친구지."
상관숭양이 입을 쩍 벌렸다. 그러든 말든 화정월은 계속 말을 이었다.
"그러면 적지 않은 도움이 될 것이네, 지금 산동에 있으니까. 그런데 자신의 일이나 끝났는지 모르겠군. 마누라 구하러 간다고 했는데……."
"자신의 일?"
"마누라 구하러 간다고 했잖은가?"
두 사람이 휘에 대해 이러쿵저러쿵 이야기를 나누고 있을 때였다. 밖에서 누군가가 상관숭양을 불렀다.
"속하 응양당주 왕오정이 태상보주님께 아룁니다!"
"무슨 일이냐?"
"유정룡의 조카라는 조휘란 자가 찾아와 보주님을 뵙자 하는데 보주님께선 잠시 외출 중이신지라 태상보주님께 아룁니다."

왕오정은 보주인 상관혁이 귀혼을 쫓는 것을 외출 중이라 돌려 말했다.

"유정룡의 조카?"

순간적으로 상관숭양의 얼굴이 굳어졌다.

오룡회 최고회의의 결정에 반발했다는 이유로 지위를 박탈당한 채 갇힌 명천검호 장인성이 극구 칭찬하며 절대 건드려서는 안 될 자라 했었다.

양평위와 목진태를 단 몇 초만에 무너뜨렸다 했던가?

물론 장인성의 말을 모두 믿을 수는 없지만, 그래도 절정에 달한 무위를 지녔다고는 봐야 했다.

"그는 어디에 있느냐?"

"그자는 객당에서 일행과 함께 자신의 숙부를 기다리겠다고 했습니다. 직접 처리할까 했습니다만, 아무래도 태상보주님께 직접 말씀드리는 게 나을 것 같아서……."

왕오정 역시 장인성이 한 이야기를 알기에 다른 사람에게 말하기 전 직접 자신을 찾아 온 것일 터.

"그래?"

상관숭양은 미간을 찌푸린 채 빠르게 생각을 정리했다.

'지금 상황에서 유정룡을 내줄 수는 없다. 그럼 반발을 하겠지? 하지만 이곳은 몇 명에서 소란을 피울 수 있는 곳이 아니다. 소란을 피우면 그걸 빌미로 잠시 붙잡아 두고, 귀혼에 대한 일이 끝난 후 다시 마무리를 짓자.'

생각을 정리한 상관숭양이 밖을 향해 명을 내리려 할 때다.

조휘라는 이름을 들은 화정월이 눈을 빛내며 밖을 향해 물었다.

"혹시 그의 모습에 대해 말해줄 수 있나?"

목소리가 누구의 것인지를 아는 왕오정이 즉시 대답했다.

"그는 이십 중반이 조금 못 되어 보이는 자로 여자보다 더 아름… 잘생긴 자였습니다."

"그자의 옆에 혹시 수류도 적인풍이 있지 않던가?"

잠시 망설이던 왕오정이 굳은 목소리로 대답했다.

"그게…… 아! 그자의 옆에 도를 든 자가 있었는데, 검성께서 하신 말씀을 듣고 보니 그자가 적인풍 같사옵니다."

잠시 후 상관숭양과 화정월이 함께 방을 나섰다. 본래 방문자에 대한 일은 수하들이 처리할 일이다. 그러나 화정월에게서 그에 대한 평가를 들은 이상, 수하들로 하여금 그들을 상대하게 한다는 것은 검성 화정월을 모욕하는 거와 다름이 없었다.

"그자가 정말로 자네가 말한 그란 말인가?"

"적인풍이 따르고 있다면 그가 맞네. 그런데 그의 숙부를 가둬 놓았다니……. 어찌할 텐가? 지금이라도 즉시 그의 숙부를 풀어주게."

화정월의 말에 상관숭양의 입꼬리가 이지러졌다.

"일단 가서 이야기하세."

그냥 풀어줄 수는 없었다. 그러기에는 유정룡이 알고 있는 사실이 너무도 많았다. 결코 흘러나가서는 안 될 비밀들이.

고집스럽게 다물린 상관숭양의 모습을 보고 화정월은 고개를 내저었다.

"친구로서 충고하건데, 부디 후회할 일은 더 이상 하지 말게나."

『진조여휘』 8권에서…